KAMPENWAND
VERLAG

ISBN: 978-3986600877

Raiffeisenstr. 4 · D-83377 Vachendorf
www.kampenwand-verlag.de

Versand & Vertrieb durch Nova MD GmbH
www.novamd.de · bestellung@novamd.de · +49 (0) 861 166 17 27

Text: Stefanie Schreiber
Umschlagfoto: Wenke Stahlbock
Lektorat: Sándor Sima
Korrektorat: Margarete Götz
Kapitelfotos: Stefanie Schreiber
Illustrationen Torge Trulsen, Charlotte Wiesinger und Knud Petersen:
Sabine Schulz
Druck: CUSTOM PRINTING
Wał Miedzeszynski 217, 04-987 Warszawa, Polen

Stefanie Schreiber

Dunkle Geheimnisse in St. Peter-Ording

Der 11. Fall für Torge Trulsen und Charlotte Wiesinger

Für Papa
in Liebe und Dankbarkeit

Ein kleines Lexikon norddeutscher Begriffe finden Sie am Ende des Buches.

Prolog

Nur noch dieses eine Mal, das hatte er sich fest vorgenommen. Er wollte endlich frei sein, nicht mehr in dieser ständigen Angst leben und seinen Mitmenschen in die Augen schauen können. Würde er sich jemals von der Schuld befreien und wieder ein ganz normales Leben führen?

Viel zu oft hatte er sich bereits gefragt, wie es überhaupt so weit kommen konnte. Wie war er bloß in diese Situation geraten? Warum war es so schwer, sich aus dem Sog des Unrechts zu lösen?

Jedes Mal, wenn er losfuhr, um einen Job zu Ende zu bringen – Job, so nannte er es insgeheim, obwohl es mit einem Job nicht viel zu tun hatte – nahm er sich fest vor, dass es das letzte Mal sein würde. Die Angst, die ihn begleitete, ließ ihn vibrieren. Es war die Angst, entdeckt zu werden und damit alles noch viel schlimmer zu machen. Aber wer sollte ihm schon auf die

Schliche kommen? Er war vorsichtig, stets bestens vorbereitet und mittlerweile sogar routiniert.

Ein bitteres Lachen entrang sich seiner Kehle. Routine! Was für ein Abstieg! Was für ein furchtbares Wort für seine abscheuliche Handlungsweise.

Und trotz dieser Angst und der Abscheu vor sich selbst, musste er sich eingestehen, dass nichts besser war als der Adrenalinkick, den er bei jeder neuen Aktion erfuhr. Für den Augenblick war das Gefühl einfach berauschend.

Es überdeckte alle Sorgen, Nöte und Probleme.

Er fühlte sich überlegen, zufrieden und frei.

Und der Rausch hielt an. Am Anfang waren es Wochen gewesen, bevor er einem Gefühl der Scham, des Versagens und der Einsamkeit wich. Also wiederholte er es. Und es funktionierte. Das Hochgefühl war besser als Sex oder Drogen. Nachhaltiger als alles, was er bisher erlebt hatte – bis der nächste Absturz folgte und er sich erneut armselig und klein fühlte. Nicht dazugehörig.

Schließlich war er süchtig nach diesem Rausch geworden. Er selbst benutzte dieses Wort nicht, weil es so negativ klang. Aber er wusste jetzt, wie er sich in Euphorie versetzen konnte, obwohl seine Situation so ausweglos schien. Zwei Fliegen mit einer Klappe. Perfekt!

Nach und nach wurde es schwächer. Wie konnte sich ein Glücksgefühl nur dermaßen abnutzen? Wie konnte es zur Gewohnheit werden? Er spürte die Verzweiflung, die es in ihm auslöste. Womit sollte er diesen Kick ersetzen, um nicht depressiv zu werden? Wie sollte er sein Leben meistern, wenn nichts und niemand ihm diese Hochgefühle ersetzen konnte?

Er musste die Frequenz erhöhen! Dieser Gedanke war befriedigend und beängstigend zugleich – und, realistisch gesehen, einfach nicht durchführbar. Nein! Er musste einen anderen Ausweg finden. Und zwar bald. Bevor seine Angst den Rest der Hochstimmung vernichtete.

All das ging ihm durch den Kopf, als er in dieser Nacht über die einsamen Wege nördlich von Westerhever fuhr. Die Nacht war schwarz, kühl und still. Endlich hatte es aufgehört zu regnen, aber die Böden waren aufgeweicht. Wenn er vom Weg abkam und in einen Graben fuhr, gab es keine Chance, sein Auto da wieder herauszuziehen. Ein ironisches Grinsen zog über sein angestrengtes Gesicht. ‚Wenn er vom Weg abkam!' Längst war genau das passiert und er fragte sich erneut, wie es so weit hatte kommen können.

Der Wagen ruckte und wurde anschließend nach rechts gezogen. Erschrocken riss er das Lenkrad nach links und hätte trotz der niedrigen Geschwindigkeit fast die Kontrolle verloren. Er musste sich zusammenreißen, sonst würde er tatsächlich in einem der Sielzüge landen. Auf eine derartige Demütigung, bis zum Morgen hier auszuharren und sich von einem Landschaftspfleger oder Landwirt befreien zu lassen, konnte er allemal verzichten!

Angestrengt starrte er durch die Windschutzscheibe in die Dunkelheit. Nirgends war es so schwarz wie hier. Dichte Wolken bedeckten den Himmel und die schmale Sichel des abnehmenden Mondes, die ihm ohnehin nicht viel Licht gespendet hätte. Eigentlich ja perfekt, wenn ihm nicht die Angst den Rücken heraufkriechen würde. Sie drohte ihn zu lähmen. Dumme, überflüssige Fehler waren dann die Folge. All das kannte er zur Genüge.

Trotz der schlechten Sicht traute er sich nicht, auch nur das Standlicht einzuschalten. Es wäre hier kilometerweit zu sehen und er durfte auf keinen Fall auch nur die geringste Aufmerksamkeit auf sich lenken! Sein Atem ging schwer, er keuchte gegen eine aufsteigende Panik an.

Erneut schwor er sich, dass dies das letzte Mal sein musste. Er würde einen anderen Weg finden, um sich den ultimativen Kick zu verschaffen. Fallschirmspringen oder Bungeejumping. Das kam seinem heutigen Gefühl sicherlich sehr nahe. Freier Fall; Adrenalin, das durch seine Adern pochte. Extreme Anspannung, bis er wieder festen Boden unter den Füßen hatte.

Er versprach es sich selbst. Dieser Ausflug war der Letzte dieser Art. Die Erleichterung ließ ihn regelmäßig atmen, nahm den Kloß aus seiner Kehle. Gleich war er am Ziel. Nur noch dieses eine Mal und dann war er frei!

Knud in Westerhever

Montag, den 6. November

Noch nie in seinem Leben hatte sich Knud Petersen dermaßen ausgelaugt gefühlt. Die letzten Mordfälle, verbunden mit der großen Sorge um seine entführte Kollegin Charlotte Wiesinger, ließen außerdem Zweifel an seiner Tätigkeit als Kriminalkommissar der Ordinger Polizei aufkommen. Bislang war er mit seinem Job immer zufrieden gewesen, doch in letzter Zeit war der zunehmend härter geworden. Mord und Totschlag dominierten seinen Alltag, was ihm mehr zusetzte, als er bisher angenommen hatte.

Dass außerdem seine Gefühlswelt und damit auch sein Privatleben völlig durcheinandergeraten waren, machte die Sache nicht besser. Die derzeit permanente Dunkelheit, die der November und damit der nahende Winter mit sich brachte, verhagelte dem sonst so ausgeglichenen Nordfriesen endgültig die Stimmung. Knud hoffte sehr, sich in den kommenden Wochen – oder besser Monaten – lediglich mit Bagatellfällen beschäftigen zu müssen. Am liebsten hätte er eine längere Auszeit genommen, wusste im Grunde aber nicht so recht, was er damit anfangen sollte. Allein eine ausgedehnte Reise anzutreten, war nicht nach seinem Geschmack. Charlotte würde sicherlich nicht mitkommen, außerdem konnten sie unmöglich zu zweit wegfahren und damit das Revier quasi lahmlegen.

Und dann war da ja noch seine Affäre mit Fiona. Seit dem Streit vor zwei, drei Wochen war Knud ihr konsequent aus dem Weg gegangen. Es belastete ihn, die Situation nicht geklärt zu haben, aber irgendwie fehlte ihm dafür derzeit die Kraft. Die Befürchtung, Charlotte könnte das dritte Opfer des Serienkillers werden, hatte ihm gezeigt, wie viel er nach wie vor für seine Kollegin empfand. Bei der Vorstellung, sie nicht retten zu können, war er völlig durchgedreht. Seit ihrer Rückkehr aufs Revier waren zwei Wochen vergangen. Zwei Wochen, die sie einander nicht nähergebracht hatten. Knud wagte es nicht, einen konkreten Vorstoß zu machen. Bestimmt musste Charlotte das erlebte Trauma erst einmal verkraften und war derzeit nicht für eine Beziehung offen – auch wenn sie manchmal signalisierte, wie gut es ihr tat, einen Beschützer an ihrer Seite zu wissen.

Was dagegen die unkomplizierte Gerichtsmedizinerin von ihm erwartete, konnte er überhaupt nicht einschätzen. Ob sie von einem Anruf ausging, lediglich eine Entschuldigung für sein ungerechtes Verhalten oder eine klare Aussage von ihm wollte. Vielleicht hatte sie ihr Verhältnis nach der Auseinandersetzung auch einfach als erledigt abgetan. Natürlich konnte Fiona eins und eins zusammenzählen. Es war mehr als deutlich gewesen, dass er sie so mies behandelt hatte, weil seine Sorge um Charlotte einfach übermächtig geworden war. Die Vorstellung, die geschätzte Kollegin und Freundin ebenso verstümmelt unter dem Pfahlbau der Arche Noah zu finden, hatte ihm schlichtweg den Verstand geraubt. Eigentlich wollte er gar nicht mehr darüber nachdenken, weil er sich für sein Verhalten schämte. Es passte nicht zu seiner Geradlinigkeit, die ihm so wichtig war und die er früher immer konsequent gelebt hatte. Irgendwie war alles aus den Fugen geraten.

An diesem Montagmorgen hätte er sich am liebsten die Decke über den Kopf gezogen, um einfach im Bett liegen zu bleiben. Vermutlich wäre das nicht einmal ein Problem gewesen, wenn er sich auf dem Revier krankgemeldet hätte. Der Fall war abgeschlossen und er konnte sich nicht erinnern, wann er dem Dienst zuletzt einmal ferngeblieben war. Einzig seine sich im Kreis drehenden Gedanken, die ihm schon zahlreiche schlaflose Nächte bereiteten, ließen ihn schließlich aufstehen. Damit wollte er nicht auch noch die Tage verbringen, da war jede Ablenkung willkommen.

Ergeben schob er die Decke beiseite und kletterte aus dem warmen Bett. Er rieb sich die Augen und warf einen Blick auf den Wecker, der gerade einmal 5.30 Uhr anzeigte. Eigentlich viel zu früh, aber vielleicht brachte ihn eine Laufrunde auf andere Gedanken. Knud liebte die Ruhe und die Einsamkeit, die nur in der Nebensaison am breiten Strand von Sankt Peter-Ording zu finden war. Oder eben zu dieser frühen Stunde. Schnell schlüpfte er in seine Sportklamotten und trank im Stehen einen Espresso, bevor er das Haus verließ. Kurz überlegte er, ob er mit dem Fahrrad den kurzen Weg vom Tümlauer Koog nach Ording fahren sollte, stieg dann aber doch in sein Auto.

Wie erwartet war der Strand komplett leer. Eine schmale Sichel des abnehmenden Mondes stand am wolkenlosen Himmel. Träge wurden die Wellen der Nordsee an den Strand gespült. Die mächtigen Pfahlbauten schienen etwas größer in dem fahlen Licht. Knud fiel in einen sanften Trab und versuchte sich ganz auf die Umgebung zu konzentrieren, um die immergleichen Gedanken aus dem Kopf zu vertreiben. Der feuchte Boden gab unter jedem Schritt leicht nach. Knud liebte es, gerade hier zu laufen. Ab und zu knackte eine Muschel unter seinen Füßen, ansonsten blieb es still. Selbst die Möwen waren noch nicht aufgetaucht.

Als er eine Stunde später wieder sein Auto erreichte, war er durchgeschwitzt, fühlte sich aber mental gekräftigt. Damit stieg auch sein Optimismus, die privaten Wirrungen zeitnah klären zu können. Jetzt, da der anspruchsvolle Fall gelöst war, würde ihm das bestimmt gelingen. Nun noch eine Dusche und ein leichtes Frühstück, dann konnte der Tag kommen. Nach wie vor hoffte der Kommissar, dass dieser ruhig verlaufen würde.

Knuds Hoffnung auf einen entspannten Tag wurde bereits jäh zerstört, als er sich auf dem Weg zum Revier befand. Im ersten Moment musste er beim Klingeln seines Mobiltelefons an seinen Kumpel Torge Trulsen denken, der gerne am frühen Morgen anrief, um sich nach dem Stand in einer Ermittlung zu erkundigen oder etwas dazu beizutragen versuchte. Da der Fall gerade abgeschlossen war, konnte es genauso gut jemand anders sein. Ein Blick auf das Display zeigte ihm eine unbekannte Handynummer. Sofort stieg ein ungutes Gefühl in ihm hoch. Er war versucht, es einfach klingeln zu lassen, aber das war natürlich keine Option.

„Knud Petersen", meldete er sich knapp.

„Moin Knud! Hier spricht Enno Bleiken. Wir kennen uns von der freiwilligen Feuerwehr. Ist ein paar Jahre her, ich war in letzter Zeit dort nicht mehr so aktiv."

Knud kramte in seinem Gedächtnis, während sein Gesprächspartner weiter auf ihn einredete. Spontan konnte er dem Namen kein Gesicht zuordnen.

„Daher habe ich deine Handynummer. Ist ja auch egal. Vielleicht erinnerst du dich, dass ich beim Eiderstedter Deich- und Hauptsielverband arbeite. Jedenfalls bin ich heute Morgen wegen der heftigen Regenfälle der letzten Tage auf einer umfangreichen Kontrolltour im Gebiet von Westerhever unterwegs." Enno Bleiken legte eine Pause ein.

Am liebsten hätte Knud aufgelegt. Er konnte sich lebhaft vorstellen, was er gleich zu hören bekam, wenn sich sein Gesprächspartner gesammelt hatte. Sollte er ihn direkt danach fragen?

Enno nahm ihm die Entscheidung ab. „In einem der Gräben habe ich einen leblosen Körper gefunden."

Knud wurde kalt, obwohl die Heizung bereits begonnen hatte, die Fahrerkabine zu wärmen.

„Natürlich habe ich gehofft, ihm helfen zu können, aber es war bereits zu spät. Er ist tot, Knud!" Ennos Stimme klang eindringlich. „Tut mir leid, dich so früh am Morgen damit zu behelligen, aber ich weiß mir anders nicht zu helfen. Kannst du herkommen? Ich wollte erst auf dem Revier anrufen, befürchte aber, deine Kolleginnen werden die Stelle hier nicht finden. Du hast doch keinen freien Tag, oder?"

Der Kommissar war rechts rangefahren, um sich einen Moment zu sammeln. Sofort zogen Gedanken an einen neuen Mordfall durch seinen Kopf. Er schloss die Augen und versuchte sich zu beruhigen. Nicht jeder Todesfall bedeutete unbedingt ein Kapitalverbrechen! Wie ein Mantra wiederholte er den Satz, in der Hoffnung, die aufkommende Kraftlosigkeit zu verscheuchen. Aber es half nichts. Bei der Gegend, in der Enno gerade unterwegs war, handelte es sich um ein Naturschutzgebiet, das mit Gräben und Sielzügen durchzogen war. Dort hatte eigentlich keiner etwas verloren. Vielleicht war der Tote betrunken Auto gefahren und dabei vom Weg abgekommen. Einen Augenblick gab sich Knud dieser Überlegung hin und hielt sie fest, ohne wirklich daran zu glauben, dass es so gewesen war.

„Knud?!", klang es aus der Freisprechanlage. „Bist du noch dran?"

Der Gefragte riss sich zusammen. Wie es schien, war ihm keine Pause vergönnt. „Ja, ich bin noch dran. Ich komme zu dir. Beschreib mir, wo du dich genau befindest."

Nachdem sie aufgelegt hatten, zögerte Knud keinen Moment, sofort die Gerichtsmedizin und die Spurensicherung anzurufen. Sein Bauchgefühl sagte ihm, es schon wieder mit dem nächsten Mordfall zu tun zu haben. Wozu also Zeit verlieren? Kurz überlegte er, Charlotte und Lilly anzurufen, verwarf die Idee dann aber. Vermutlich hatten die Kolleginnen tatsächlich Mühe, sich in dem Gewirr der landschaftlichen Wege zurechtzufinden. Außerdem wollte er wenigstens für Charlotte die Pause ein wenig verlängern.

Knud wendete und fuhr Richtung Norden. Über den satten Wiesen hingen Nebelschwaden, denen er vorher keine Beachtung geschenkt hatte. Enno hatte recht. In den letzten Tagen hatte es extrem viel geregnet, die Böden waren aufgeweicht. Nachdem er die Straße verlassen hatte, erhöhte er seine Aufmerksamkeit. Er hatte wenig Lust sich in dieser Einöde festzufahren. Was hatte der Mann hier bloß gewollt? War er wirklich einfach nur unter Alkoholeinfluss von der Straße abgekommen? Nach wie vor hielt Knud diese Theorie für unwahrscheinlich. Hatten sie es vielleicht mit einem Selbstmörder zu tun? Sein Ermittlerinstinkt erwachte und verdrängte die negativen Empfindungen.

Es war stockdunkel, die schmale Mondsichel spendete so gut wie kein Licht. Knud ließ seinen Blick über das platte Land schweifen. In der Ferne bemerkte er einen Lichtkegel. Das musste die Stelle sein, an der Enno mit eingeschalteten Scheinwerfern auf ihn wartete. Plötzlich ging ein Ruck durch den Wagen und er fing an zu schlingern. Erschrocken konzentrierte er sich auf die miserabel ausgebaute Strecke. Vermutlich hatte er ein Schlagloch erwischt. Bloß jetzt nicht liegenbleiben!

An der nächsten Gabelung fuhr er nach rechts und bemerkte schnell, dass er sich falsch entschieden hatte. Statt dem Licht näherzukommen, entfernte er sich wieder. War es dem vermeintlichen Toten ebenso ergangen?

Schließlich fand er den richtigen Weg, den Enno ihm recht ausführlich beschrieben hatte. Der Landschaftspfleger saß wartend in seinem Auto, stieg aber sofort aus, als Knud ihn erreichte.

„Na, endlich!", bemerkte er anstatt einer Begrüßung. „Wurde langsam kalt im Wagen. Und ist auch irgendwie unheimlich, fünf Meter von einem Toten entfernt in dieser Einöde herumzusitzen."

„Moin Enno! Ja, das glaube ich dir. Schneller habe ich es nicht geschafft", verteidigte sich Knud.

„Schon gut. So allein kommt es einem in der Dunkelheit wie eine Ewigkeit vor, aber eigentlich warst du schnell da", ruderte Enno zurück. „Willst du dir den Toten angucken?"

Der Kommissar nickte. Er holte seine Gummistiefel und eine starke Lampe aus dem Kofferraum, streifte Handschuhe über und näherte sich dem Fundort. Enno hielt sich im gebührlichen Abstand.

Der Mann lag mit dem Gesicht nach unten im Graben. Knud versicherte sich selbst, dass er wirklich tot war. Einen Moment überlegte er, ob er ihn zusammen mit Enno aus dem Graben ziehen konnte, überlegte es sich dann aber anders. Wenn es wirklich Spuren gab, die der Regen noch nicht weggespült hatte, würde er diese damit sicherlich vernichten. Die Kollegen von der Spurensicherung hatten zugesagt, so schnell wie möglich zu kommen. Besser er geduldete sich solange und überprüfte zwischenzeitlich die Umgebung.

Ein paar Meter entfernt stand ein Auto, das wohl dem Toten gehörte. Knud beschloss, es zu untersuchen, nachdem er Fotos vom Fundort der Leiche gemacht hatte. Vielleicht fand er dort einen Hinweis auf die Identität des Mannes. Das würde die Ermittlung erleichtern.

Vorher ließ er jedoch seinen Blick über die Landschaft wandern. Was hatte der Mann hier gewollt? Außer Wiesen und den zahlreichen Gräben, die zum Entwässerungssystem von Eiderstedt gehörten, gab es hier nichts. Als Treffpunkt absolut ungeeignet. Um sich ungestört das Leben zu nehmen, schon eher. Doch die Überlegungen brachten ihn nicht weiter.

Enno konnte nichts weiter beitragen und verabschiedete sich schließlich. Knud konzentrierte sich auf den Wagen. Im Handschuhfach entdeckte er eine Geldbörse mit Personalausweis und Führerschein. Das war immerhin etwas. Bei dem Toten handelte es sich nach diesen Papieren um einen Mann namens Tammo Olsen. Er war dreiundvierzig Jahre alt und wohnhaft in Husum. Knuds Hoffnung, ein Mobiltelefon zu finden, erfüllte sich nicht. Wenn der Tote es in der Tasche hatte, war es wohl durch das Wasser zerstört worden, aber vielleicht konnten die Techniker von der SIM-Karte Daten lesen. Dazu müsste es allerdings erst gefunden werden. Da die Spurensicherung noch nicht eingetroffen war, suchte er die nähere Umgebung rund um den möglichen Tatort ab, konnte aber nichts Auffälliges entdecken.

Langsam kroch die feuchte Kälte in seine Glieder und er wäre am liebsten zum Revier gefahren, aber natürlich musste er auf das Eintreffen der Spusi warten.

Zeitgleich traf schließlich auch die Gerichtsmedizin ein. Fiona hatte lediglich ihre Mitarbeiter geschickt. Ob sie selbst zu beschäftigt war oder ihm weiterhin aus dem Weg ging, blieb offen. Knud schüttelte den Kopf und versuchte die Gedanken zu verscheuchen, die in ihrer Dauerpräsenz zu nerven begannen. Allerdings war ihm klar, dass er sich schleunigst um eine Klärung kümmern sollte, sonst würde er verrückt werden.

Eine halbe Stunde später saß er in seinem Auto auf dem Weg zum Revier. Er drehte die Heizung auf volle Touren und überlegte, ob er sich kurz telefonisch bei den Kollegen melden sollte. Diese machten sich im Zweifel schon Sorgen, weil er sonst in der Regel der Erste war, der auf der Polizeistation eintraf und alle mit Kaffee versorgte. Aber auf die Viertelstunde kam es nun nicht mehr an. Lieber wollte er von dem Leichenfund persönlich berichten, und die Kollegen um ihre Meinung bitten, womit sie es bei diesem Todesfall wohl zu tun haben könnten.

„Ah! Da kommt ja unsere Schlafmütze!“, wurde er fröhlich von Lilly empfangen, als er das Revier betrat. „Hast du deinen Wecker nicht gestellt oder bist du von dem letzten Fall so erledigt, dass du ihn überhört hast?“ Es machte der jungen Kommissarin sichtlich Freude, den Kollegen aufzuziehen.

„Ja ja, wer den Schaden hat, braucht für den Spott nicht zu sorgen. Aber du irrst dich, ich hatte heute Morgen bereits einen Einsatz“, widersprach Knud.

„Wie? Einen Einsatz? Und warum hast du uns nicht angerufen?“ Schlagartig änderte sich Lillys Laune.

Während Knud überlegte, was er darauf antworten sollte, warf er Charlotte einen Blick zu. Sie erwiderte den Augenkontakt mit ernster Miene, hielt sich aber zurück.

„Nun sag schon!“, forderte Lilly ihn ungeduldig auf. „Seit wann fährst du allein zu Einsätzen, ohne uns zu benachrichtigen?“

„Ich wusste ja nicht einmal, ob es sich wirklich um einen Fall handelt“, verteidigte er sich. „Enno Bleiken vom DHSV rief mich an, als ich bereits im Auto saß.“

„Ja und?“, ärgerte sich Lilly. „Verstehe ich trotzdem nicht, warum du allein gefahren bist.“

„Lass mich eben erzählen, was passiert ist“, antwortete Knud und berichtete den Kollegen von dem Leichenfund. „Es kann sich genauso gut um Selbstmord oder einen Unfall handeln.“

„Einen Unfall?“, wiederholte Lilly ungläubig. „Glaubst du, der ist zum Pinkeln ausgestiegen und dabei in den Graben gestürzt? In dieser Einöde? Was wollte er da denn überhaupt? Da gibt es doch nichts, da fährt man schließlich nicht aus Versehen hin!“

„Nein, das glaube ich auch nicht“, musste Knud zugeben. „Dann wohl eher Selbstmord.“

„Das alles ist trotzdem kein Grund, uns nicht mit einzubeziehen“, mokierte sich Lilly weiter. „Was meint Ihr dazu?“, wandte sie sich an Charlotte und Fiete.

Die beiden wechselten einen Blick.

„Es geht um mich“, erklärte Charlotte leise. „Knud will mich in Watte packen. Nach den Geschehnissen im letzten Fall wäre es ihm am liebsten, wenn ich nur noch im Innendienst meine Zeit absitzen würde.“

Knud setzte zum Protest an, aber Fiete fiel ihm ins Wort. „Den Eindruck habe ich auch“, erklärte er nüchtern.

Lilly starrte ihn an. „Das ist jetzt nicht dein Ernst!“, fuhr sie ihn an. „Charlie ist eine großartige Ermittlerin. So etwas hätte jedem von uns passieren können. Mit so einer Aktion schwächst du das Team. Außerdem kannst du mich nicht in Sippenhaft nehmen! Knud, so geht das einfach nicht!", regte sie sich auf.

„Ich gebe Lilly recht", fügte Fiete hinzu, wenn auch in wesentlich gelassenerem Tonfall. „Charlotte soll selbst entscheiden, an welchen Einsätzen sie teilnimmt und was ihr vielleicht zu viel ist."

„Du hast doch selbst gesagt, dass es besser wäre, wenn sie eine Pause einlegen würde. Eine Kur antreten oder zumindest in Urlaub fahren." Knud fühlte sich angegriffen und vergaß dabei, die Vertraulichkeit des mit dem Revierleiter geführten Gesprächs zu wahren.

Charlotte sprang sofort darauf an: „Das ist ja interessant, was Ihr hinter meinem Rücken über mich redet und für mich plant. Es geht mir gut! Ich brauche weder eine Kur noch möchte ich in Urlaub fahren. Am besten kann ich das alles verarbeiten, wenn Ihr mich arbeiten lasst. Das ist wie beim Fahrradfahren. Nach einem Sturz sollte man sofort wieder aufsteigen und weiterfahren!" In ihrem Ärger war sie vom Stuhl aufgesprungen. Der Kaffee vor ihr auf dem Tisch schwappte über, ihre braunen Locken fingen an zu tanzen und sie funkelte Knud aus blitzenden Augen an. „Kümmere dich um deine Angelegenheiten und bring dein Leben in Ordnung! Da hast du wohl genug zu tun. Und wage es nicht noch einmal, mich von irgendwelchen Fällen auszuschließen, dann lernst du mich richtig kennen!"

Betroffen erwiderte Knud ihren Blick. So weit hatte er nicht gedacht. Auf keinen Fall wollte er ihren Zorn auf sich ziehen. Er hatte es nur gut gemeint und genau das Gegenteil erreicht. Warum war es nur immer so schwierig mit den Frauen? „Es tut mir leid", murmelte er zerknirscht. „Ich wollte dich nicht bevormunden, sondern ... ach, ich weiß auch nicht, wahrscheinlich wollte ich dich einfach beschützen."

So schnell wie sie explodiert war, verrauchte Charlottes Wut wieder. „Okay“, murmelte sie besänftigt. „Jetzt weißt du ja, dass dies der falsche Weg ist. Ich werde also auf jeden Fall dabei sein, wenn wir die Angehörigen informieren. Hast du schon etwas herausbekommen?“, wandte sie sich an Fiete.

Knud hätte sonst was dafür gegeben, einen Blick in ihr Innerstes zu werfen. Es war allerdings nicht der richtige Zeitpunkt, sie weiter zu bedrängen. Insgeheim hoffte er auf einen baldigen gemeinsamen Strandspaziergang oder ein gemütliches Essen, bei dem sie ihre private Beziehung klären konnten. Ihm war bewusst, dass er ihr einige Erklärungen schuldig war. Bis dahin musste er sich auf sein Gefühl verlassen und möglichst keine weiteren Fehler begehen.

Charlie in Husum

Montag, den 6, November

Seit ihrer Befreiung vor drei Wochen hatte sich Charlie viele Gedanken über die Entführung gemacht. Insbesondere über die Frage, wie knapp sie dem Tod entronnen war, zermarterte sie sich ihr Hirn. In den ersten Tagen war die Erleichterung groß und vorherrschend gewesen. Aber die Kriminalkommissarin nahm ihren Job ernst und dazu gehörte auch Selbstkritik. Stundenlang hatte sie ihre Strategie des Undercover-Einsatzes analysiert und überlegt, ob sie etwas hätte anders machen sollen. Wenn sie, wie versprochen, die Kollegen eingeweiht hätte, wäre der Überfall der Entführerin nicht erfolgreich gewesen. Sich selbst gegenüber gestand sie das ein; war sich aber nicht sicher, ob sie dies in einer Diskussion mit Knud und Fiete ebenfalls getan hätte.

Aber diese Konfrontation hatte es nicht gegeben. Jedenfalls bisher nicht.

Fiete hatte ihr angeboten, Urlaub zu nehmen. Die Kur, die Knud eben erwähnt hatte, war nicht Thema ihres Gesprächs gewesen. Charlie hatte es abgelehnt, eine Pause zu machen. Sie war froh, dass Fiete sie nicht suspendierte. Als Zugeständnis stimmte sie zu, einmal wöchentlich zu einer Psychologin zu gehen, um das Trauma aufzuarbeiten. Damit sollte es aber gut sein. Darüber hinaus wollte sie einfach als vollwertiges Mitglied des Teams behandelt werden und sich den täglichen Herausforderungen stellen.

Knud dabei an ihrer Seite zu wissen, würde die Angst, die sie seit dem Überfall latent verspürte, sicherlich lindern und sie schneller in die Normalität zurückbringen; allerdings nur, wenn er sich daran hielt, nicht alle ernsthaften Probleme von ihr fernzuhalten. Darauf hoffte sie jetzt, denn seine Anwesenheit und seine Fürsorge gaben ihr Sicherheit. Sicherheit, die sie stets gefühlt, die ihr durch diesen Einsatz aber verloren gegangen war.

„Tammo Olsen war verheiratet. Unter der gleichen Adresse ist eine Heidi Olsen gemeldet, vermutlich seine Frau", verkündete Fiete und unterbrach damit Charlies Gedankengänge. „Am besten macht Ihr beiden euch gleich auf den Weg, um sie zu informieren."

„Und was ist mit mir?", fragte Lilly empört. „Werde ich schon wieder auf die Ersatzbank verwiesen? Meine Arbeit im letzten Fall war einwandfrei."

„Bis auf die Tatsache, dass Charlotte sich nicht an deine Anweisungen gehalten hat", frotzelte Fiete, bevor er sie zu beruhigen versuchte. „Scherz beiseite. Von einem Verweis auf die Reservebank ist keine Rede. Es kann aber vielleicht nicht schaden, wenn Charlotte und Knud ein bisschen Zeit zusammen verbringen. Zumindest können sie den Weg nach Husum für ein klärendes Gespräch nutzen. Das ist zumindest meine Empfehlung. Ab sofort werde ich mich nicht weiter einmischen. Du wirst mich heute hier bei den Recherchearbeiten unterstützen, Lilly, brauchst dir aber keine Sorgen zu machen, nicht bald wieder an die Front zu dürfen."

„Ist das in Ordnung für dich, Charlotte?", fragte Knud vorsichtig.

„Aber natürlich!", antwortete sie mit leichter Ungeduld. Normalität sah anders aus. „Was hast du sonst für uns, Fiete?", wechselte sie das Thema und konzentrierte sich damit auf den Fall.

„Bis auf den Namen und die Adresse habe ich gar nichts", erwiderte Fiete bedauernd. „Geht vorsichtig vor. Immerhin ist es möglich, dass wir es mit einem Selbstmord zu tun haben. Befragt die Witwe nach dem Hintergrund. Wenn Ihr sie nicht antrefft, erkundigt euch in der Nachbarschaft, ob jemand weiß, wo sie arbeitet. Aber was rede ich, das kennt Ihr ja alles selbst zur Genüge. Fahrt einfach los, wenn wir noch was rausbekommen, melden wir uns bei euch."

„Warum liegt eigentlich keine Vermisstenanzeige vor, wenn Tammo Olsen verheiratet war?", überlegte Charlie laut. „Seine Witwe müsste seine Abwesenheit doch längst bemerkt haben. Manche Leute scheinen eine merkwürdige Auffassung vom Zusammenleben zu haben." Dabei guckte sie stur auf die Straße, bemerkte aber aus den Augenwinkeln, wie Knud ihr einen Blick zuwarf.

Ihm schien eine Bemerkung auf der Zunge zu liegen, aber er schluckte sie herunter. Schließlich konzentrierte er sich wieder aufs Fahren. Nach einer Weile des Schweigens fragte er sie leise: „Du willst nicht über uns reden, oder?"

„Nicht jetzt", antwortete sie mit Nachdruck, ohne sich ihm zuzuwenden. Genau genommen hasste sie es, Probleme zu wälzen. Sie vermisste die Leichtigkeit und die Unbeschwertheit, die anfangs zwischen ihnen geherrscht hatte. Im Moment sah sie keinen Weg, wie sie dahin zurückfinden sollten. Dafür waren zu viele Emotionen im Spiel – nicht nur die gegenseitige Zuneigung, die trotzdem nicht zum Ziel führte. Ihre Angst, verletzt zu werden, war in den letzten Monaten eher noch gestiegen. Warum musste er sich auch auf diese blödsinnige Affäre mit Fiona Jensen einlassen?

Und nun drohte schon wieder ein Mordfall ihre gesamte Konzentration und Energie zu bündeln. Ihre Zusammenarbeit wäre wesentlich einfacher, wenn sie sich nicht so zu ihm hingezogen fühlte. Aber genauso wenig wie Knud, wusste sie sich aus diesem Dilemma zu befreien. Manchmal war es eben doch einfacher, sich mit dem Leben anderer zu beschäftigen. Sie war gespannt, was hinter dem seltsamen Tod von Tammo Olsen steckte, und warum seine Frau ihn nicht zu vermissen schien.

Den Rest der Fahrt verbrachten sie schweigend. Düster wie in den letzten Tagen hingen schwere Regenwolken über Eiderstedt. Auch der Wind hatte wieder aufgefrischt. Irgendwie passte das Wetter perfekt zu ihrer Stimmung.

Als sie die Reihenhaussiedlung erreichten, in der Tammo und Heidi Olsen wohnten, verlangsamte Knud die Fahrt. Nach Charlies Schätzung waren die Häuser in den achtziger Jahren entstanden. In der typischen Bauweise über drei Stockwerke auf kleinem Grundstück, die lediglich die Illusion von Individualität vermittelte. Bei vielen dieser Eigenheime hörte man das halbe Leben der Nachbarn durch die Wand. Vielleicht würde das ihrer Ermittlung nützlich sein. Nun war sie gespannt, ob sie die Witwe auf Anhieb antrafen und wie diese auf die Nachricht vom Tode ihres Mannes reagierte.

Trotz mehrfachen Klingelns blieb es im Haus still. Niemand kam zur Tür, um sie zu öffnen. Während die Kommissare unschlüssig davor standen, näherte sich eine Frau mit einem kleinen Hund.

„Wollen Sie zu den Olsens?", fragte sie überflüssigerweise, als sie die Höhe des Eingangs erreichte.

„So ist es", bestätigte Charlie mit einem kleinen Lächeln. „Wissen Sie, wo Heidi Olsen arbeitet?"

„Worum geht es denn?", wollte die ältere Dame wissen, während der kleine Hund an der Leine zerrte.

„Das können wir Ihnen leider nicht sagen", antwortete Charlie. „Es ist zu persönlich, deshalb aber besonders wichtig, bald mit ihr zu sprechen."

Es war der Hundebesitzerin anzusehen, wie schwer es ihr fiel, ihre Neugier zu zügeln. Trotzdem fragte sie nicht noch einmal nach, sondern nickte. „Heidi arbeitet in der Bäckerei ganz in der Nähe. Kennen Sie sich hier aus?"

„Nein, leider nicht."

„Es sind nur drei Querstraßen." Gestikulierend zeigte sie in die entsprechende Richtung und beschrieb den Weg. „Sie wollen ihr aber nichts verkaufen, oder?", fragte sie schließlich besorgt, zu viel preisgegeben zu haben.

Charlie musste unwillkürlich lachen, verneinte und bedankte sich schließlich.

Ohne Mühe fanden sie die Bäckerei und betraten das Ladenlokal, welches komplett leer war. Um die Mittagszeit schien hier nicht viel los zu sein. Hinter der Theke stand eine Blondine, die Charlie auf knapp fünfzig schätzte. Wenn es sich dabei um Heidi Olsen handelte, war sie wohl ein wenig älter als ihr Mann.

„Moin“, begrüßte sie die Frau und stellte Knud und sich selbst als Kriminalkommissare der Ordinger Polizei vor. „Wir sind auf der Suche nach Heidi Olsen.“

Die Frau hinter dem Tresen erblasste. „Das bin ich. Ist etwas passiert?“

„Können wir uns irgendwo setzen und in Ruhe unterhalten?“, fragte Charlie. „Sind Sie alleine hier?“

„Ich sag eben meiner Chefin Bescheid.“ Dabei blickte sie auf ihre Armbanduhr. „In einer halben Stunde habe ich ohnehin Mittagspause. Vielleicht kann ich ein bisschen eher gehen. Bitte warten Sie hier.“

Sie verschwand im hinteren Teil der Bäckerei und kehrte kurz darauf in einem Mantel zurück.

„Kommen Sie“, forderte sie die Kommissare auf. „Wir gehen eben zu unserem Haus, da können wir uns am besten ungestört unterhalten.“

Charlie wunderte sich über die Zielstrebigkeit der Frau. Die meisten hätten nachgefragt, worum es sich überhaupt handelte. Heidi Olsen schien etwas zu ahnen. Oder wusste sie bereits, dass ihr Mann verschwunden war? Warum hatte sie dann keine Vermisstenanzeige aufgegeben? Diese Frage würde sie der Witwe auf jeden Fall stellen.

Nach wenigen Minuten erreichten sie erneut das Reihenhaus. Während Heidi Olsen Kaffee kochte, nahmen Charlie und Knud das Wohnzimmer in Augenschein, in das sie geführt worden waren. Die Einrichtung passte zu der Reihenhausscheibe, wie Charlie das schmale Haus insgeheim nannte. Die Möbel waren ein wenig in die Jahre gekommen, dazu nicht besonders hochwertig, aber sauber und gepflegt.

„Möchten Sie etwas essen?“, wollte Heidi Olsen von ihren Besuchern wissen. „Immerhin ist ja gleich Mittag.“

Während Knud verneinte, fragte sich Charlie unwillkürlich, ob die Hausherrin das Gespräch weiter hinauszögerte oder das Angebot lediglich der Höflichkeit geschuldet war.

„Setzen Sie sich bitte zu uns", forderte die Ermittlerin sie schließlich auf. „Wir haben etwas Ernstes mit Ihnen zu besprechen."

Heidi Olsens Hand begann zu zittern. Der Kaffee, den sie gerade einschenken wollte, schwappte auf die Untertasse. Nervös stellte sie die Kanne ab und wollte schon wieder in Richtung Küche entschwinden, aber Knud zog eine Packung Papiertücher aus der Tasche.

„Setzen Sie sich bitte!", wiederholte Charlie in bestimmtem Tonfall, woraufhin Heidi Olsen ihrer Aufforderung folgte.

„Also gut, worum geht es denn nun?"

Die Kommissarin zögerte einen Moment, was Knud als Zeichen interpretierte, die Gesprächsführung zu übernehmen. „Leider müssen wir Ihnen mitteilen, dass Ihr Mann heute Morgen tot aufgefunden wurde", erklärte er betont sachlich.

Heidi Olsen reagierte nicht. Charlie war sich nicht sicher, welche Reaktion sie erwartet hatte, aber dieses fast gleichgültige Schweigen irritierte sie.

Knud schien es ebenso zu gehen. „Haben Sie verstanden, was ich gesagt habe?", fragte er verunsichert.

Nun nickte sie.

„Haben Sie ihn heute Morgen vermisst?", schaltete sich Charlie wieder in die Befragung ein.

Heidi Olsen schien sich durch die direkte Frage in die Enge getrieben zu fühlen. Zumindest klang es wohl in ihren Ohren wie ein Vorwurf, sich nicht gekümmert zu haben. Sie zitterte. Ihren Blick hielt sie gesenkt, die Kommissarin konnte aber sehen, wie dieser unruhig über den Tisch wanderte.

„Ich bin gestern ziemlich früh ins Bett gegangen", flüsterte sie schließlich. „Im Grunde war ich enttäuscht, weil Tammo am Abend noch einmal losgefahren ist." Sie zögerte. „Ach, Sie bekommen es ja sowieso heraus: Wir haben uns gestritten. Nicht besonders heftig, sondern so wie es zwischen Eheleuten halt mal vorkommt." Wieder legte sie eine Pause ein.

„Worum ging es dabei?", hakte Charlie prompt nach.

„Muss ich das wirklich erzählen?" Heidi Olsen schien peinlich berührt.

„Wir können das vorerst zurückstellen. Sie hatten also Streit und Ihr Mann hat das Haus verlassen. Und kam nicht zurück." Es klang mehr wie eine Feststellung als eine Frage.

Die Witwe nickte.

„Hat er Ihnen gesagt, wohin er fahren wollte?"

Sie schüttelte den Kopf. „Eigentlich gibt es da nur zwei Möglichkeiten. Wenn er sich über mich ärgert, geht er entweder in eine Kneipe und zischt ein paar Bierchen oder er fährt einfach mit dem Auto durch die Gegend." Sie nahm die Kaffeetasse, stellte sie jedoch wieder ab, ohne davon zu trinken, weil ihre Hand nach wie vor extrem zitterte. „Wo haben Sie ihn denn gefunden?", fragte sie leise.

„Er wurde nördlich von Westerhever in einem Graben gefunden", antwortete Knud.

Heidi Olsen hob den Kopf. „Er ist in einem Graben ertrunken?", fragte sie fassungslos. „Wie konnte das denn passieren?"

„Das können wir Ihnen erst nach der Obduktion beantworten."

„Obduktion", murmelte sie kopfschüttelnd. „Das ergibt überhaupt keinen Sinn. Tammo hat nie viel getrunken. Er ist Vertreter. Ohne seinen Führerschein kann er nicht arbeiten. Nie hätte er den aufs Spiel gesetzt! Außerdem war er immer verantwortungsbewusst und wäre auch nie gefahren, wenn er zu viel Alkohol im Blut hatte. Er trank mal ein, zwei Bier, darüber hinaus wäre er aber immer auf alkoholfreie Getränke umgestiegen. Was hat er dort überhaupt gewollt? Dort gibt es doch nichts außer Gräben und Wiesen."

„Sie kennen die Gegend also", stellte er sachlich fest.

„Klar", antwortete sie. „Ich bin in Westerhever aufgewachsen. Eine einsamere Gegend gibt es auf Eiderstedt kaum. Ich kann mir nicht vorstellen, warum Tammo dorthin gefahren ist. Wenn er allein sein wollte, lief er auf dem Deich herum. Jetzt im Winterhalbjahr ist hier in der Gegend ja ohnehin wenig los. Da findet man schon einen Platz, wo man seine Ruhe haben kann."

Während Knud das Gespräch führte, beobachtete Charlie die frischgebackene Witwe genau. Sie schien zwar fassungslos, aber nicht tief getroffen zu sein. Natürlich konnte der Eindruck täuschen.

„Sie sind also früh ins Bett gegangen", nahm Charlie den Faden wieder auf. „Haben Sie sich heute Morgen nicht gewundert, dass Ihr Mann nicht nach Hause gekommen ist? Kam sowas öfter vor?"

„Ich kann Ihre Frage verstehen, Sie sind aber auf dem Holzweg. Tammo hat geschnarcht, deshalb schlafen wir seit Jahren getrennt. Zusätzlich trage ich Ohrstöpsel, weil diese Hütte extrem hellhörig ist. Ich muss immer sehr früh aufstehen, während es bei ihm je nach Terminlage variiert. Manchmal ist er abends noch sehr spät unterwegs und schläft dann morgens ein wenig länger. Außerdem ist ... äh, war er ein ausgesprochener Morgenmuffel. Es war bei uns also üblich, dass ich alleine aufgestanden und zur Arbeit gefahren bin. Nicht selten, ohne ihn zu wecken."

„Auch wenn Sie sich gestritten haben?", fragte Charlie nach. Sie warf der Hausherrin einen prüfenden Blick zu, durch den diese sich erkennbar provoziert fühlte.

„Sind Sie verheiratet, Frau Kommissarin?"

„Nein."

„Na ja, selbst wenn Sie es nicht sind, werden Sie wissen, dass man manchmal einfach seine Ruhe von dem männlichen Geschlecht haben möchte. Heute ging es mir so. Mein Ärger war noch nicht verraucht und ich hatte keine Lust, den Tag mit einer Fortsetzung des Streits zu beginnen." Sie zuckte mit den Schultern. „Entweder Sie glauben mir oder Sie lassen es bleiben." Es schien ihr egal zu sein.

„Ihr Mann war also Vertreter", wechselte Knud das Thema.

Die Frage schien sie zu entspannen. „Ja genau. Er war in ganz Norddeutschland unterwegs, um Landmaschinen zu verkaufen."

„Blieb er manchmal über Nacht weg?"

„Selten", antwortete sie und schien sich wieder sicherer zu fühlen. „Am liebsten war er abends zu Hause. Tammo mochte keine Hotelbetten."

„Wie weit reichte sein Verkaufsgebiet?", wollte Knud es genauer wissen.

„Im Norden bis zur dänischen Grenze, im Süden so bis auf die Höhe von Bremen, also circa hundert Kilometer über Hamburg hinaus. Bei diesen Strecken hatte Tammo keine Mühe, sie an einem Tag zu bewältigen. Ein oder zweimal im Jahr plante er eine Tour am südlichen Rand seines Verkaufsgebiets und blieb dann mal für eine ganze Woche weg, aber das ist jetzt schon länger her."

„Okay", erwiderte Knud. „Frau Olsen, die folgende Frage wird Sie vielleicht schockieren, aber ich muss sie Ihnen trotzdem stellen. Halten Sie es für möglich, dass Ihr Mann freiwillig aus dem Leben geschieden ist? Können Sie sich irgendeinen Grund dafür vorstellen?"

Wie erwartet riss Heidi Olsen die Augen auf und guckte den Kommissar ungläubig an. „Selbstmord?", flüsterte sie. Einen Moment schien sie zu überlegen. „Nein, Herr Petersen, ich kann mir beim besten Willen nicht vorstellen, warum Tammo nicht mehr leben wollte. Nein!", fügte sie bekräftigend hinzu. „Dafür gibt es keinen Grund."

„Und gab es Feinde in seinem Leben? Das klingt vielleicht etwas dramatisch. Was ich damit zum Ausdruck bringen will: Gab es Konflikte? Und damit meine ich nicht einen üblichen Ehestreit, so wie Sie ihn gestern hatten."

„Fragen Sie mich gerade, ob ich meinen Mann umgebracht habe?" Der erstaunte Gesichtsausdruck verstärkte sich.

„Haben Sie?", meldete sich Charlie zu Wort.

„Natürlich nicht! Was soll diese Provokation?", entgegnete Heidi Olsen gereizt. „Sie verdächtigen mich doch wohl nicht ernsthaft, oder?"

„Wir müssen diese Fragen stellen. Ist Routine. Wo waren Sie gestern Abend und in der Nacht?", bohrte Charlie weiter. Ihr war die fehlende Empathie dieses Verhaltens bewusst, sie folgte aber ihrem Gefühl.

„Ich war hier und dafür gibt es keine Zeugen. Das wird wohl Ihre nächste Frage sein. Nachdem Tammo wütend abgerauscht ist, habe ich überlegt, ob ich eine Freundin anrufen soll. Es war aber bereits nach einundzwanzig Uhr."

„Das ist doch eine Zeit, zu der man eine Freundin anrufen kann", erwiderte Charlie unbeeindruckt.

„Für Sie vielleicht, ich sehe das ein wenig anders. Wie dem auch sei, ich war allein hier, und zwar die ganze Nacht. Nachdem ich mich etwas beruhigt hatte, bin ich ins Bett gegangen. Es war ja auch kein wirkliches Drama, sondern nur ein Streit, wie er eben ab und zu vorkommt. Hauptsächlich habe ich mich geärgert, weil Tammo mich einfach wortlos stehengelassen hat." Heidi Olsen warf Charlie einen wütenden Blick zu.

Die Kommissarin fragte sich unwillkürlich, ob die Witwe die Wahrheit sagte. „Besitzen Sie ein eigenes Auto?"

„Ja. Tammo war so viel unterwegs, da wäre ich nirgends hingekommen. Natürlich habe ich ein eigenes Auto."

„Erzählen Sie uns mehr von Ihrem Mann", wechselte Knud wieder das Thema. „Was hat er in seiner Freizeit gemacht? Hatte er einen guten Freund, einen Kumpel, mit dem er auch Probleme besprach? Gab es Konflikte? In einem Verein oder am Arbeitsplatz?"

„Das sind viele Fragen auf einmal", erwiderte Heidi Olsen. „Tammo war ein umgänglicher Typ. Schon von Berufs wegen musste er sich auf verschiedene Menschen einstellen können. Meist ist ihm das gut gelungen. Von Problemen in der Firma hat er mir nichts erzählt. Ich glaube, da lief alles in geregelten Bahnen. In einem Verein war er nicht. Das war nicht seine Welt, außerdem kam er teilweise spät von seinen Touren zurück und konnte das schlecht mit festen Zeiten vereinbaren."

„Aber er hatte bestimmt einen Freund?", wiederholte Knud seine Frage.

„Es gibt da seine alte Clique. Vier Freunde, die sich schon von Jugendtagen an kennen und bis heute eng befreundet sind. Sie treffen sich regelmäßig und unternehmen etwas zusammen."

„Können Sie uns die Namen aufschreiben?", forderte Knud sie auf und schob ihr einen Block samt Kugelschreiber über den Tisch. „Wenn Sie es wissen, gerne auch die Adressen und Telefonnummern. Diese Angaben brauchen wir ebenfalls zu der Firma, für die Ihr Mann gearbeitet hat."

Heidi Olsen nickte und schrieb die gewünschten Angaben auf. Dabei murmelte sie: „Uwe Ackermann wohnt in Friedrichstadt. Er ist Anwalt und hat politische Ambitionen. Ich glaube, er will dort Bürgermeister werden. Peter Wenzel ist Arzt. Früher hatte er in Hamburg gearbeitet, aber seit geraumer Zeit ist er in Sankt Peter-Ording in einer Klinik angestellt. Und dann ist da noch Klaas Böttcher. Er wohnt in Tönning und arbeitet in einer

Bank. Alle drei sind verheiratet. Über die Jahre haben wir Frauen uns ebenfalls angefreundet. Wollen Sie die Namen auch haben?"

„Gerne", antwortete Knud und nickte ihr zu.

Heidi Olsen ergänzte diese und fügte schließlich die Angaben der Firma hinzu, für die ihr Mann gearbeitet hatte. „Die Verwaltung sitzt in Kiel, aber da musste Tammo nur selten hin. Seinen Papierkram hat er von zu Hause aus erledigt." Sie schob ihm den Block zurück und warf wieder einen Blick auf ihre Armbanduhr. „Ich muss zurück zur Arbeit. Sind wir fertig?"

Charlie zog eine Augenbraue hoch. „Sie wollen jetzt zurück in die Bäckerei?", fragte sie erstaunt.

„Ich muss", antwortete Heidi Olsen. „Wenn ich hier alleine herumsitze, werde ich verrückt. Außerdem wird meine Chefin nicht so schnell eine Vertretung für mich finden." Damit erhob sie sich von ihrem Stuhl und signalisierte das Ende des Gesprächs.

„Kalt wie ein Fisch", kommentierte Charlie, nachdem sie das Haus verlassen hatten. „Würde mich nicht wundern, wenn die Ehe nicht mehr so toll lief und der Streit wesentlich heftiger war, als sie uns weismachen will. Wir hätten darauf bestehen sollen, nach dem Grund zu fragen."

„Um die Qualität ihrer Beziehung zu beurteilen, fehlen uns Informationen. Jeder reagiert anders auf eine derartige Hiobsbotschaft. Ich finde, sie wirkte ausreichend schockiert. Hast du gesehen, wie sie gezittert hat? Das kann man schließlich nicht vorspielen."

Insgeheim ärgerte sich Charlie über Knuds Widerspruch. Obwohl sie anderer Meinung war, schwieg sie, um ihr Verhältnis nicht weiter zu belasten. Immerhin hatte er ein Recht auf eine eigene Meinung. Vielleicht war sie ja wirklich zu voreilig mit ihrem Urteil.

„Wollen wir zuerst zu seinem Arbeitgeber nach Kiel fahren, um weitere Informationen über Tammo einzuholen?", fragte sie versöhnlich. „Im Anschluss können wir dann seine Freunde befragen. Vielleicht haben wir bis dahin bereits Ergebnisse von der Spusi und aus der Gerichtsmedizin. Der Fundort des Leichnams wirft viele Fragen auf. Mit Glück bekommen wir einige Antworten."

Knud nickte. „Klingt nach einem guten Plan." Auch er schien jede Konfrontation vermeiden zu wollen.

Auf der Fahrt nach Kiel gab Charlie die eben erhaltenen Informationen an Lilly und Fiete weiter, damit diese die Zeit nutzen konnten, um über die Firma und die Freunde zu recherchieren. Die Enttäuschung der jüngeren Kollegin, auch bei der nächsten Etappe nicht dabei sein zu dürfen, klang deutlich durch die Telefonleitung. Charlie konnte sie verstehen. Die Ermittlungsarbeit an der Front war einfach wesentlich spannender als die Recherche im Innendienst.

Um ihre fragile Harmonie nicht zu gefährden, schwiegen die Kommissare während der circa einstündigen Fahrt überwiegend. Außerdem hatte starker Regen eingesetzt und Knud musste sich ohnehin auf das Fahren des Wagens konzentrieren. Als sie schließlich das Firmengelände erreichten, war Charlie spontan beeindruckt. In ihrer Vorstellung hatte sie mit einem kleineren Betrieb gerechnet. Stattdessen handelte es sich um eine größere Firma mit einem imposanten Verwaltungsgebäude, vor dem eine stattliche Anzahl verschiedener Landmaschinen standen.

Sie war gespannt, was sie hier über Tammo Olsen erfahren würden. Sein Reihenhaus in Husum wirkte eher bescheiden. Das allein ließ allerdings keinen Rückschluss auf den Erfolg des Vertreters zu, so viel hatte Charlie in ihrer Laufbahn bereits gelernt. Der Schein konnte leicht trügen, sowohl in die eine als auch in die andere Richtung.

Auf dem Weg zum Empfang durchquerten sie eine moderne Halle, in der weitere imposante Maschinen geparkt waren. Es wirkte wie ein Autohaus, nur um einiges größer. Charlie stellte die Kommissare vor und fragte nach dem Geschäftsführer. Die junge Frau zuckte bei Erwähnung der Polizei unwillkürlich zusammen.

„Nils Fischer ist hier der Chef. Im Moment können Sie ihn nicht sprechen, weil er in einem Meeting ist. Wollen Sie warten? Sie können dort vorne bei der Sitzgruppe Platz nehmen. Ich kann Ihnen aber nicht sagen, wie lange es dauert. Möchten Sie vielleicht einen Kaffee trinken?" Nervös zupfte die junge Empfangsdame an ihrer Unterlippe.

„Ja, gerne", antwortete Charlie mit einem Lächeln. „Wenn es keine Umstände macht, trinken wir gerne einen Kaffee. Gibt es vielleicht außerdem einen Personalleiter?", fragte sie einer Eingebung folgend.

„Alle Personalangelegenheiten werden von Herrn Fischer verwaltet. Worum geht es denn überhaupt?" Es schien sie Überwindung zu kosten, diese Frage zu stellen, aber ihre Neugier siegte. Weiterhin zupfte sie an ihrer Unterlippe.

„Das können wir Ihnen leider nicht sagen", antwortete Knud mit einem verbindlichen Lächeln. „Vielleicht können Sie Herrn Fischer informieren, dass wir hier warten."

Charlie nickte ihm anerkennend zu. Ein guter Schachzug, um vielleicht die Wartezeit zu verkürzen.

Eine halbe Stunde später wurden sie in ein Büro geführt, das groß, hell und modern eingerichtet war. Es wurde von Glas und Chrom dominiert. Nils Fischer war kleiner als in Charlies Vorstellung. Er begrüßte sie mit einem offenen Blick und kräftigem

Händedruck. Mit einer einladenden Geste forderte er sie schließlich auf, Platz zu nehmen.

„Zwei Kriminalkommissare aus Sankt Peter-Ording! Ich bin beeindruckt. Ist ein ziemlicher Weg hierher, was führt Sie zu mir?"

„Es geht um einen Ihrer Mitarbeiter: Tammo Olsen", übernahm Knud die Gesprächsführung. „Er wurde heute Morgen tot aufgefunden."

„Das muss ein Missverständnis sein", entgegnete Nils Fischer.

„Nein, leider nicht. Der Tod wurde eindeutig festgestellt. Es tut mir sehr leid, Ihnen so schlechte Nachrichten überbringen zu müssen."

„Oh, da haben Sie mich falsch verstanden. Ich zweifel nicht an Ihrer Aussage, aber Tammo Olsen ist schon lange nicht mehr für uns tätig. Lassen Sie mich mal überlegen ... ich denke, es müssen bald anderthalb Jahre sein. Wenn Sie es genau wissen wollen, kann ich das natürlich nachschauen."

Weder Knud noch Charlie hatten mit dieser Aussage gerechnet. Wieso hatte Heidi Olsen ihnen davon nichts erzählt? Charlies Gedanken rasten. Konnte es sein, dass die Witwe nichts davon wusste? War Tammo Olsen arbeitslos gewesen oder arbeitete in einem anderen Job, von dem er ihr nichts erzählt hatte? Beides schien unwahrscheinlich. Hatte Heidi Olsen sie angelogen?

„Diese Information scheint Sie zu überraschen", durchbrach Nils Fischer das Schweigen, das diese Neuigkeit ausgelöst hatte.

„Ja, in der Tat. Frau Olsen hat vorhin angegeben, ihr Mann würde für Sie arbeiten. Was war der Grund für die Auflösung des Arbeitsverhältnisses?", fragte Knud, der sich als Erster wieder gefasst hatte.

„Das ist eine etwas unschöne Geschichte", sinnierte Nils Fischer. „Tammo Olsen war jahrelang unser bestes Pferd im Stall, wie man so schön sagt. Seine Disziplin und sein Engagement waren vorbildlich, seine Umsätze in der Regel erheblich über dem Soll. Ich weiß nicht, was die Veränderung ausgelöst hat, aber irgendwie schien er plötzlich unzufrieden zu sein. Zumindest sanken seine Zahlen immer weiter und es gab zahlreiche Beschwerden von Kunden. Anfangs verspätete er sich bei Terminen, später hielt er manche gar nicht mehr ein. Und das ohne abzusagen. So etwas geht in unserem Geschäft natürlich gar nicht. Einem klärenden Gespräch mit mir wich er ebenfalls mehrfach aus. Schließlich musste ich mir mit den Instrumenten des Arbeitsrechts behelfen. Als er auch auf die Abmahnungen nicht reagierte, habe ich ihn schließlich schweren Herzens entlassen. Es ist mir trotz dieser Vorkommnisse nicht leichtgefallen, aber ich habe eine Firma zu leiten, deren Wohl mir genauso am Herzen liegt. Von dem Erfolg dieses Betriebes hängen über zweihundert Arbeitsplätze ab." Er legte eine Pause ein und zog dabei seine Stirn in Falten. „Und nun ist er tot? Was für eine Tragödie! Hat er sich etwa wegen meiner Entlassung selbst das Leben genommen?"

Torge in Hamburg und St. Peter-Ording

Dienstag, den 7. November

Torge Trulsen war im Glück. Jedes Mal, wenn er in den letzten zwei Wochen diese wundervollen Karten für die Elbphilharmonie betrachtet hatte, empfand er erneut diese befriedigenden Augenblicke, die dazu geführt hatten, dass er sie überhaupt in seinen Händen halten konnte.

Als Erstes war da der großartige Erfolgsmoment, an dem er das Zimmer betrat, um die Kommissarin zu retten. Selten zuvor hatte einer seiner Pläne so hervorragend funktioniert. Er war seiner Intuition gefolgt und hatte damit die entscheidende

Wende in dem kniffligen Fall herbeigeführt. Auch in der Erinnerung blieb dieses stolze und befriedigende Gefühl, nützlich zu sein.

Genau diese Anerkennung hatte ihm Charlotte Wiesinger mit ihrem großzügigen Geschenk entgegengebracht. Nie zuvor war er für seine Unterstützung der Ordinger Polizei mit einer Gegenleistung entlohnt worden. Umso mehr zählte diese wertschätzende Geste.

Nun freute er sich auf das Orgelkonzert im großen Saal der sagenhaften Elbphilharmonie. Und damit nicht genug. Charlotte Wiesinger hatte außerdem für Annegret und ihn eine Nacht in dem dazugehörigen Hotel gebucht. Bestimmt war sie dafür ein kleines Vermögen losgeworden.

Annegrets Freude über den unerwarteten Ausflug in die Hansestadt war dermaßen überschwänglich, dass er den Aufenthalt spontan um zwei weitere Nächte verlängerte, wenn auch in einem kleinen, längst nicht so luxuriösen Hotel, das eher seinem Geldbeutel entsprach. Er selbst weilte grundsätzlich am liebsten auf Eiderstedt, sie dagegen fuhr gerne mal in den Urlaub, womit sie längst wieder überfällig waren. Auf diese Weise war der Kurztrip immerhin zu einem langen Wochenende geworden, das ihnen ermöglichte, die wunderschöne Stadt an der Elbe ausgiebig zu erkunden. Den Höhepunkt bildete schließlich das Konzert am Sonntagabend mit der Übernachtung in dem großartigen Hotel, das zu Charlotte Wiesingers Geschenk gehörte. Torge hatte sich die Bilder im Internet angeschaut und war gespannt, ob diese der Realität entsprachen.

Während Torge seinen alten Kombi sicher durch den Regen über die A 23 lenkte, plapperte Annegret aufgeregt vor sich hin. Nicht einmal die düsteren Wolken und der Dauerregen konnten ihre Vorfreude mindern. In Hamburg angekommen, war Fortuna auf ihrer Seite. Ab und zu riss der Himmel ein wenig auf und sie erwischten kleine Zeitfenster, in denen sie trocken den Michel bestaunten und die Binnenalster umrundeten. Wenn der Regen wieder einsetzte, zog Annegret ihn in einen der verlockenden Läden und stöberte selig darin herum. Wie die meisten Männer fand Torge Einkaufsbummel seit jeher langweilig, zeigte sich aber großzügig, sowohl was die Zeit als auch die Herausgabe seiner EC-Karte anging. Seine Annegret so ausgelassen und glücklich zu sehen, ließ sein Herz auch nach den zahlreichen gemeinsamen Ehejahren höherschlagen.

Und dann war es endlich soweit. Am Sonntagnachmittag bezogen sie dieses herrliche Hotelzimmer. Sowohl seiner seuten Deern als auch ihm selbst verschlug es bei dem Panoramablick über die Elbe die Sprache. So etwas Schönes hatte er in seinem ganzen Leben noch nicht gesehen. Spontan zog er sein Smartphone aus der Tasche, nahm ein paar Fotos auf und schickte sie der Kommissarin. Annegret öffnete den Begrüßungssekt und reichte ihrem Mann ein Glas.

„Auf dich, mein Lieber! Ich hätte nie gedacht, dass deine ständige Einmischung in die Arbeit der Ordinger Polizei einmal so ein großartiges Geschenk zur Folge haben würde", prostete sie ihm mit einem Augenzwinkern zu.

Torge lag sofort Protest auf der Zunge, er schluckte ihn jedoch herunter. Stattdessen nahm er das Glas, stieß mit ihr an und trank einen großen Schluck von dem prickelnden Sekt. Er wusste ja genau, wie seine bessere Hälfte es meinte. „Es ist wirklich phänomenal!" Wieder ließ er seinen Blick über den Hafen wandern. Schließlich musste er doch widersprechen. „Dieses Mal war meine Beteiligung wirklich mehr als nur Einmischung!"

„Das weiß ich", gab sich Annegret versöhnlich.

Trotzdem hatte sie seinen wunden Punkt erwischt. „Wer weiß, ob Fiete, Knud oder Kommissarin Morgenroth auf die Idee gekommen wären, wo sich Charlotte Wiesinger befand. Nicht auszudenken, wenn sie so wie die anderen Mordopfer geendet hätte!“ Mit Schmackes setzte Torge das Sektglas auf dem kleinen Tischchen ab.

„Lass dich nicht veräppeln, Torge!“ Annegret konnte sich ein Schmunzeln nicht verkneifen. „Alle wissen, wie wertvoll deine Aktion in diesem Fall war. Sonst wären wir jetzt schließlich nicht hier.“ Sie unterstrich ihre Worte mit einer ausladenden Geste. „Trotzdem hast du dir mal wieder einen Alleingang geleistet, der genauso hätte nach hinten losgehen können.“

„Es ist aber gutgegangen und ich habe mit meiner mutigen Handlungsweise das Leben der Kommissarin gerettet.“ Stolz klang in seiner Stimme mit.

Annegret nickte. „Fortuna war auf deiner Seite und ich weiß ja, wie gerne du anderen hilfst. Außerdem freue ich mich wie ein Kind, dass du das Geschenk angenommen hast. So, und jetzt ziehen wir uns um. Ich kann es gar nicht erwarten, den großartigen Konzertsaal zu sehen. Mal schauen, wie gut dein Anzug passt. Ist schon wieder eine Weile her, seit du ihn zuletzt getragen hast.“

Ein Schatten zog über Torges Gesicht. Eigentlich wollte er den feinen Zwirn vorher einmal anprobieren, hatte es aber vor sich hergeschoben und schließlich aus den Augen verloren. Zu gut konnte er sich an das letzte Mal erinnern, das ein demütigendes Erlebnis gewesen war. Der Hosenbund hatte gekniffen und er sich verkleidet gefühlt. Allerdings hatte er einige von Annegrets Ernährungstipps befolgt und hoffte nun, dass der Anzug ihm dadurch besser passte.

„Schnieke siehst du aus!“, kommentierte seine seute Deern, als sie zwanzig Minuten später aus dem Bad trat. „Sitzt ja wie angegossen. Lohnt sich also, ab und zu mal Brokkoli zu essen“, frotzelte sie.

Torge zwinkerte ihr ausgelassen zu. „Ich gebe dir ausnahmsweise recht", erwiderte er lächelnd. „Trotzdem werde ich bestimmt kein Müsli essen. Du siehst wunderschön aus. Komm, wir sind bereit. Lass uns die heiligen Hallen der Elbphilharmonie erkunden."

Der Anblick des großen Saals übertraf alles, was Torge bisher in seinem Leben gesehen hatte. Ehrfurchtsvoll betrachtete er die sogenannte weiße Haut, wie die individuell gefertigte Wandverkleidung genannt wurde. Die besonderen Lampen tauchten den annähernd runden Raum in ein wunderbares Licht. Wie in einem Kolosseum befand sich die Bühne in der Mitte. Die Bestuhlung reichte über mehrere Ränge in eine Höhe von mehreren Stockwerken. Die Orgel war neben dem Künstler, der auf ihr spielen würde, an diesem Abend die Hauptattraktion. Auch sie hatte eine Größe von drei oder vier Stockwerken. Torge nahm sich fest vor, dies noch einmal nachzulesen. Er konnte es kaum abwarten, die großartigen Klänge des gewaltigen Instruments zu hören.

Die Plätze, die Charlotte Wiesinger ausgesucht hatte, waren perfekt. Sie saßen direkt gegenüber. Bereits bei den ersten Tönen erkannte der Hausmeister, wie phänomenal die Akustik war.

Den Montag hatten Annegret und Torge nach der Rückkehr in ihre Tatinger Reetkate gemütlich mit einem Glas Rotwein und dem Schwelgen in den jungen Erinnerungen ausklingen lassen. Am Dienstagmorgen hielt Torge nach dem Aufwachen nichts in seinem Bett. Er wollte unbedingt vor Arbeitsbeginn in der *Weißen Düne* auf dem Revier vorbeischauen, um sich bei der Kommissarin für das großartige Wochenende zu bedanken.

Annegret schien in Geberlaune zu sein. Als er frisch geduscht in der heimeligen Friesenküche erschien, stand sie am Herd.

Der Duft von frisch gebrutzeltem Speck zog in seine Nase. Der Tisch war bereits gedeckt. Annegret empfing ihn mit einem strahlenden Lächeln.

„Ich danke dir von Herzen für dieses wunderbare Wochenende, Torge! Bitte nimm dir die Zeit, um mit mir zu frühstücken. Ich habe das Bedürfnis, dir etwas Gutes zu tun. Rührei und Speck sind gleich fertig. Setz dich, ich schenke Kaffee ein."

„Lieb von dir", erwiderte Torge. Am liebsten wäre er sofort aus dem Haus gestürmt, aber das wollte er seiner besseren Hälfte nicht antun. Außerdem gab es kaum einen besseren Start in den Tag als ein Rührei mit Speck und einen Pott Kaffee. So viel Zeit konnte er sich nehmen. Im November war es ohnehin ruhig in der Ferienanlage, da musste er nicht überpünktlich erscheinen.

„Willst du mich zum Revier begleiten?", fragte er kauend, obwohl Annegret es hasste, wenn er mit vollem Mund sprach. „Charlotte Wiesinger würde sich bestimmt freuen."

„Ich habe auch schon darüber nachgedacht, aber heute geht es leider nicht. Ich muss in die Schneiderei, um einige Aufträge fertigzustellen, die auf Termin liegen. Grüß sie aber ganz herzlich von mir. Ich bin sicher, du wirst die richtigen Worte finden, um unsere Dankbarkeit auszudrücken."

Torge nickte und schob sich eine weitere gut gefüllte Gabel in den Mund.

„Hast du es eilig?", neckte sie ihn prompt.

„Nur ein wenig", antwortete er mit einem Grinsen. Dass sie ihn aber auch grundsätzlich durchschaute!

Eine halbe Stunde später erreichte er die Polizeistation in Sankt Peter-Ording. Immer zwei Stufen auf einmal nehmend eilte er die Treppe zum Eingang empor und stieß schließlich schwungvoll die Tür auf. Er hoffte, wenigstens die Kommissarin anzutreffen. Auch das war ein Grund, warum er so früh hier eintreffen wollte.

Er warf ein zackiges *Moin* in die Runde, auf das er spontan keine Antwort erhielt. Erst auf den zweiten Blick nahm er die ernste Stimmung wahr. Alle vier Kommissare saßen am Konferenztisch und schienen in ein Gespräch vertieft. Was hatte das zu bedeuten?

Torge trat an den Tisch und wiederholte seine Begrüßung.

„Moin Torge! Willkommen zurück an der Küste. Gibt es etwas Wichtiges?“, fragte Knud. „Ansonsten fass dich bitte kurz. Wir sind mitten in einer wichtigen Besprechung.“

Der Hausmeister war lange genug inoffizielles Mitglied des Teams, um zu verstehen, was sein Kumpel ihm damit sagen wollte. Bestimmt stand hinter der burschikosen Ansage eine neue Tat. Wie konnte das bloß sein? Sie hatten den letzten Fall gerade abgeschlossen. Gab es etwa nicht einmal drei Wochen später bereits ein neues Kapitalverbrechen in der eigentlich so beschaulichen Küstengemeinde? Torge guckte sich das Whiteboard an, das war jedoch leer. Oder täuschte er sich? Vielleicht besprachen die Kommissare einfach etwas Internes, was sie nicht mit ihm teilen wollten.

„Also, was gibt es?“, wiederholte Knud seine Frage etwas freundlicher.

Torges Neugier siegte über den Wunsch, seine Dankbarkeit zum Ausdruck zu bringen. Er wollte zu gerne den Grund für die gedrückte Stimmung in Erfahrung bringen. Es ging doch nicht etwa um den Konflikt zwischen Charlotte Wiesinger und Knud, oder?

„Ist etwas passiert?“, war alles, was ihm über die Lippen kam. „Gibt es etwa schon wieder einen Toten?“

Charlotte Wiesinger nickte. „Es handelt sich um einen Mann namens Tammo Olsen. Allerdings wissen wir nicht, ob es sich dabei um ein Kapitalverbrechen oder vielleicht einen Selbstmord handelt."

Diese Offenheit verdankte er sicherlich seiner Rettung der Kommissarin im vorausgegangenen Fall. Vorher hatte sie ihn nicht so bereitwillig in ihre Ermittlungsdetails eingeweiht.

„Tammo Olsen?"

„Ja, kannten Sie ihn etwa?"

„Flüchtig, würde ich sagen. Wenn ich mich recht erinnere, ist seine Frau mit meiner Annegret bei den Landfrauen. Gut möglich, dass die beiden Deerns sich näher kennen. Heißt sie nicht Heidi?" Torge wuschelte sich durch seine blonden Locken – eine typische Geste, wenn er nachdachte oder verlegen war.

„Ja genau, Heidi und Tammo Olsen. Ihre Bekanntschaft mit dem Paar wundert mich eigentlich nicht", erwiderte die Ermittlerin. „Kannten sie ihn gut genug, um einzuschätzen, ob er sich selbst das Leben nehmen würde? Insbesondere die letzten achtzehn Monate sind dabei interessant. Haben Sie ihn in den letzten eineinhalb Jahren ab und zu getroffen?"

„Selten", musste Torge zu seinem Bedauern zugeben. „Vielleicht hier und da mal auf einer Feier, aber wie gesagt, eigentlich kannte ich ihn nur flüchtig. Ich kann aber gerne Annegret zu den beiden befragen, wenn Sie möchten."

Die Kommissarin nickte erneut. „Jede Information, die wir bekommen, kann wertvoll sein. Sie wissen ja, wie es läuft."

Knud warf erst seiner Kollegin und dann ihm einen prüfenden Blick zu. „Warum bist du hergekommen? Die Buschtrommeln haben dir doch nicht etwa schon Tammo Olsens Tod gemeldet?"

Trotz der Ernsthaftigkeit des Augenblicks musste Torge grinsen. „Nein, wir sind ja erst gestern Nachmittag nach Hause gekommen. So schnell ist der Buschfunk nicht. Es passt jetzt nicht so wirklich, aber ich bin eigentlich hergekommen, um mich bei Ihnen für das großartige Konzerterlebnis und die Nacht in diesem unglaublichen Hotel zu bedanken, Frau Wiesinger. Sie haben Annegret und mir damit eine riesige Freude bereitet. Das war wirklich phänomenal. Nochmals vielen, vielen Dank!"

Ein Lächeln erhellte das Gesicht der Kommissarin. „Das freut mich", antwortete sie schlicht. „Gut, wenden wir uns wieder dem Fall zu."

Im Grunde war das die Verabschiedung des Hausmeisters, aber Torge fühlte sich wie immer in diesen Situationen bei seiner Ermittlerehre gepackt. Auch wenn er Tammo nicht wirklich gut gekannt hatte, konnte er vielleicht über sein großes Netzwerk auf Eiderstedt etwas zu der Aufklärung seines Todes beitragen. Ohne dazu aufgefordert zu sein, nahm er an dem Tisch Platz und hoffte, nicht rausgeschmissen zu werden. Er war gespannt, wie lange der Rettungsbonus wirkte. Dabei beobachtete er insbesondere Charlotte Wiesinger.

Fast unmerklich zwinkerte sie ihm zu und wandte sich dann an die Kollegen. „Also, die zentrale Frage ist in meinen Augen, ob die Witwe von der Arbeitslosigkeit ihres Mannes wusste. Da es sich um eineinhalb Jahre handelte, kann ich mir eigentlich kaum vorstellen, wie er es vor ihr verheimlicht haben sollte. Was hat er in der ganzen Zeit gemacht? Wo hat er sich aufgehalten, während er angeblich unterwegs war, um Landmaschinen zu verhökern? Dazu kommen die folgenden Aspekte: Heidi Olsen arbeitet als Bäckereiverkäuferin. Das ist ehrbar, sichert vermutlich aber nicht den Lebensstandard des Paares in einem Einfamilienhaus. Wovon haben die beiden also gelebt? Und wenn sie es wirklich nicht wusste, dass ihr Mann arbeitslos war, woher hat er das Geld genommen, um die ausgebliebenen Gehaltszahlungen zu kompensieren?"

Torge hatte Mühe, an sich zu halten und sich nicht in das Gespräch einzumischen. Tammo Olsen war seit eineinhalb Jahren arbeitslos gewesen? Ein dicker Hund! Und Heidi behauptete, es nicht gewusst zu haben. Unvorstellbar! Darüber musste er unbedingt mit seiner seuten Deern schnacken. Er konnte sich gut vorstellen, dass die Frauen untereinander ehrlich waren, wenn sie über sowas redeten. Eine gute Gelegenheit, etwas zu dem Fall beizutragen. Torge witterte seine Chance. Also verhielt er sich ruhig und hoffte auf mehr Informationen.

„Das sollten wir vordringlich herausfinden", bestätigte Knud.

„Befragt heute auf jeden Fall die drei Freunde von Tammo Olsen. Im Hinblick auf die Aussage von seiner Witwe, dass sich auch die Frauen im Laufe der Jahre angefreundet haben, solltet Ihr auch mit denen sprechen. Im Anschluss können wir die Informationen, die diese Befragungen erbringen, auswerten, und dann Heidi Olsen gründlich auf den Zahn fühlen", verteilte Fiete die Arbeitsaufträge für den Tag.

„Ich hatte bereits gestern den Eindruck, dass sie uns etwas verschweigt oder sogar lügt", teilte Charlotte Wiesinger ihre Gedanken mit den Kollegen. „Irgendetwas stimmt nicht mit dieser Frau. Ich sehe dabei zwei Möglichkeiten: Entweder sie war doch eingeweiht und hat viel Druck auf ihn ausgeübt. Damit könnte sie ihn sogar in den Selbstmord getrieben haben ..."

Knud ließ ein Grunzen hören, das die Kommissarin mit einem Stirnrunzeln quittierte. Trotzdem ließ sie sich davon nicht beeindrucken, sondern setzte ihre Argumentationsführung fort.

„Darüber hinaus kann ich sie mir ebenso gut als Täterin vorstellen. Auf den Tod ihres Mannes hat sie zwar mit zitternden Händen, aber sonst nicht übermäßig geschockt reagiert. Im Gegensatz zu Knud kann ich mir sehr gut vorstellen, dass sie uns Theater vorgespielt hat. Wir müssen auf jeden Fall den gesamten finanziellen Hintergrund des Paares durchleuchten, am besten auch das Haus durchsuchen. Fiete, kannst du dich darum kümmern?"

„Schon geschehen", murmelte der Revierleiter. „Ich sag euch Bescheid, wenn der Beschluss vorliegt."

Torge traute seinen Ohren kaum! Während er sich gemütlich in die Kissen eines Luxusbettes gekuschelt hatte, war hier auf Eiderstedt bereits wieder das Unheil ausgebrochen. Man konnte der Halbinsel tatsächlich nicht einmal für ein paar Tage den Rücken kehren, ohne dass es erstaunliche Neuigkeiten gab.

„Egal, ob Heidi Olsen von der beruflichen Situation ihres Mannes wusste, hat diese den Hausfrieden bestimmt enorm belastet. Entgegen der Aussage der Witwe glaube ich, dass der Alltag mit Unzufriedenheit und Streit angefüllt war. Vielleicht hat sie keinen anderen Ausweg gesehen, als ihren Mann zu töten. So ein Verhalten ist für uns schwer nachvollziehbar, aber schon hundertfach geschehen."

„Wenn er wirklich arbeitslos war", gab Kommissarin Morgenroth zu bedenken. „Vielleicht hat er ja auch woanders gearbeitet und es seiner Frau nicht erzählt."

„Nein", widersprach Fiete. „Das habe ich bereits überprüft. Tammo Olsen war arbeitslos gemeldet. Wenn er woanders tätig war, dann ohne Papiere."

„Vielleicht gab es ja eine hohe Lebensversicherung", platzte es aus Torge heraus. Obwohl er sich gerade vorgenommen hatte, die Klappe zu halten, konnte er diese Idee nicht für sich behalten.

Alle Augenpaare wanderten zu dem Hobbyermittler. Er spürte, wie ihm unter den prüfenden Blicken heiß wurde. Das war's dann wohl. Jetzt würden sie ihn rausschmeißen!

„Das ist ein richtig guter Gedanke, Trulsen", sagte die Kommissarin zu seiner großen Verwunderung. „Eine hohe Versicherungssumme wäre auf jeden Fall ein Mordmotiv."

„Soll Annegret sich mal unauffällig umhören?", fragte Torge eifrig.

„Unauffällig?“ Charlotte Wiesinger lachte.

„Ja, Sie wissen schon, was ich meine. Diskret eben, ohne viel Staub aufzuwirbeln“, fügte er hinzu.

„Ich kann Sie ja ohnehin nicht davon abhalten, aber ja: Wecken Sie keine schlafenden Hunde!“

„Geht klar!“, versicherte Torge. „Jetzt muss ich aber los. Halten Sie mich auf dem Laufenden“, fügte er mit einem schelmischen Grinsen hinzu.

Knud in Friedrichstadt

Dienstag, den 7. November

Also gut", übernahm Fiete die Leitung der Besprechung, nachdem der Hobbyermittler das Revier verlassen hatte. „Wie es aussieht, ist Torges Timing mal wieder perfekt gewesen. Wir müssen damit rechnen, dass er sich kräftig in unsere Ermittlung einmischt. Sein Erfolgserlebnis im letzten Fall hat sein Selbstbewusstsein bestimmt über die Maßen wachsen lassen. Behaltet ihn im Auge."

„Torge im Auge behalten? Das soll wohl ein Scherz sein", mokierte sich Knud sofort. „Soll einer von uns ihn beschatten?"

„Willst du das übernehmen, Knud? Dann schicke ich unsere Kolleginnen alleine auf Tour, um die Freunde des Toten zu befragen." Fiete schien sich köstlich zu amüsieren, wie der Kollege ihm auf den Leim ging.

„Alles klar, hab's verstanden“, murmelte Knud verlegen.

„Gut, natürlich war das nicht wirklich ernst gemeint. Trotzdem möchte ich unseren selbst ernannten Hilfssheriff auf keinen Fall vor einer Fernsehkamera sehen. Wenden wir uns dem Pensum des heutigen Tages zu. Meine Rechercheergebnisse zu den drei Freunden von Tammo Olsen sind leider recht dünn; was aber auch bedeutet, dass es keinerlei Straffälligkeiten gibt. Dr. Peter Wenzel leitet eine der Kurkliniken hier in Sankt Peter-Ording. Wie Heidi Olsen bereits erwähnte, war er vorher in Hamburg an einem Krankenhaus tätig. Vor vier Jahren kam er dann in unsere Küstengemeinde. Sein Leumund scheint einwandfrei. Seine Frau heißt Anke und ist Heilpraktikerin mit einer eigenen Praxis.“

„Interessante Mischung?“, kommentierte Lilly. „Könnte konfliktträchtig sein – je nachdem, welche Einstellung er dazu hat.“

„Ja, da seid Ihr gefordert. Das Paar wohnt in Böhl. Es ist jedoch wichtiger, mit ihm zu sprechen. Fahrt also zuerst zu der Klinik.“

„Was ist mit mir?“, fragte Lilly. „Darf ich heute bei den Befragungen dabei sein? Bitte Chef, lass mich nicht hier im Innendienst versauern.“

„Ihr fahrt heute alle drei“, antwortete Fiete bestimmt.

„Ist das nicht ein bisschen überdimensioniert? Immerhin sollen sie ja lediglich etwas zu dem Hintergrund von Tammo Olsen beisteuern. Nach meiner Meinung wirkt es etwas einschüchternd, wenn wir zu dritt auftauchen“, tat Knud seine Meinung kund.

„Das sehe ich anders“, erwiderte der Revierleiter. „Da sie nicht unter Verdacht stehen, brauchen sie sich auch nicht eingeschüchtert fühlen. Wir haben bisher keinerlei Anhaltspunkte. Da ist es hilfreich, wenn Ihr alle drei eure Ideen einbringt und sie beobachtet. Wenn du nicht dabei sein willst, Knud, kannst du mich gerne hier im Innendienst unterstützen."

„Schon gut", murmelte er. Natürlich wollte er ebenfalls nicht hinter einem Bildschirm hocken, während die Kolleginnen den Fall im Außendienst voranbrachten.

„Prima, dann haben wir das geklärt. Im Anschluss könnt Ihr nach Friedrichstadt fahren. Dort betreibt Uwe Ackermann eine kleine Anwaltskanzlei. Ich habe mir die Website angeschaut, eine Spezialisierung scheint es nicht zu geben. Das Ganze wirkt wie ein Bauchladen. Ist vielleicht typisch für eine Kleinstadt, das müsst Ihr vor Ort herausbekommen. Über die politischen Ambitionen, die Heidi Olsen erwähnte, habe ich bisher nichts gefunden. Vielleicht bereitet er im stillen Kämmerlein seine große Karriere vor und ist damit noch nicht an die Öffentlichkeit gegangen. Ob das für unseren Fall relevant ist, sei dahingestellt."

„Und hast du über seine Frau etwas rausgefunden, Chef?", wollte Lilly wissen.

„Nein, nichts über ihre Berufstätigkeit. Sie heißt Ilka. Beide wohnen in Friedrichstadt."

Lilly nickte und vervollständigte ihre Notizen.

„Der Dritte im Bunde ist Klaas Böttcher. Er wohnt und arbeitet in Tönning. Wie Heidi Olsen uns bereits berichtete, ist er Mitarbeiter einer Bank. Er hat eine Position im Geschäftskundenbereich, ob sie leitend ist, weiß ich nicht. Seine Frau Witta ist Lehrerin am Gymnasium von Tönning. Alles Weitere müsst Ihr herausfinden."

„Ist ein umfangreiches Programm für einen Tag", stellte Charlotte fest, was Knud verwunderte. Das war ein deutliches Zeichen, dass die Kollegin ihre alte Form noch nicht wieder erreicht hatte.

„Möglicherweise gelingt es nicht, heute mit allen zu sprechen. Wenn die Männer in Terminen stecken, solltet Ihr sie da nicht herausholen. Das wirkt zu übergriffig. Immerhin wollen wir lediglich Informationen. Es liegen bislang keinerlei Verdachtsmomente gegen die Freunde vor. Geht also behutsam mit ihnen um. Wir wissen erst nach der Obduktion, ob es sich um einen Selbstmord oder ein Kapitalverbrechen handelt. Befragt die Männer auch in diese Richtung. Ich möchte wissen, ob sie eine Selbsttötung für möglich halten. Habt Ihr noch Fragen? Sonst könnt Ihr starten."

Die Kurklinik, die Peter Wenzel leitete, befand sich im Ortsteil Bad. Es handelte sich um einen modernen Bau mit einer ansprechenden Einrichtung. Im Empfangsbereich herrschte reges Treiben, trotz der dunklen Jahreszeit schien sie voll ausgebucht zu sein. Während Lilly sich in die Schlange am Tresen einreihte, schauten Charlotte und Knud sich um.

„Wir haben umsonst gewartet", erklärte Lilly, als sie schließlich zu ihnen stieß. „Dr. Wenzel befindet sich in einer Besprechung, die bis zum Mittag dauern wird. Ich habe jetzt einen Termin für vierzehn Uhr vereinbart, damit wir nicht wieder vergeblich kommen. Ist das in Ordnung?"

Charlotte nickte. „Dann war es ja doch nicht umsonst. Gut. Fahren wir nun zuerst nach Friedrichstadt oder nach Tönning?"

Knud zuckte mit den Schultern, also traf Lilly eine Entscheidung. „Dann lasst uns zuerst zu Uwe Ackermann fahren. Ich bin gespannt, was hinter den angeblichen politischen Ambitionen steckt und wie der überhaupt so drauf ist. Mit der letzten Anwältin sind wir ja super fertig geworden."

„Also, dann erst mal nach Friedrichstadt", bestätigte Charlotte.

Dort angekommen war das Glück auf ihrer Seite. Vielleicht lief die Kanzlei von Uwe Ackermann auch nicht so gut. Jedenfalls war er nicht in einem Termin und konnte sie sofort empfangen, was er mit ausgesprochener Freundlichkeit tat. Lilly ergriff die Chance, die Gesprächsführung zu übernehmen. Nachdem sie die Kollegen vorgestellt hatte, kam sie sofort zur Sache.

„Herr Ackermann, leider müssen wir Ihnen mitteilen, dass Ihr Freund Tammo Olsen gestern Morgen tot aufgefunden wurde." Die junge Kommissarin legte eine Pause ein, um dem Anwalt die Gelegenheit zu geben, die Nachricht sacken zu lassen.

Das etwas aufgesetzt wirkende Lächeln fror auf seinem Gesicht zu einer Maske ein. „Tammo ist tot?", fragte er leicht theatralisch.

„Ja, es tut uns sehr leid", bestätigte Lilly.

„Was ist denn passiert? Hatte er einen Unfall? Er war ja immer viel unterwegs", fügte er hinzu, vielleicht um sich selbst zu beruhigen.

„Nach einem Unfall sieht es nicht aus, aber Genaues können wir erst nach der Obduktion berichten", erwiderte sie und fügte einige Details hinzu, wie der Tote aufgefunden worden war. „Können Sie sich vorstellen, was er in dieser einsamen Gegend wollte?"

„Bei den Sielzügen im Gebiet nördlich von Westerhever?", wiederholte Uwe Ackermann.

Obwohl die Frage wohl rhetorisch gemeint war, nickte Lilly bestätigend.

Der Anwalt schien einen Moment zu überlegen. „Gibt es da überhaupt irgendetwas, das als Ziel dienen könnte?"

Statt zu antworten, stellte sie die nächste Frage: „Können Sie sich vorstellen, dass Tammo Olsen sein Leben selbst beendet hat?"

„Selbstmord? Tammo? Warum sollte er das tun?", wich der Rechtsverdreher einer Stellungnahme aus.

Die Art und Weise fing an, Knud zu nerven, aber seine junge Kollegin blieb gelassen.

„Dafür kann es verschiedene Gründe geben", antwortete Lilly lapidar. „Wussten Sie, dass er bereits vor eineinhalb Jahren seinen Job verloren hat?"

„Tammo war arbeitslos?" Erneut wiederholte Uwe Ackermann lediglich ihre Frage, statt endlich einmal eine Antwort zu geben.

Knud versuchte sein Verhalten zu analysieren, kam aber zu keinem Schluss, was dieser damit bezwecken wollte. Zumindest schien der Anwalt bestens für eine politische Karriere geeignet zu sein. Viele Worte, keine Aussage. Er warf Charlotte einen Blick zu, doch die konzentrierte sich auf den Befragten.

„Sie wussten es also nicht?", hakte Lilly noch einmal nach.

„Nein, davon wusste ich nichts. Natürlich könnte das ein Grund sein, sich das Leben zu nehmen, aber eigentlich kann ich mir das bei Tammo überhaupt nicht vorstellen. Nichts in seinem Verhalten deutete auf große Probleme oder gar Arbeitslosigkeit hin. Eigentlich sprühte er grundsätzlich vor Optimismus und steckte stets voller Tatendrang. Ich kann es gar nicht glauben."

„Seine Witwe berichtete uns, dass Sie sich bereits seit Jugendtagen kennen. Würden Sie Ihre Freundschaft als eng bezeichnen?"

Die Frage schien ihn zu verunsichern. „Worauf wollen Sie hinaus, Frau Kommissarin?"

„Wir möchten so viel wie möglich über Ihren Freund erfahren. Betrachten Sie diese Frage als Routine, mit der Sie uns helfen können, die Ursache für seinen Tod herauszufinden."

Uwe Ackermann nickte. Die Antwort schien ihn zu beruhigen. Trotzdem blieb er auf der Hut. Knud empfand ihn als aalglatt.

Bestimmt würden sie hier nicht viel Zielführendes erfahren. Oder wurde er von seinen Vorurteilen beeinflusst?

Lilly dagegen machte ihre Sache gut. Sie wirkte konzentriert und sachlich. Also blieb er bei seiner Strategie, das Gespräch schweigend zu beobachten.

„Tatsächlich hätte ich bis heute unsere Freundschaft als eng und verbindlich bezeichnet. Nun, da Sie mir erzählen, dass Tammo mir etwas dermaßen Wichtiges aus seinem Leben vorenthalten hat, entstehen Zweifel an der Tiefe unserer Freundschaft. Aber wie Sie vermutlich bereits wissen, haben wir zwei weitere Freunde. Vielleicht sind die ja eingeweiht gewesen."

„Wie häufig haben Sie sich gesehen?"

„Das war unterschiedlich. Im Schnitt vielleicht ein- oder zweimal im Monat."

„Und dann immer zu viert?"

„Nicht immer, aber meistens. In der Regel haben wir nach einem Termin geguckt, an dem wir alle Zeit hatten. Natürlich ist es mal vorgekommen, dass einer absagen musste, weil berufliche oder auch private Dinge dazwischenkamen."

„Was haben Sie unternommen?", fragte Lilly weiter.

„Wofür ist das wichtig?", stellte er die Gegenfrage in leicht genervtem Tonfall.

„Beantworten Sie einfach die Fragen meiner Kollegin", schaltete sich Charlotte ein. Auch sie schien nicht mehr viel von dem Gespräch zu erwarten, und wollte es wohl so schnell wie möglich hinter sich bringen. Das war jedenfalls Knuds Eindruck.

„Ab und zu haben wir Karten gespielt. Oft haben wir uns auch nur auf ein Feierabendbier in einer Kneipe getroffen, um ein bisschen zu schnacken und Abstand vom Alltag zu bekommen. Nichts Besonderes, einfach ein nettes Beisammensein, so wie Freunde das eben machen. An anderen Tagen sind wir zusammen zum Italiener gegangen."

„Haben Sie bei diesen Gelegenheiten viel Alkohol konsumiert?"

Knud war nicht klar, worauf Lilly mit diesen Fragen hinauswollte, ließ sie aber gewähren.

„Was wollen Sie uns damit unterstellen?" Uwe Ackermann reagierte pikiert. Nach einem Blick zu Charlotte antwortete er jedoch: „Wir haben selten viel getrunken, dafür sind wir beruflich alle zu sehr eingespannt." Er legte eine Pause ein und schien zu überlegen. Schließlich fügte er zögernd hinzu: „Der Einzige, der regelmäßig etwas mehr trinkt, ist Klaas. Es ist mir unangenehm, das hier zur Sprache zu bringen. Fühlt sich so an, als würde ich ihn denunzieren. Aber Sie erwarten vermutlich die ganze Wahrheit von mir."

Knud unterdrückte ein Grinsen, als er sah, wie Charlotte die Augen verdrehte. Der Hang zur Theatralik passte ebenfalls zu der angestrebten Karriere. Insgesamt empfand er die Befragung als eher langweilig. Viel Neues über Tammo Olsen hatten sie nicht in Erfahrung gebracht.

„In welche Richtung gehen Ihre politischen Ambitionen, Herr Ackermann?", wechselte Lilly im gleichen Moment abrupt das Thema.

Uwe Ackermann wirkte einen Moment lang überrumpelt, doch dann begannen seine Augen zu leuchten. In Zusammenhang mit der eben gehörten Todesnachricht seines engen Freundes wirkte es unpassend.

„Wo haben Sie das gehört?", fragte er vorsichtig. „Etwa auch von Heidi Olsen? Die Frau ist eine echte Plaudertasche." Kurz zog ein Schatten über sein Gesicht, aber schließlich hatte er sich wieder im Griff. „In der Tat, das ist richtig. Ich werde im nächsten Jahr für das Bürgermeisteramt kandidieren." Zu dem Leuchten in seinen Augen gesellte sich ein strahlendes Lächeln, das völlig deplatziert wirkte.

„Hier in Friedrichstadt?", fragte Charlotte.

„Nein, tatsächlich in Sankt Peter-Ording."

„Ist das nicht ein wenig ungewöhnlich, da sich Ihr Wohnsitz hier in Friedrichstadt befindet?", hakte Charlotte nach.

„Wohnen Sie in Sankt Peter?"

„Hoffen Sie auf meine Stimme?", zeigte sich die Kommissarin schlagfertig, was den Möchtegern-Politiker zum Lachen brachte.

„Soweit habe ich in diesem Moment gar nicht gedacht", antwortete er eloquent. „Ich wollte eigentlich auf etwas anderes hinaus. Wie lange haben Sie gebraucht, um eine bezahlbare Wohnung oder ein Haus zu finden, Frau Kommissarin?"

Einen Moment lang war Knud von der Argumentation beeindruckt, Charlotte schien es ebenso zu gehen. Sie nickte anerkennend.

„Eins zu null für Sie. Ich habe tatsächlich etliche Monate in einer Ferienwohnung verbracht, nachdem ich von Hamburg nach Eiderstedt gezogen bin. Sie wollen sich also auf die Fahnen schreiben, in unserer Küstengemeinde mehr bezahlbaren Wohnraum zu schaffen?"

„Ich halte das für einen wichtigen Punkt. Natürlich wird es nicht nur darum gehen, aber sicherlich sind Sie nicht hergekommen, um sich mein Wahlprogramm anzuhören. Möchten Sie noch etwas zu Tammo wissen? Ansonsten würde ich mich jetzt gerne wieder meiner Arbeit widmen", versuchte er die Befragung zum Ende zu bringen.

Knud wäre nicht verwundert gewesen, wenn er lang und breit über seine politischen Ziele schwadroniert hätte. Eigentlich hatte er fest damit gerechnet, nachdem Lilly das Thema angeschnitten und Charlotte es sogar vertieft hatte. Warum wollte Uwe Ackermann sie so plötzlich loswerden?

„Es ist völlig ungeklärt, womit Tammo Olsen seine Einnahmen des fehlenden Gehalts ausgeglichen hat. Haben Sie eine Idee, wovon er stattdessen gelebt hat?", fragte Knud, den vermeintlichen Rausschmiss ignorierend. „Haben Sie ihm vielleicht Geld geliehen?"

„Nein, Tammo war viel zu stolz, um seine Freunde um Geld anzupumpen. Das hätte er nie gemacht."

„Wovon könnte er sonst gelebt haben? Spielte er oder ging er zu Pferderennen?"

„Davon ist mir nichts bekannt, aber er hatte ja eine Menge freie Zeit. Mit mir hat er darüber nicht gesprochen", versicherte der Anwalt. „War's das jetzt?"

„Eine Frage müssen wir Ihnen noch stellen. Auch dabei handelt es sich um eine notwendige Routine", fügte Charlotte im gleichen Moment hinzu – vermutlich, um den Befragten im Vorwege zu entspannen.

„Verdächtigen Sie mich etwa, mit Tammos Tod etwas zu tun zu haben?", fragte Uwe Ackermann, der offensichtlich Anwalt genug war, um sofort zu wissen, worauf die Kommissarin hinauswollte.

Charlotte ließ sich nicht provozieren. „Es liegen keinerlei Verdachtsmomente gegen Sie vor. Wir müssen Ihnen diese Frage trotzdem stellen: Wo waren Sie am Sonntagabend und in der darauffolgenden Nacht?"

Ackermann nickte, schien aber leicht verunsichert. „Ich war mit meiner Frau zu Hause. Für den Sonntagabend nehmen wir uns nur selten was vor, da ich ungern übermüdet in eine neue Woche starte. Wir haben zusammen gegessen, ein Glas Rotwein dazu getrunken und im Anschluss eine Partie Schach gespielt. Bereits gegen zweiundzwanzig Uhr sind wir dann gemeinsam ins Bett gegangen. Natürlich kann meine Frau Ihnen das bestätigen, wenn Sie wünschen."

„Wir kommen eventuell darauf zurück. Ist Ihre Frau ebenfalls berufstätig?"

„Nein, nicht mehr. Ilka hatte vor einem Jahr einen Bandscheibenvorfall. Die Genesung war recht langwierig und wir haben im Anschluss entschieden, dass sie zu Hause bleibt beziehungsweise mich dabei unterstützt, das politische Amt zu erreichen. Natürlich werde ich auch als Bürgermeister von Sankt Peter-Ording meine Kanzlei weiterführen. Ilka wird mir dabei den Rücken freihalten. Sie kümmert sich schon jetzt überwiegend alleine um Haus und Garten, obwohl sie ihre alte Form noch nicht ganz erreicht hat."

„Danke für Ihre Offenheit", erwiderte Charlotte ungewohnt sanft. „Bitte halten Sie sich zu unserer Verfügung. Wahrscheinlich kommen wir noch einmal auf Sie zurück."

Nach einer kurzen Mittagspause erreichten die Kommissare pünktlich um vierzehn Uhr die Klinik und wurden auch direkt von Peter Wenzel empfangen. Den Pluspunkt, den er dafür von Knud stillschweigend erhielt, zerstörte der Klinikleiter jedoch wenig später. Weder bot er ihnen an, Platz zu nehmen, noch sorgte er für etwas zu trinken. Über derartige Unhöflichkeiten konnte der Kommissar ohne Probleme hinwegsehen, die flapsige Bemerkung, die auf das Überbringen der Todesnachricht folgte, erzeugte jedoch nicht nur Knuds Unmut.

„Und Sie tauchen hier zu dritt auf, nur um mir mitzuteilen, dass mein Freund das Zeitliche gesegnet hat? Das ist ja mal eine Steuerverschwendung, die ihresgleichen sucht", moserte er mit einem überheblichen Blick, der ebenfalls seinesgleichen suchte.

Charlotte sprang sofort darauf an: „Sie sollten sich freuen, dass wir den Mord an Ihrem Freund ernst nehmen und alles tun, um diesen so schnell wie möglich aufzuklären", entgegnete sie selbstbewusst, obwohl dies bislang nicht endgültig feststand.

Allerdings hielt auch Knud einen Selbstmord für eher unwahrscheinlich.

Für einen Augenblick schien Dr. Peter Wenzel verunsichert, doch dann hatte er sich wieder im Griff. „Und Sie glauben ernsthaft, in meinem Büro den Mörder zu finden, weil Sie mich mit geballter Stärke aufsuchen? Das ist ja eine interessante Vorgehensweise." Sein Sarkasmus zerrte sichtbar an Charlottes Nerven, aber Knud durchschaute den Mann. Hinter der Fassade der Arroganz verbarg sich Unsicherheit, davon war er überzeugt. Es galt, die Ursache dafür herauszufinden.

Bevor seine leicht reizbare Kollegin etwas erwidern konnte, ergriff Knud das Wort: „Erst einmal sammeln wir lediglich Informationen über Ihren Freund Tammo Olsen. Ob wir seinen Mörder in diesem Büro finden, wird sich später zeigen." Innerlich brodelte es in dem pragmatischen Nordfriesen, dabei wirkte er nach außen meist jedoch ruhig und beherrscht. An Wenzels Reaktion konnte er ablesen, dass es auch dieses Mal so war.

Der Klinikleiter kniff die Augen zusammen und schnappte einmal hörbar nach Luft. „Was wollen Sie mir damit unterstellen?", fragte er mühsam beherrscht.

„Wir unterstellen nichts, sondern sammeln Fakten, analysieren diese und ziehen daraus unsere Schlüsse. Normalerweise erhalten wir aus dem Umfeld eines Toten Unterstützung, damit ein vermeintlicher Mord schnell aufgeklärt werden kann. Ihr unkooperatives Verhalten wirft allerdings die Frage auf, ob Sie etwas zu verbergen haben." Nur selten ging der Kommissar derart offensiv vor. Diese Rolle überließ er meistens Charlotte, aber das Gehabe des überheblichen Klinikleiters provozierte ihn. Zu oft war er in letzter Zeit mit einem derartig arroganten Verhalten konfrontiert worden. Sein Geduldsfaden drohte zu reißen. Aus den Augenwinkeln nahm er die verwunderten Blicke seiner Kolleginnen wahr, was ihn weiter anspornte.

Knuds Strategie zeigte Wirkung. Prompt ruderte Peter Wenzel zurück. „Ich muss mich wohl bei Ihnen entschuldigen. Die Konferenz heute Vormittag lief nicht nach meinen Erwartungen", erklärte er mit unerwarteter Offenheit. „Meine Unzufriedenheit in dieser Sache hat uns einen schlechten Start beschert. Nehmen Sie doch bitte Platz. Darf ich Ihnen ein Wasser oder einen Kaffee anbieten?" Ohne eine Antwort abzuwarten, griff er zum Telefon und bestellte die Getränke, vermutlich bei seiner Sekretärin. „Natürlich steht es mir nicht zu, Ihre Arbeitsweise zu kritisieren. Gerne trage ich etwas dazu bei, Tammos Mörder schnell zu finden. Die Vorstellung, dass mein Freund einem Kapitalverbrechen zum Opfer gefallen ist, hat mir wohl gerade den Rest gegeben. Eigentlich bin ich von Hamburg hierhergekommen, um ein ruhigeres Leben zu führen. Nie hätte ich damit gerechnet, in dieser Küstengemeinde mit einer derartig hohen Verbrechensrate konfrontiert zu werden. Die schrecklichen Morde der vergangenen Wochen haben meine Frau und mich in Angst und Schrecken versetzt. Anke hat sich in dieser Zeit kaum noch aus dem Haus getraut."

Knud fragte sich unwillkürlich, was hinter der plötzlichen Redseligkeit des Mediziners steckte. Und immerhin übersah dieser dabei, dass die hier anwesenden Kommissare die Mordserie der letzten Wochen aufgeklärt hatten. Er verzichtete jedoch auf eine entsprechende Klarstellung.

„Und nun ist Tammo ermordet worden!", schlug Peter Wenzel den Bogen zu dem aktuellen Fall.

„Endgültig wissen wir das erst, wenn das Ergebnis der Obduktion vorliegt", relativierte Knud die Aussage seiner Kollegin.

„Verstehe ich nicht", entfuhr es dem Klinikleiter. „Ihre Kollegin hat behauptet, er sei ermordet worden. Aber genau genommen wissen Sie es gar nicht sicher?"

Die Tür öffnete sich und eine Frau mittleren Alters trat ein. Sie balancierte ein Tablett mit einer Kaffeekanne, einer Flasche Wasser sowie einige Gläser und Tassen. Vorsichtig stellte sie es auf den Tisch. Peter Wenzel bedankte sich und gab ihr mit einer Geste zu verstehen, den Rest selbst zu erledigen.

„Nach ersten Erkenntnissen halten wir einen Selbstmord für unwahrscheinlich, können ihn aber nicht ganz ausschließen. Sehen Sie einen Grund, aus dem sich Tammo Olsen selbst das Leben genommen haben könnte?", fragte Knud, nachdem die Sekretärin den Raum wieder verlassen hatte.

Der Klinikleiter erkundigte sich erneut, ob die Kommissare lieber Kaffee oder Wasser trinken wollten, und ließ sich entsprechend Zeit mit der Erfüllung der Getränkewünsche. Knud beobachtete ihn genau. Offensichtlich verschaffte sich der Befragte damit Zeit. Die Frage war nur, warum? Hatte der Mediziner etwas zu verbergen oder war er lediglich durch die Widrigkeiten des Tages verunsichert, so wie er sie eben glauben lassen wollte.

Knud überlegte, ob er Peter Wenzel zu der Arbeitslosigkeit seines Freundes befragen sollte. Hatte dieser davon gewusst? Um ihn jedoch nicht in seiner Antwort zu beeinflussen, wartete er schweigend ab. Charlotte und Lilly taten es ihm gleich, wofür er sich still bedankte.

„Das ist eine schwierige Frage", antwortete Peter Wenzel schließlich. „Spontan würde ich sie verneinen, aber in welchen Menschen guckt man schon wirklich hinein?"

„Wie eng war Ihr Verhältnis? Haben Sie sich private oder gar intime Dinge anvertraut? Nach unseren Informationen kennen Sie sich mehr als ein halbes Leben. Daraus könnte man schließen, dass es nur wenig gab, was Sie einander nicht verraten haben."

Der Klinikleiter nickte bedächtig. Obwohl es wie eine Bestätigung der eben gehörten Aussage wirkte, schien es Knud, als ob sein Gegenüber an etwas dachte, was er selbst dem Freund verheimlicht hatte. Oder war das lediglich Wunschdenken?

„Wenn ich ganz ehrlich sein soll, muss ich zugeben, die Frage nicht beantworten zu können. Allerdings fällt mir auch kein Grund ein, warum Tammo sich hätte umbringen sollen. Mir hat er nichts offenbart, was darauf hinweisen würde." Er zuckte mit den Schultern. „Nein, auch wenn ich länger darüber nachdenke, kann ich Ihnen nicht mehr dazu sagen. Wie geht es Heidi denn damit?", wechselte er schließlich das Thema.

„Den Umständen entsprechend", antwortete Knud lapidar. „Welchen Eindruck hatten Sie von der Ehe der beiden?", griff er das Thema auf. „Gab es Probleme? Hat Tammo mit Ihnen darüber geredet?"

„Sie verlief mit allen Höhen und Tiefen, wie das bei einer langjährigen Ehe eben der Fall ist."

„Und wie sahen die Tiefen aus?", hakte der Kommissar sofort nach. „Gab es Seitensprünge?"

Mit dieser Frage hatte der Klinikleiter nicht gerechnet. Sein erstaunter Gesichtsausdruck war eigentlich schon Antwort genug, trotzdem wartete Knud geduldig ab, was dieser dazu sagen würde.

„Darüber habe ich nie nachgedacht, Herr Kommissar. Tatsächlich scheint es mir so, als wäre unsere Freundschaft oberflächlicher verlaufen, als ich bislang angenommen habe. Vielleicht gab es aber auch einfach nichts dergleichen. Tammo war im Grunde genommen eine ehrliche Haut. Dass er Heidi betrogen haben könnte, ist mir nie in den Sinn gekommen. Vermuten Sie hinter seinem Tod ein Eifersuchtsdrama?" In seinen Augen blitzte eine gewisse Sensationsgier auf, die ihn trotz der vermeintlichen Kooperation der letzten Minuten wieder unsympathisch wirken ließ.

Knud wurde nicht wirklich aus dem Mann schlau und war gespannt, welchen Eindruck Charlotte und Lilly von ihm bekommen hatten. Immerhin konnten die Kolleginnen sich komplett auf die Beobachtung konzentrieren.

„Wussten Sie von Tammos Arbeitslosigkeit?“, ließ er die Bombe nun doch platzen.

Peter Wenzel klappte der Unterkiefer herunter. „Tammo war arbeitslos? Seit wann das denn?“

„Schon eine ganze Weile. Sogar seine Frau will nichts davon gewusst haben. Ganz so geradlinig, wie Sie Ihren Freund beschreiben, scheint er nicht gewesen zu sein.“ Knud legte eine Pause ein. „Wo waren Sie übrigens am Sonntagabend und in der darauffolgenden Nacht?“

„Stehe ich etwa doch unter Verdacht, meinen eigenen Freund umgebracht zu haben?“ Der Klinikleiter setzte klappernd seine Kaffeetasse auf den dazugehörigen Unterteller ab.

„Bisher gibt es keinerlei Verdachtsmomente gegen Sie. Es gehört zu unserer Routine, diese Frage zu stellen“, sagte er den üblichen Spruch auf, der sein Gegenüber jedoch nicht beruhigen konnte.

„Ich war zu Hause. Mit meiner Frau. Wir haben zusammen gegessen und sind dann relativ früh ins Bett gegangen“, gab Peter Wenzel stotternd zur Antwort.

„Nachdem Sie eine Partie Schach gespielt haben?“ Die Frage konnte sich Knud nicht verkneifen.

„Ich verstehe zwar den Zusammenhang nicht, aber nein, weder meine Frau, noch ich spielen gerne Schach.“

Charlie in Tönning

Mittwoch, den 8. November

Im Anschluss an die Befragung von Peter Wenzel waren die Kommissare nach Tönning gefahren, um Klaas Böttcher aufzusuchen. Dieser war jedoch weder in der Bank noch zu Hause zu erreichen. Gleiches galt für seine Frau. Zurück auf dem Revier, auf dem sie Fiete nicht mehr antrafen, beschlossen Knud und Lilly es für heute dabei bewenden zu lassen und die zusammenfassende Besprechung auf den nächsten Tag zu verschieben, wenn sie mit dem vierten Freund gesprochen hatten und der Revierleiter ebenfalls anwesend war.

Charlie sollte es recht sein. Die Nachwirkungen ihrer Entführung steckten ihr nach wie vor in den Knochen, auch wenn sie es vor den Kollegen zu verheimlichen versuchte, damit die

Themen Reha und Urlaub möglichst nicht wieder auf den Tisch kamen. Sie hasste es, nicht in ihrer üblichen Form zu sein, und wollte keine Schwäche zeigen, insbesondere nicht vor Knud, der für ihren Geschmack einfach zu fürsorglich war.

Den Abend verbrachte sie allein in ihrem Haus im Ortsteil St. Peter-Dorf. Ein flackerndes Feuer im Kaminofen verbreitete wohlige Wärme; dazu schaltete sie den Fernseher ein, um mögliches Grübeln gleich im Keim zu ersticken. Lieber ließ sie sich durch eine Schmonzette ablenken, als die immer gleichen Gedanken und Selbstvorwürfe zu wälzen.

Am Mittwochmorgen wachte sie frisch und ausgeruht auf. Nach einer ausgiebigen Dusche und einem großen Pott Kaffee fühlte sie sich dem Tag gewachsen. Die Befragungen der beiden Freunde Uwe Ackermann und Peter Wenzel waren wenig ergiebig gewesen. Charlie hoffte auf etwas Zielführendes, wenn die Kommissare heute Klaas Böttcher befragten. Vielleicht sollten sie sich lieber auf die Frauen konzentrieren. Möglicherweise waren die redseliger und gaben brisantere Details aus dem Leben von Tammo Olsen und dessen Angetrauter preis.

Darüber hinaus war Charlie gespannt, ob Annegret Trulsen mit Heidi Olsen bekannt genug war, um private oder sogar intime Informationen beizusteuern. Auch sie selbst wollte unbedingt noch einmal mit der Witwe reden, versprach sich aber am meisten davon, wenn sie dabei auf die Aussagen der befreundeten Paare zurückgreifen konnte.

Als sie um halb neun das Polizeirevier betrat, waren die Kollegen bereits fleißig.

„Moin Charlotte! Schön, dass du da bist", begrüßte Fiete die Kommissarin und wedelte dabei mit einigen Bögen Papier. „Sowohl der Obduktionsbericht, als auch erste Ergebnisse der

Spurensicherung sind eben eingetroffen. Die würde ich gerne mit euch durchgehen, bevor Ihr zu Klaas Böttcher nach Tönning fahrt."

Charlie spürte das übliche Kribbeln, wenn es in einem Fall voranging. Wenn sie Fietes Stimmung richtig interpretierte, lieferten die Berichte entsprechende Neuigkeiten.

Knud servierte den morgendlichen Kaffee für das gesamte Team und warf ihr dabei den besorgten Blick zu, den sie seit ihrer Rückkehr aus dem Krankenhaus jeden Morgen kassierte. Sie versuchte ihn zu ignorieren, was ihr nur mäßig gelang. Unwillen stieg in ihr hoch. Dieses Verhalten musste sie ihm unbedingt wieder abgewöhnen! Jetzt war jedoch nicht der richtige Zeitpunkt dafür. Wie eigentlich immer. Sie schob den müßigen Gedanken beiseite, bedankte sich für den Kaffee und konzentrierte sich auf das, was der Revierleiter ihnen zu sagen hatte.

„Ich fange mal mit dem Bericht der Gerichtsmedizin an – der bringt uns immerhin einen Schritt weiter. Danach hatte Tammo Olsen lediglich eine unerhebliche Menge Alkohol im Blut. Fiona Jensen geht nicht von einem Unfall aus. Für eine Orientierungslosigkeit oder ein versehentliches Stürzen in den Graben reicht die Alkoholmenge nicht aus. Das bestätigt also unsere Vermutung. Einen Selbstmord hält sie ebenfalls für unwahrscheinlich, da es sowohl an Tammo Olsens Armen, als auch auf seinem Rücken, leichte Hämatome gibt, die mit großer Wahrscheinlichkeit erst kurz vor seinem Tod entstanden sind. In seiner Lunge befindet sich Wasser, er ist also ertrunken."

„Das hört sich ja so an, als wäre er gestoßen oder sogar in den Graben gedrückt, also quasi ertränkt worden", unterbrach Lilly den Vorgesetzten aufgeregt.

„Genau diesen Tathergang kann ich mir gut vorstellen", bestätigte Fiete.

„Hat Fiona weitere Substanzen in seinem Blut gefunden, zum Beispiel ein Schlafmittel oder irgendetwas, was ihn beruhigte oder wodurch er leichter zu überwältigen war?“ Lillys Aufregung stieg weiter. Unruhig rutschte sie auf ihrem Stuhl hin und her und hätte beinahe ihr Wasserglas umgestoßen.

„Denkst du dabei an seine Frau?“, fragte Charlie.

„Die kam mir als Täterin zuerst in den Sinn“, nickte die junge Kollegin. „So, wie du mir Heidi Olsen geschildert hast, könnte das gut sein. Wir müssen auf jeden Fall herausfinden, ob es tatsächlich eine Lebensversicherung zu ihren Gunsten gibt. Das wäre immerhin ein starkes Motiv, insbesondere, wenn die Ehe wirklich zerrüttet war.“

„Wir dürfen keine voreiligen Schlüsse ziehen und niemanden vorverurteilen“, mahnte Fiete.

„Ich kann mir kaum vorstellen, dass Heidi Olsen ihren Mann allein überwältigt und in dem Graben ertränkt hat“, legte Knud Veto ein. „Sie ist ihm körperlich auf jeden Fall unterlegen.“

„Sie muss es ja nicht allein getan haben. Möglicherweise hatte sie einen Komplizen“, entgegnete Lilly.

„Wer soll das sein?“, wollte Knud sofort wissen.

„Keine Ahnung. Das müssen wir eben herausfinden. Vielleicht hat sie einen Liebhaber. Das erscheint mir jedenfalls am wahrscheinlichsten. So wie Ihr sie beschrieben habt, wird sie kaum einen Auftragskiller engagiert haben. Es besteht bestimmt eine persönliche Verbindung.“

„Was ist mit den Freunden von Tammo Olsen? Kommen die als Täter infrage?“ Knud schien von Lillys These nicht überzeugt.

„Tolle Freunde, die einem nach dem Leben trachten!“, erboste sich diese spontan.

„Aber welches Motiv sollten die haben?“, fragte Charlie in die Runde. „Da sehe ich nach unseren bisherigen Ermittlungen überhaupt keinen Ansatzpunkt.“

„Und wenn einer von ihnen ein Verhältnis mit der Witwe hat? Immerhin hat sich Uwe Ackermann nach ihrem Wohlbefinden erkundigt", verteidigte Lilly ihre Theorie.

„Das ist ziemlich dünn. Trotzdem werden wir diesen Ansatz verfolgen und bei allen Beteiligten tiefer graben. Auf jeden Fall können wir jetzt von einem Kapitalverbrechen ausgehen. Was hat Fiona zum Todeszeitpunkt gesagt?"

„Circa um Mitternacht", antwortete der Revierleiter knapp.

„Okay. Fiete, dann sag uns, ob die Spusi weitere Erkenntnisse für uns hat." Charlie blieb für alles offen.

„Wie zu erwarten war, hat der Regen mögliche Spuren weggewaschen. Das Handy bleibt nach wie vor verschwunden. Sowohl der Graben als auch ein relativ großer Umkreis des Fundortes wurden danach abgesucht – ohne Erfolg. Tammo Olsen muss es aber dabeigehabt haben, es war am Sonntagabend zuletzt dort in der Gegend von Westerhever in den Funkmast eingeloggt, seitdem ist es nicht mehr ortbar."

„Du vermutest also Fremdeinwirkung und einen Täter, der das Telefon mitgenommen hat?", fasste Charlie zusammen.

„Genau! Wir müssen rausfinden, warum. Gab es Informationen auf dem Handy, die der oder die Täter verschwinden lassen wollten? Oder welchen Grund kann es sonst dafür geben?"

„Das ist nicht übermäßig spektakulär. Gibt der Bericht sonst etwas her?"

„Leider nichts wirklich Konkretes. Allerdings geht die Spurensicherung ebenfalls von mehreren Personen am Tatort aus. Der Boden an der Fundstelle war von den starken Regenfällen der letzten Tage komplett aufgeweicht. Trotzdem meinen sie, die Abdrücke mehrerer Personen unterscheiden zu können."

„Abgesehen von Knud und dem Finder des Leichnams?", hakte Lilly nach.

„Enno Bleiken. Ja, genau. Allerdings gibt es keine identifizierten Profile", erklärte Fiete.

„Na toll. Das hilft uns auch nicht weiter", tat Lilly ihre Enttäuschung kund.

„Nicht so pessimistisch. Es ist besser als nichts. Ich wollte euch diese Informationen für die weiteren Befragungen mit auf den Weg geben, weil sie uns zumindest die Richtung weisen. Lasst uns an dieser Stelle unterbrechen und die Fakten weiter analysieren, wenn Ihr mit Klaas Böttcher und den drei Frauen gesprochen habt. Außerdem gehe ich von einem feierabendlichen Besuch unseres Lebensretters aus. Vielleicht kann Annegret Trulsen ja wirklich einige Informationen beitragen. Macht euch jetzt erst einmal auf den Weg nach Tönning", schloss Fiete die Besprechung.

Bereits auf den ersten Blick wirkte Klaas Böttcher unsicher. Einen Berater des Geschäftskundenbereiches einer Bank hatte Charlie sich komplett anders vorgestellt. Kurz nachdem seine Kollegin ihm das Eintreffen der Polizei angekündigt hatte, erschien Böttcher eilig in dem Kassenraum der Filiale, als wollte er vermeiden, dass die Kommissare mit seinen Kollegen ins Gespräch kamen. Schütteres Haar und seine leicht gebeugte Haltung ließen ihn deutlich älter als Mitte vierzig erscheinen. Dazu trug er eine unvorteilhafte Brille, die sein Gesicht schmal und blass wirken ließ. Genau genommen wirkte seine ganze Erscheinung schmal, blass und irgendwie verhuscht.

„Moin!", sagte er zur Begrüßung und fügte deutlich leiser hinzu: „Sind Sie die Kommissare aus Sankt Peter-Ording? Bitte folgen Sie mir." Damit drehte er sich auf dem Absatz um und führte sie in einen steril wirkenden Besprechungsraum. Mit einer Geste signalisierte er ihnen, Platz zu nehmen. Nervös guckte er immer wieder zur Tür. Auf Charlie wirkte es so, als hätte er sie am liebsten abgeschlossen. „Gibt es schon etwas Neues?", fragte er schließlich.

„Etwas Neues?", lockte Charlie ihn aus der Reserve.

„Na ja", erwiderte er leicht verlegen und zupfte dabei an seiner Krawatte. „Sie sind doch sicher wegen Tammo hier, oder?"

„Sie wissen bereits davon?"

„Ja, natürlich. Uwe hat mich gestern angerufen."

„Sind Sie deshalb in Deckung gegangen?", provozierte Charlie ihn weiter.

„Ich, äh ... Wie meinen Sie das?"

„Wir waren gestern schon einmal hier. Sie hatten aber bereits sehr früh Feierabend gemacht und waren auch zu Hause nicht erreichbar. Das galt genauso für Ihre Frau."

Mit leicht zitternder Hand schob Klaas Böttcher seine Brille zurecht, obwohl sie tadellos saß. „Ich, äh ... wir hatten einen Termin. Ich wusste ja nicht, ob Sie zu mir kommen würden."

„Was für einen Termin?", hakte Charlie nach, während sie sich fragte, warum er dermaßen nervös war.

„Einen privaten Termin. Beim Arzt. Für meine Frau. Ich habe sie gefahren", stammelte er und zupfte dabei weiter an seiner Krawatte.

Die Kommissarin überlegte, wie sie weiter vorgehen sollte. Der Mann war das reinste Nervenbündel und drohte vom Stuhl zu kippen, wenn sie den Druck erhöhen würde. Dann bekäme sie von ihm überhaupt nichts heraus. Im Gegensatz zu Uwe Ackermann und Peter Wenzel wirkte Klaas Böttcher wie eine leichte Beute. Vorausgesetzt, er wusste irgendetwas und seine Unsicherheit hing mit dem Erscheinen der Polizei zusammen.

Gleichzeitig kam ihr eine andere Idee: War der Bankberater vielleicht wegen einer Erkrankung seiner Frau dermaßen von der Rolle? Möglicherweise hatten sie erst gestern die schlechte Nachricht erhalten! Charlie folgte ihrem Instinkt.

„Kein Problem", erwiderte sie und bemühte sich um ein Lächeln, damit sich Klaas Böttcher etwas entspannte. „Ich hoffe, es handelte sich lediglich um einen Routinetermin oder ist Ihre Frau ernsthaft krank?"

„Ich möchte nicht darüber reden", erwiderte er bestimmt, wurde dann aber gleich wieder unsicher. „Ich muss nicht darüber reden! Das ist privat. Deshalb sind Sie nicht hier. Also, warum wollten Sie mich sprechen?"

„Ihr Freund Tammo Olsen wurde ermordet."

Böttcher zuckte zusammen. „Ermordet?", fragte er erschrocken. „Uwe meinte, es könnte sich um Selbstmord handeln."

„Den Stand hatten wir gestern. Mittlerweile gehen wir von Fremdeinwirkung aus. Können Sie sich vorstellen, wer Tammo nach dem Leben trachtete?" Charlies fordernder Tonfall ließ den Berater optisch geradezu schrumpfen.

„Nein! Woher soll ich das wissen?"

„Gab es in seinem Umfeld Konflikte? Wie war die Ehe mit seiner Frau Heidi? Hat sie ihn wegen seiner anhaltenden Arbeitslosigkeit unter Druck gesetzt?"

Das Zupfen an der Krawatte verstärkte sich und zerrte an Charlies Nerven. Am liebsten hätte sie ihm das Ding vom Hals gerissen, übte sich aber in Selbstbeherrschung.

„Arbeitslosigkeit?", murmelte Böttcher. „Was meinen Sie mit Arbeitslosigkeit?", gab er sich begriffsstutzig.

„Sie wussten also nichts davon? Sind Sie sich da ganz sicher?", erhöhte Charlie nun doch den Druck.

Klaas Böttcher schien zu überlegen. „Ich ... nein, davon wusste ich nichts", behauptete er, obwohl es nicht besonders überzeugend klang.

„Und Heidi wusste ebenfalls nichts davon?", startete sie einen Versuch, ihn zu überrumpeln.

Er kniff die Augen zusammen und schien ihr Manöver zu durchschauen.

Aus den Augenwinkeln konnte die Kommissarin sehen, wie Knud anerkennend nickte. Also formulierte sie neu. „Was ich damit zum Ausdruck bringen wollte: Jetzt, im Nachhinein, wo Sie es wissen; haben Sie da den Eindruck, Heidi Olsen könnte von der Kündigung ihres Mannes gewusst oder es geahnt haben?"

Nachdem er hörbar ausgeatmet hatte, antwortete er: „Ich habe sie nur selten gesehen. Da müssen Sie schon meine Frau fragen."

„Okay, hat sich Ihr Freund ab und zu negativ über seine Ehe geäußert? Gab es größere Probleme, die auf eine Zerrüttung hindeuteten?"

Zum ersten Mal seit sie zusammensaßen, huschte ein kleines Lächeln über das schmale Gesicht. „Von unseren Frauen sind wir alle mal genervt und Streit gibt es in den besten Familien. Das ist ja trotzdem kein Grund, gleich die Scheidung einzureichen oder den Partner abzumurksen. Sie glauben doch nicht ernsthaft, dass Heidi ihren eigenen Mann töten würde?"

„Wir ermitteln in alle Richtungen", antwortete sie lapidar. „Halten Sie eine außereheliche Beziehung für wahrscheinlich?"

„Ich wiederhole mich gerne: Mit Heidi habe ich nicht wirklich viel zu tun gehabt. Tammo hat jedenfalls niemals einen derartigen Verdacht geäußert. Mehr kann ich Ihnen dazu nicht sagen." Trotz seiner Ungeduld setzte sich das nervtötende Gezupfe an der Krawatte fort.

„Wissen Sie, ob Tammo eine Lebensversicherung zugunsten seiner Frau abgeschlossen hatte?", schoss sie die nächste Frage ab. Irgendwie musste die Befragung endlich ein konkretes Ergebnis erbringen. Bisher schien alles reine Zeitverschwendung zu sein.

„Verdächtigen Sie wirklich Heidi Olsen, ihren Mann umgebracht zu haben?“, fragte Klaas Böttcher erneut.

Irgendetwas in seiner Stimme ließ die Ermittlerin aufhorchen. Klang es besorgt? War er selbst der Liebhaber der Witwe? Bestritt er deshalb so vehement, mehr über sie zu wissen? Oder bildete sie sich das alles nur ein, weil sie endlich vorankommen wollte?

Charlie warf den Kollegen einen kurzen Blick zu, konnte in deren Gesichtern aber keinerlei Antworten auf ihre Fragen finden. Also machte sie einfach weiter. „Ich stelle die Fragen!“, fuhr sie ihn an. „Also, gab es eine Lebensversicherung?“

„Das weiß ich nicht. Über so etwas haben wir nicht gesprochen. Ist natürlich gut möglich. Ist ja eigentlich normal, seine Frau abzusichern, falls etwas passieren sollte. Tammo war verantwortungsbewusst. Insofern würde es mich nicht wundern, wenn er eine derartige Versicherung abgeschlossen hätte.“

Sollte sie ihn direkt fragen, ob er selbst eine Affäre mit Heidi Olsen hatte? Oder ging sie damit zu weit? Am liebsten hätte sie sich kurz mit Knud und Lilly besprochen. Da dies nicht möglich war, musste sie allein entscheiden. Nach kurzer Überlegung verwarf sie den Gedanken. Wenn sich ihr Verdacht bestätigte, würden sie das ohnehin herausbekommen. Vielleicht fanden sie bei der Hausdurchsuchung der Olsens irgendwelche Hinweise darauf.

Scheinbar hatte sie zu lange über den Aspekt nachgedacht. Um das sich ausbreitende Schweigen zu unterbrechen, übernahm Knud.

„Also gut, Herr Böttcher, Heidi Olsen haben Sie angeblich nicht gut gekannt, aber ja Tammo selbst. Gab es andere Konflikte in seinem Leben? Hatte er schwerwiegende Probleme mit anderen Personen? Können Sie sich irgendjemanden vorstellen, der ihm nach dem Leben trachtete?“

„Nein!“, antwortete dieser sofort. „Das hat Ihre Kollegin doch eben schon gefragt. Ich weiß nichts über Konflikte in Tammos Leben!“

Eine Spur zu schnell. Und zu heftig!

Da Knud nun übernommen hatte, konnte sich Charlie aufs Beobachten verlegen. Hatte nicht jeder Mensch Konflikte? Zugegebenermaßen führten die in der Regel nicht zu einem Mord, aber trotzdem wäre es glaubwürdiger gewesen, wenn Klaas Böttcher wenigstens kurz darüber nachgedacht und irgendetwas vermutet oder spekuliert hätte.

„Er ist also mit all seinen Mitmenschen prima ausgekommen?“, wiederholte Knud. Der Versuch, den Anflug von Ironie zu unterdrücken, misslang. „Wollen Sie uns wirklich weismachen, dass Tammo Olsen mit all seinen Mitmenschen gut Freund war und es keinerlei Probleme in seinem Leben gab, von der Arbeitslosigkeit vielleicht einmal abgesehen?“

Wieder griff der Gefragte erst zur Brille und schließlich zur Krawatte. „Sicher wird es auch in Tammos Leben Konflikte gegeben haben, Herr Kommissar. Das wollte ich damit nicht abstreiten. Aber er hat sich nie über Probleme ausgelassen, die einen Mordverdacht rechtfertigen. Ist das nun deutlich geworden?“, regte sich Klaas Böttcher auf. „Mehr kann ich Ihnen dazu nicht sagen. Außerdem möchte ich das Gespräch jetzt beenden.“

„Wir entscheiden, wann die Befragung beendet ist. Es gibt noch einen wichtigen Punkt zu klären: Wo waren Sie am Sonntagabend und in der darauffolgenden Nacht?“

„Jetzt verdächtigen Sie mich? Welches Motiv sollte ich haben, meinen langjährigen Freund umzubringen? Das ist ja lächerlich! Das lasse ich mir nicht gefallen! Sie verdächtigen mich des Mordes, weil Sie anscheinend überhaupt keinen Ansatzpunkt haben!“

Keiner der Anwesenden hatte mit einem derartigen Ausbruch des bisher so schüchtern und nervös wirkenden Bankangestellten gerechnet. Knud verschlug es die Sprache, also ergriff Lilly die Chance, sich einzubringen.

„Wie meine Kollegin bereits sagte, stellen wir die Fragen und entscheiden, welche Verdachtsmomente wir weiterverfolgen. Also: Wo waren sie am Sonntagabend und in der darauffolgenden Nacht?"

Einen Moment lang sah es so aus, als würde Klaas Böttcher die Flucht ergreifen wollen. Vermutlich war ihm allerdings klar, dass er nicht drumherum kommen würde, die Frage zu beantworten. „Ich war zu Hause, zusammen mit meiner Frau, was sie natürlich bezeugen kann."

„Ja, sicher! Lassen Sie mich raten: gemeinsames Abendessen, ein Glas Rotwein, vielleicht eine Partie Schach, aber auf jeden Fall früh ins Bett." Nun konnte Knud seine Ironie nicht mehr unterdrücken.

„So oder so ähnlich", antwortete Klaas Böttcher. „Wenn Sie es bereits wissen, warum fragen Sie überhaupt?"

Torge in Tating

Mittwoch, den 08. November

Stell dir vor, es gibt schon wieder einen merkwürdigen Todesfall auf Eiderstedt", kam Torge endlich dazu, seiner Annegret die Neuigkeiten zu berichten.

In den letzten beiden Tagen hatten sie sich in ihrer Reetkate quasi die Klinke in die Hand gegeben. Auf den Hausmeister warteten plötzlich unerwartet viele Reparaturaufträge in der *Weißen Düne* und Annegret musste abends Überstunden schieben, um einige Änderungen fertigzustellen, die eigentlich die erkrankte Kollegin bearbeitet hätte. Danach wollte sie nur noch ein heißes Bad nehmen und schließlich müde ins Bett fallen. Heute endlich waren beide früh genug nach Hause gekommen, um gemütlich zusammen Abendbrot zu essen.

„Was meinst du mit einem merkwürdigen Todesfall? Doch nicht etwa schon wieder ein Mord?" Entsetzt ließ seine bessere Hälfte die gut belegte Scheibe Brot sinken, von der sie gerade abbeißen wollte.

„Die Kommissare konnten noch nicht sagen, ob es vielleicht ein Selbstmord ist. Aber du wirst nicht glauben, um wen es sich bei dem Toten handelt", trieb Torge die Spannung auf den Höhepunkt.

„Wie ich dich kenne, wirst du es mir jeden Moment verraten. Du platzt ja beinahe", amüsierte sich Annegret.

„Das ist nicht der richtige Augenblick, mich zu veräppeln. Also hör zu: Der Tote ist Tammo Olsen."

„Du meinst doch nicht etwa den Mann von Heidi Olsen, die ich fast jede Woche bei den Landfrauen treffe?" Die Scheibe Brot klatschte auf den Teller.

„Genau der", bestätigte Torge. „Wie gut kennst du die beiden?"

„Na ja, Tammo kenne ich eigentlich überhaupt nicht, aber mit Heidi hat sich mindestens eine gute Bekanntschaft entwickelt. Du weißt ja, wie vorsichtig ich mit dem Begriff Freundschaft bin, aber wir haben schon häufiger zusammengesessen und uns angeregt unterhalten."

Das war genau das, was Torge zu hören gehofft hatte. Mit etwas Glück erfuhr er private Dinge, die die Kommissare nicht so leicht in Erfahrung brachten. Er könnte also wieder Pluspunkte sammeln. „Über was denn so?"

„Über alles Mögliche", antwortete sie lapidar.

„So genau wollte ich es gar nicht wissen", murmelte er mit einem Anflug von Unzufriedenheit, besann sich dann aber. Annegret kannte sie immerhin. Er musste nur konkrete Fragen stellen, dann würde er die gewünschten Antworten erhalten. Das hoffte er zumindest. „Hattest du den Eindruck, dass die beiden eine glückliche Ehe geführt haben?"

„Das ist ja eine Frage!“, echauffierte sich seine bessere Hälfte. „Steht Heidi etwa unter Mordverdacht? Oder wird ihr unterstellt, Tammo in den Freitod getrieben zu haben?“

„Alles möglich“, erwiderte Torge lapidar. „Nun sag schon! Hat sie irgendetwas darüber vertellt?“

„Wie sie ihn dazu bringen will, Selbstmord zu begehen? Ja, das sind genau die Themen, über die wir uns bei unseren gemeinsamen Abenden austauschen. Deshalb sind die meisten Landfrauen auch bereits verwitwet.“ Annegret warf ihm einen Blick zu, den er nicht deuten konnte. Sie schien verstimmt zu sein.

„So habe ich es natürlich nicht gemeint. Das kannst du dir wohl denken“, gab er sich versöhnlich. „Nun sag schon!“

„Du bist also mal wieder auf meine Unterstützung angewiesen.“ Es machte ihr ganz offensichtlich Freude, ihn zappeln zu lassen.

„So sieht es aus!“, gab er zerknirscht zu.

„Tja, wenn das so ist. Also: Die beiden sind seit Jahren oder sogar Jahrzehnten verheiratet, Torge. Natürlich herrschte dort nicht nur eitel Sonnenschein. Dann und wann hat sie mal erwähnt, worüber sie sich ärgerte. Das tue ich genauso. Deshalb würde ich dich trotzdem nicht umbringen.“

„Na, da bin ich ja beruhigt“, zwinkerte er ihr erleichtert zu. „Aber ernsthaft: War die Ehe eher glücklich, so mit allen Höhen und Tiefen und einem gelegentlichen Streit? Oder steuerten sie gerade auf eine Scheidung zu?“

„Das kann ich dir nicht beantworten. Heidi ist eine sehr empathische Person. Viele schätzen sie als gute Zuhörerin. Sie selbst ist dagegen eher still und tratscht nichts weiter, was andere ihr anvertraut haben. Insofern waren unsere Gespräche oft oberflächlich. Es ging um die Kleinigkeiten des Alltags, nicht um Probleme, die alles infrage stellen. Von sich selbst erzählt sie nicht viel. Ich glaube, sie drängt sich nur ungern in den Vordergrund. Sie sitzt gern dabei, wenn sich alle treffen, Ideen austauschen oder etwas gemeinsam unternehmen. Zu den Führungspersönlichkeiten gehört sie nicht."

„Klingt nach einer Mitläuferin", überlegte Torge laut.

„So ausgedrückt hört es sich negativ an, das hatte ich nicht gemeint", widersprach Annegret. „Allerdings kann ich sie mir schlecht als Mörderin vorstellen, noch dazu die ihres eigenen Mannes." Annegret starrte auf ihren Teller. „Ich hatte mich wirklich auf die gemeinsame Mahlzeit mit dir gefreut, aber jetzt ist mir der Appetit vergangen."

„Das wird sich bestimmt gleich wieder ändern. Wir müssen uns ja nicht den ganzen Abend darüber unterhalten, aber zwei Dinge interessieren mich noch brennend. Hat Heidi mal über Tammos Arbeitslosigkeit gesprochen?"

Annegret schüttelte den Kopf. „Nein, nie."

„Und hast du mit ihr mal über Lebensversicherungen geredet?" Torge hatte ein schlechtes Gewissen, das Thema weiter zu vertiefen. Auf diese Information wollte er aber nur ungern verzichten.

„War er denn arbeitslos?" Nun schien ihre Neugier ebenfalls geweckt.

„Ja, schon ziemlich lange. Seit eineinhalb Jahren, um genau zu sein", antwortete er.

„Das ist sehr lange. Kann ich mir nicht vorstellen, dass sie davon nichts gewusst hat. Vielleicht war es ihr unangenehm oder peinlich, darüber zu schnacken. Mir gegenüber hat sie es jedenfalls nie erwähnt."

„Und eine Lebensversicherung?"

„Diese Form der Absicherung ist doch nichts Besonderes. Kapitallebensversicherungen sind vermutlich nicht mehr zeitgemäß, aber eine Risikolebensversicherung ist ein gutes Mittel, um sich im Falle eines Dramas gegenseitig finanziell abzusichern. Das haben wir übrigens auch gemacht. Darin sehe ich kein Mordmotiv, du etwa?"

„Kann man nicht wissen", sinnierte er. Erst als sie die Augenbrauen hochzog, kam ihm die Doppeldeutigkeit seiner Antwort in den Sinn. „Anwesende sind immer ausgeschlossen", scherzte er, bevor er schnell wieder ernst wurde. „Kannst du es trotzdem für mich in Erfahrung bringen? Neben der Tatsache, ob es überhaupt eine Lebensversicherung zu ihren Gunsten gibt, ist natürlich die Höhe interessant."

„Natürlich! Ich soll dich also mal wieder bei deiner inoffiziellen Tätigkeit als Hilfssheriff der Ordinger Polizei unterstützen?", fragte Annegret leicht erbost.

„Denk an das tolle Wochenende in Hamburg! Wer weiß, was beim nächsten Mal dabei herausspringt", versuchte er, sie zu motivieren und zwinkerte ihr erneut verschwörerisch zu. „Ach, da fällt mir noch etwas ein. Hältst du eine Affäre für möglich?"

„Eine Affäre? Bei Heidi oder bei Tammo?"

„Na, Heidi natürlich! Das wäre immerhin ein weiteres Motiv, Tammo loszuwerden. Und damit hätte sie auch gleich einen Komplizen, der ihr bei der Ausführung geholfen hat."

„Manchmal macht es mir Angst, dir zuzuhören. Seit du dich in die Ermittlungen der Kommissare hineinziehen lässt, siehst du nur noch das Schlechte in den Menschen!", jammerte Annegret.

Torge warf ihr einen prüfenden Blick zu. Dies war wieder mal einer dieser Momente, in denen er sich nicht sicher war, ob sie das so meinte, wie sie es sagte.

Schließlich grinste Annegret. „Reingefallen!", freute sie sich. „Aber darüber weiß ich nichts. Wie gesagt: Über sich selbst hat sie wenig erzählt. Vielleicht war ich auch einfach nicht nah genug an ihr dran."

„Ja, das habe ich verstanden, meine Liebe. Aber gab es vielleicht irgendwelche Anzeichen?"

„Du meinst eine optische Veränderung?"

„Zum Beispiel. Hat sie plötzlich mehr Wert auf ihre Erscheinung gelegt oder war sie besser gelaunt als sonst, hat gestrahlt. Sowas eben! Du weißt doch selbst, wie eine neue Liebe einen verändern kann!" Torge redete sich in Rage und raufte sich einmal wieder seine blonden Locken.

„Schwer zu sagen. Eine derartige Veränderung, die von einem Tag auf den anderen passierte, ist mir nicht aufgefallen, aber sie hat schon Wert auf ihr Äußeres gelegt."

„Vielleicht kannst du dich ja mal mit ihr treffen und sie zu diesen Themen unauffällig aushorchen. Back eine von deinen sagenhaften Torten und besuch sie. Immerhin ist sie jetzt eine Witwe, der du Trost spenden kannst."

„Du erwartest ziemlich viel", bemerkte sie trocken.

„Immer! Aber nicht mehr als von mir selbst", nickte er bestätigend. „Machst du es mir zuliebe?"

„Na gut, weil du es bist. Aber heute Abend rufe ich Heidi nicht mehr an. Und jetzt will ich nichts mehr davon hören."

Auch wenn er nicht sehr viel herausgefunden hatte, wäre Torge nach dem Abendessen am liebsten zu Knud gefahren, um ihm von dem gerade Gehörten zu berichten. Und natürlich um zu hören, ob es in dem Fall etwas Neues gab. Da Annegret aber bei allem Verständnis für seine Ambitionen als Hobbyermittler darauf sicherlich nicht begeistert reagiert hätte, fasste er sich in Geduld und stimmte einem gemeinsamen Fernsehabend zu. Bestimmt ergab sich am nächsten Tag die Gelegenheit, einen kleinen Abstecher zum Revier zu machen.

Gegen halb neun bekam er dann aber die ungeahnte Chance, seinen Plan doch an diesem Abend in die Tat umzusetzen.

Annegret schlummerte zum zweiten Mal auf der Couch ein, wo sie es sich gemütlich gemacht hatten. Während Torge überlegte, ob er sich einfach davonschleichen sollte, zuckte sie leicht zusammen und öffnete verschlafen die Augen.

„Oh, es tut mir wirklich leid, aber die letzten Tage stecken mir in den Knochen. Bist du böse, wenn ich ins Bett gehe? Ich weiß, wir hatten uns den Abend anders vorgestellt, aber ich bin einfach groggy." Ein herzhaftes Gähnen unterstrich ihre Worte.

„Kein Problem, meine Liebe. Wat mutt, dat mutt", antwortete Torge verständnisvoll und kam sich dabei wie ein Heuchler vor. „Du hast sicher nichts dagegen, wenn ich eben auf ein Stündchen bei Knud vorbeischaue."

Trotz ihrer Müdigkeit lächelte Annegret verschmitzt. „Verstehe! Meine Erschöpfung kommt dir sehr gelegen", antwortete sie. „Natürlich habe ich nichts dagegen, grüß ihn schön."

Zehn Minuten später saß Torge in seinem alten Kombi und brauste Richtung Tümlauer Koog. Natürlich hoffte er, seinen Kumpel allein anzutreffen. Im schlimmsten Fall stolperte er in ein klärendes Gespräch mit Fiona oder der Kommissarin hinein. Das wäre ein wenig peinlich, aber dann konnte er sich ja direkt wieder vom Acker machen. Insgeheim vermutete er, dass Knud diesen Gesprächen nach wie vor auswich. Vielleicht half dem Freund ein Gespräch unter Männern weiter, um die richtige Strategie zu entwickeln.

Als er dessen Haus erreichte, stieg seine Laune. Es stand kein weiterer Wagen davor, insofern würde sein Plan wohl aufgehen. Knud empfing ihn mit einem freudigen und gleichzeitig wissenden Lächeln.

„Komm rein, alter Schwerenöter. Fiete hat dein heutiges Auftauchen bereits prophezeit. Ich dachte schon, du würdest nachlassen. Gibt es etwas Neues oder willst du wissen, was unsere Ermittlung ergeben hat?"

„Sowohl als auch", erklärte Torge ehrlich.

„Willst du zuerst erzählen?", fragte Knud, nachdem er ihm ein alkoholfreies Bier gereicht hatte.

„Bahnbrechend ist es nicht gerade, was ich bisher herausgefunden habe", musste er zugeben. Kurz berichtete er das, was Annegret ihm vorhin erzählt hatte. „Sie wird sich aber kurzfristig mit Heidi in Verbindung setzen, um mit ihr von Frau zu Frau ein Gespräch zu führen. So mit Torte als Witwentröster, um möglichst unauffällig ein paar Informationen zu erhalten."

Knud musste unwillkürlich lachen. „Du bist wirklich unverbesserlich. Also gut. Sehr viel wissen wir bisher ebenfalls nicht. Es handelt sich allerdings definitiv um Mord. Die Befragungen in seinem engsten Freundeskreis waren nicht besonders ergiebig. Da du es ja ohnehin nicht lassen kannst, hör dich gerne um, ob jemand etwas über Tammo gewusst hat, was ein Motiv für seine Ermordung liefern könnte."

„Habt Ihr keinen Hauptverdächtigen?", wollte Torge wissen.

„Das wäre zu viel gesagt. Einiges deutet auf Heidi Olsen hin – vielleicht zusammen mit einem Komplizen. Allerdings lediglich gestützt auf Indizien. Bisher fühlt es sich wie ein Stochern im Nebel an. Das ist aber am Anfang einer Ermittlung häufig so. Mal schauen, was die nächsten Tage bringen", zeigte sich Knud entspannt.

Eine Weile saßen die beiden schweigend zusammen und hingen ihren Gedanken nach. Torge überlegte, ob er die privaten Irritationen seines Freundes zur Sprache bringen sollte. Erst vor ein paar Wochen hatten die beiden ein Gespräch zu diesem Thema geführt. Seitdem hatte sich allerdings einiges verändert. Knud war damals offen für die Ratschläge seines Freundes gewesen, zumindest vorübergehend. Trotz der großen Sorge um

Charlotte Wiesinger, als sie während ihres Undercovereinsatzes verschwunden war, bezog Knud keine klare Stellung. Torge konnte nicht verstehen, was ihn davon abhielt.

„Denkst du über den Fall nach oder über mein Liebesleben?“, brachte der Kommissar es mal wieder auf den Punkt.

Torge fand es unheimlich, dass irgendwie jeder in ihm lesen konnte, wie in einem offenen Buch. Bei Annegret hatte er sich längst daran gewöhnt. Und auch Kommissarin Wiesinger schien diese Fähigkeit zu besitzen. Knud kannte ihn natürlich viel länger, trotzdem war ihm nicht wohl dabei.

„Als Geheimnisträger scheine ich die totale Fehlbesetzung zu sein“, versuchte er seine Verlegenheit mit einem Scherz zu überspielen.

„Das war jetzt nicht so schwer zu erraten“, tröstete Knud.

„Immerhin könnte ich ja auch eigene Probleme haben“, widersprach Torge.

„Das wollte ich dir damit nicht absprechen. Davon hättest du mir aber sicherlich geradeheraus erzählt. Wenn du dir allerdings mal wieder Gedanken über meine Beziehung zu Fiona oder aber zu Charlotte machst, überlegst du sicherlich gründlich, welche Worte du wählen sollst, wenn du das Thema ansprichst.“

„Du kennst mich fast so gut wie Annegret“, grinste Torge.

„Ich werte das als Kompliment“, erwiderte Knud trocken.

„Wenn du nicht darüber schnacken willst, brauchst du es natürlich nicht. Ist nur ein Angebot“, erklärte Torge. „Hast du eigentlich auch vernünftiges Bier?“

„Willst du mir mit Alkohol die Zunge lockern?“, frotzelte Knud.

„Meinst du, das könnte klappen? Dann wäre es einen Versuch wert.“

„Irgendwie ist es kompliziert“, murmelte sein Kumpel, nachdem er Torge das frische Bier gebracht hatte.

Dieser wartete einen Moment, ob Knud nach der Pause weiterreden würde. Dabei nahm er einen Schluck aus der Flasche. „Vielleicht ist es Einbildung, aber irgendwie schmeckt es besser."

Knud nickte, obwohl er gar nicht zuzuhören schien. Schließlich guckte er Torge direkt in die Augen. „Ich habe das Gefühl, es total vermasselt zu haben und ich weiß nicht, wie ich jetzt aus dieser Situation wieder herauskommen soll. Charlotte hat mir einen Korb gegeben. Das war der Grund, warum ich mich auf die Affäre mit Fiona eingelassen hab." Wieder legte er eine Pause ein.

„So weit, so gut. Das ist nichts Neues. Du bist allerdings völlig durchgedreht, als die Kommissarin verschwunden war. Obwohl wir es eigentlich vorher wussten, sollte es dir zeigen, wo du hingehörst. Charlotte Wiesinger mag dich. Du musst einfach mehr Geduld aufbringen. Aber zuallererst solltest du deine Situation mit Fiona klären. Wenn ich es richtig beobachtet habe, weichst du dem seit Wochen aus."

„Ja, das stimmt. Genau genommen geht Fiona mir aus dem Weg. Eigentlich waren wir uns einig, dass es sich lediglich um eine lockere Verbindung handelt. Seit unserem Streit ist sie jedoch eingeschnappt, so als würde sie wesentlich mehr für mich empfinden."

„Das kann sich ja im Laufe der Zeit entwickelt haben. So oder so bist du ungerecht zu ihr gewesen. Zumindest wird sie das so sehen. Vermutlich erwartet sie eine Entschuldigung, weil du sie so harsch angegangen bist. Warum fährst du nicht einfach zu ihr und sagst, wie leid es dir tut. Auf so etwas stehen die Frauen", erklärte Torge im Brustton der Überzeugung.

„Torge Trulsen, der Frauenversteher", witzelte Knud.

„Lass es gut sein! Die Lage ist ernst, aber nicht hoffnungslos. Und das weißt du auch. Immerhin arbeitet ihr alle drei zusammen und ich sehe, wie unwohl du dich in dieser ungeklärten Situation fühlst."

„Wenn es nur um eine Entschuldigung gehen würde, wäre ich längst dort. Damit wird es aber nicht getan sein. Bestimmt zieht sie mich in eine Diskussion, auf die ich momentan überhaupt keine Lust habe."

„Du meinst, der du im Zweifel nicht gewachsen bist? Knud, so kenne ich dich überhaupt nicht. Du bist immer geradlinig gewesen, davon solltest du auch in Zukunft nicht abweichen. Und warum zögerst du es dermaßen hinaus? Glaubst du, die Kommissarin ändert ihre Meinung nach diesem traumatischen Erlebnis?"

Knud starrte auf die Flasche Bier in seiner Hand und zupfte an dem Etikett. „Ich weiß es nicht, Torge. Ich versuche ihr zu signalisieren, dass ich für sie da sein und sie beschützen möchte."

„Und? Wie reagiert sie darauf?", fragte Torge ehrlich interessiert.

„Eher abweisend", erklärte Knud traurig.

„Vielleicht übertreibst du deine Fürsorge."

„Das könnte sein", gab sein Freund selbstkritisch zu.

„Du weißt, wie sehr sie dich mag. Aber was soll sie von deiner Beziehung zu Fiona halten? Damit hast du nicht gerade Vertrauen bei ihr aufgebaut."

„Ja, ich weiß", seufzte Knud. „Ich dachte wohl, ich könnte mich in Fiona verlieben, wenn ich mich auf sie einlasse. Das hat aber nicht funktioniert."

„Damit hat sich die Frage ja beantwortet. Charlotte Wiesinger mag dich, braucht jetzt aber vermutlich mehr Zeit, um sich auf etwas Festes einzulassen. Wenn du sie wirklich liebst, solltest du lieber heute als morgen klare Verhältnisse schaffen und mit der Gerichtsmedizinerin Schluss machen. Was ist daran so schwer?"

„Du hast ja recht! Ich glaube, ich brauche jetzt einen Schnaps. Verträgst du auch einen?“

Als er nickte, stand Knud auf und kehrte kurz darauf mit einer Flasche und zwei Gläsern zurück. Torge vermutete, sein Freund würde es nicht bei einem Schnaps belassen. Spätestens wenn er ihn verließ, folgten bestimmt weitere. Wie glücklich er mit seiner Annegret war! Beseelt fuhr er eine Stunde später nach Hause, obwohl er sich gleichzeitig Sorgen um seinen besten Freund machte.

Charlie in Husum

Donnerstag, den 9. November

Ist Knud wieder zu einem Alleingang unterwegs oder hat er heute wirklich verschlafen?", fragte Charlie gut gelaunt, als sie am Donnerstag früh das Revier betrat.

„Weder, noch", antwortete Fiete. „Heute hat er sich tatsächlich krankgemeldet."

„Du willst mich wohl auf den Arm nehmen!", erwiderte Charlie lachend. „Knud war noch nie krank, seit ich meinen Dienst hier aufgenommen habe. Und das ist ja nun eine ganze Weile her. Also sag, wo ist er wirklich?"

„Er ist tatsächlich krank und ich nehme an, dass er zu Hause im Bett liegt. Das ist aber lediglich Mutmaßung. Der Kaffee ist trotzdem fertig. Hol dir einen Becher, dann besprechen wir kurz den Plan für den Tag."

Sie zögerte. „Es ist doch nichts Ernstes, oder? Hat er gesagt, was ihm fehlt?"

„Nein, das hat er nicht. Und wir werden jetzt nicht darüber spekulieren. Hol dir bitte einen Kaffee! Mit einem gut gefüllten Pott Kaffee in der Hand kannst du besser denken. Ich möchte sofort loslegen. Es gibt viel zu tun und wir müssen Knuds Teil der Arbeit ebenfalls erledigen."

Fiete hatte natürlich recht. Trotzdem ging ihr der Gedanke an den Kollegen nicht aus dem Sinn. Vielleicht würde sie nach Dienstschluss kurz bei ihm vorbeischauen oder ihn zumindest anrufen.

„Also", eröffnete Fiete die Besprechung, als alle drei Platz genommen hatten. „Der Durchsuchungsbeschluss für das Haus der Olsens liegt vor. Wenn wir hier fertig sind, fahrt ihr direkt nach Husum und sprecht mit der Witwe. Ihr wisst, welche Fragen offen sind und welche Informationen uns in der Ermittlung weiterhelfen. Im Anschluss durchsucht Ihr das Haus. Von irgendetwas muss Tammo Olsen in den vergangenen eineinhalb Jahren gelebt haben. Das Einkommen von Heidi Olsen wird kaum ausgereicht haben, um deren Lebensstandard zu finanzieren. In der ersten Zeit haben sie vielleicht auf Ersparnisse zurückgegriffen, auch das ist zu prüfen. Ich möchte auf jeden Fall wissen, ob Tammo irgendwelche Einnahmen hatte. Guckt die Kontoauszüge durch, ob es Bareinzahlungen gab. Vielleicht hat er gespielt, im Kasino oder in Pokerrunden. Alles ist denkbar, irgendwie muss er ja auch seine Zeit verbracht haben. Als Nächstes sind mögliche Lebensversicherungen interessant und natürlich deren Höhe. Tja, und schließlich die übliche Routine. Wenn wirklich Heidi Olsen ihren Mann auf dem Gewissen hat, gehe ich von der Beteiligung eines Komplizen aus. Prüft genau, ob Ihr Hinweise auf einen Liebhaber findet. Jetzt, wo der Durchsuchungsbeschluss vorliegt, habe ich die Einzelverbindungsnachweise ihrer Handys angefragt, auch wenn das vermutlich zu nichts führt. Bestimmt haben sie, oder einer von ihnen, Prepaid-Handys benutzt, wenn sie etwas verbergen wollten. Vielleicht hat ja auch Tammo ein Doppelleben geführt und es steckt ein Eifersuchtsdrama hinter der Tat. Wie gesagt: Wir wissen nicht, was er in der Zeit gemacht hat, wenn er angeblich bei der Arbeit war. Vielleicht findet Ihr auch darüber irgendwelche Informationen. So, das war's von mir. Habt Ihr Fragen?"

„Lass uns erst zu der Bäckerei fahren", schlug Lilly vor, als sie Husum erreichten. „Frau Olsen arbeitet bestimmt auch heute wieder."

„Davon gehe ich ebenfalls aus", bestätigte Charlie und parkte den Wagen kurz darauf vor dem Laden. Beide waren überrascht, als sie wenig später erfuhren, dass Heidi Olsen an diesem Morgen nicht zum Dienst erschienen war.

Ihre Chefin schien verärgert, weil sie sich weder krank gemeldet noch um Urlaub gebeten hatte. „Bisher war sie immer so zuverlässig", jammerte sie. „Ich weiß gar nicht, wie ich das hier übers Wochenende alles allein schaffen soll. So auf die Schnelle bekomme ich keinen Ersatz. Bitte informieren Sie mich, wenn Sie sie zu Hause antreffen."

„Ich fürchte, das fällt nicht in unsere Zuständigkeit. Wir werden ihr aber ins Gewissen reden", versprach Charlie, bevor sie den Laden wieder verließen.

„Würde mich nicht wundern, wenn Heidi Olsen abgehauen ist", stellte Lilly fest. „Dadurch wirkt sie ziemlich verdächtig."

„Oder sie hat Angst, ebenfalls ermordet zu werden. Wer weiß, was dahintersteckt! Auf jeden Fall müssen wir das Haus sehr gründlich untersuchen, insbesondere wenn wir sie dort ebenfalls nicht antreffen."

„Die ist weg!“, prognostizierte Lilly. „Um was wollen wir wetten?“

„Ich wette nicht“, erklärte Charlie mit Nachdruck, während sie an Knuds Haustürschlüssel dachte. Da der Kollege den verlorenen Wetteinsatz nicht zurückgefordert hatte, war dieser nach wie vor in ihrem Besitz, auch wenn sie ihn bislang nie benutzt hatte.

„Macht nichts“, nahm Lilly es locker. „Weg ist sie trotzdem.“

Die junge Kollegin sollte recht behalten. Weder auf das Klingeln an der Vordertür noch auf das Klopfen an der Hintertür reagierte jemand.

„Was nun?“, fragte Lilly unschlüssig. „Brechen wir die Tür auf?“

„Die bekommen wir ohne Gewalt auf. Gib mir fünf Minuten.“

Lilly guckte auf ihre Uhr und nickte: „Zeit läuft!“

Charlie nahm die Herausforderung an und fühlte sich durch Lillys Herausforderung angespornt. Seit sie in Hamburg ihren Dienst quittieren musste, hatte sie so etwas nicht mehr gemacht. Den Dietrich behielt sie trotzdem an ihrem Schlüsselbund. Konzentriert machte sie sich ans Werk, während Lillys Blick zwischen dem Schloss und ihrer Uhr hin und her wanderte. Schneller als erwartet öffnete sich die Tür. Heidi Olsen hatte nicht abgeschlossen. Vielleicht kehrte sie ja in Kürze zurück.

„Wow“, rief Lilly begeistert aus. „Das waren gerade mal anderthalb Minuten. Wo hast du das gelernt?“

„Sag bloß, das haben sie dir nicht beigebracht? Dann wird es aber Zeit. Ich zeige es dir, aber zuerst durchsuchen wir jetzt dieses Haus. Lass uns erst einen groben Überblick verschaffen und dann gehen wir systematisch vor. Bitte tüte eine DNA-Probe von Heidi Olsen ein. Du findest bestimmt irgendwo Haare von ihr. Entweder in einer Bürste im Bad oder auf ihren Klamotten, falls sie diese eingepackt hat, als sie verschwunden ist.“

„Mache ich", bestätigte sie.

Das Haus war aufgeräumt. Der Grundriss entsprach einem klassischen Reihenhaus: vorne rechts WC; dann ein kleiner Flur, von dem die Küche und nach hinten das Wohnzimmer abgingen. In der Spüle stand eine benutzte Kaffeetasse, ansonsten war sie aufgeräumt. Einem Impuls folgend öffnete Charlie den Kühlschrank. Er war bis auf einige haltbare Lebensmittel leer. Ein erstes Indiz dafür, dass Heidi ihr zu Hause für längere Zeit verlassen hatte. Sie warf nur einen kurzen Blick in das Wohnzimmer und wandte sich an die Kollegin.

„Ich glaube, deine Prognose ist richtig. Gucken wir oben, ob Klamotten und ihre Utensilien aus dem Badezimmer fehlen. Verdammt, wir hätten gestern noch einmal herkommen sollen", ärgerte sich die Kommissarin.

„Das hätte nichts verändert", behauptete Lilly. „Unsere Vermutungen sind viel zu vage, um sie festzunehmen. Wir haben bislang keinerlei Beweise für ihre Schuld. Im Grunde genommen haben wir nicht einmal Indizien."

„Das ist leider richtig. Vielleicht hat sie Angst, das nächste Opfer zu werden. Wir müssen herausfinden, ob es Geschwister, Cousinen oder Freunde gibt, bei denen sie untergekommen ist. Immerhin hat sie gerade ihren Mann verloren. Vermutlich ist sie nicht in die Anonymität eines Hotels verschwunden, sondern sucht die Nähe und den Trost von Freunden."

„Es sei denn, sie hat ihn umgebracht und ist mit ihrem Liebhaber durchgebrannt", gab Lilly zu bedenken.

„Das würde die Suche erheblich erschweren. Okay, gehen wir an die Arbeit."

Im Obergeschoss wies tatsächlich alles darauf hin, dass Heidi Olsen für einen längeren Aufenthalt gepackt hatte. Ihr Kleiderschrank wies deutliche Lücken auf, im Badezimmer stand nur eine Zahnbürste und etliche Utensilien fehlten. Im

Dachgeschoss des Hauses befand sich ein vollgestopfter Raum, der als Arbeitszimmer diente.

„Bevor wir hier richtig loslegen, werde ich eben Fiete über Heidi Olsens vermeintliche Flucht informieren. Dann kann er die Fahndung einleiten, während wir uns hier durch diesen ganzen Kram wühlen!“ Charlie machte ihrem Frust Luft. Im Grunde hasste sie es, in den Sachen fremder Menschen zu kramen. Auch wenn es durch einen Durchsuchungsbeschluss autorisiert war, kam es ihr wie massives oder sogar übergriffiges Eindringen in deren Privatsphäre vor.

„Knud muss geahnt haben, was hier auf uns zukommt“, scherzte Lilly.

„Den kannst du mal anrufen. Er soll seinen knackigen Hintern aus dem Bett schwingen und uns hier unterstützen. So schlimm wird es mit seinem Unwohlsein nicht sein“, moserte Charlie.

„Darf ich dich zitieren?“, fragte Lilly keck. „Dann kommt er bestimmt, auch wenn er den Kopf unterm Arm trägt.“

„Wehe!“ Sie hob drohend eine Hand.

„War 'ne Steilvorlage. Also melde dich bei Fiete, ich rufe Knud an.“ Lilly guckte ihr schelmisch direkt in die Augen. Ganz offensichtlich hatte sie ihre helle Freude an dem Wortwechsel.

„Ich habe selbst schuld“, murmelte Charlie und versuchte sich nicht provozieren zu lassen. Tatsächlich hätte sie Knud gerne hier an ihrer Seite gehabt. „Weißt du wirklich nicht, was ihm fehlt?“, sprang sie über ihren Schatten. Wahrscheinlich würde es sich die junge Kollegin nicht nehmen lassen, Charlie ihre Meinung über eine mögliche Beziehung mit Knud aufzudrängen, mal wieder.

Lilly warf ihr einen prüfenden Blick zu. „Es interessiert dich ja wirklich.“

„Natürlich interessiert es mich, wie es Knud geht. Er ist unser Kollege.“

„Ja, genau – und das ist alles."

Natürlich konnte sie Lilly nichts vormachen, wollte sie eigentlich auch gar nicht. Mit wem sollte sie sonst darüber reden? Anna in Hamburg war weit weg und ein Telefonat war einfach nicht das Gleiche. Außerdem hatte sie Knud nie kennengelernt.

„Charlie, du tust ja so, als ob er im Krankenhaus liegen und sein Ende nahen würde."

„Quatsch, ich möchte nur wissen, wie es ihm geht. Er war noch nie krank."

„Okay. Fiete hat den Anruf entgegengenommen und sich nicht geäußert. Tut mir leid, aber es ist bestimmt nichts Ernstes. Er taucht bestimmt morgen wieder auf."

„Ja, wahrscheinlich hast du recht. Lass uns dieses Haus auf den Kopf stellen, das bringt mich auf andere Gedanken."

„Charlie, ich kenne diesen sehnsüchtigen Blick. Die Entführung hat dich verändert."

„Was ja nicht weiter verwunderlich ist. Ich habe immerhin dem Tod ins Auge geblickt", verteidigte sie sich.

„Hat sie auch deine Einstellung bezüglich einer Verbindung mit Knud verändert?", fragte Lilly in einer Mischung aus Neugierde und freundschaftlicher Verbundenheit.

„Wie es aussieht, ist das nicht mehr wichtig, da er jetzt mit Fiona zusammen ist. Ich hatte meine Chance und habe sie vermasselt. Und nun ist es zu spät."

„Das glaube ich nicht. Du hättest ihn erleben sollen, als du verschwunden warst. Er war völlig neben der Spur und hat sogar Fiona angeschnauzt. Das war sowieso nichts Ernstes. Sie war für ihn immer nur eine Übergangsfrau."

„Bis ich endlich dafür bereit bin? Oder sich eine andere findet?"

„Vielleicht hat er gehofft, sich in sie verlieben zu können, wenn er sich darauf einlässt. Das scheint aber überhaupt nicht funktioniert zu haben", weihte Lilly sie in ihre Überlegungen ein.

„Hat er mit dir darüber gesprochen?", wollte Charlie wissen.

„Nein, Knud vertraut mir solche Dinge nicht an. Da musst du Trulsen fragen. Die beiden sind dicke Kumpels."

„So weit kommt es noch, dass ich Torge Trulsen in meine Gefühlslage einweihe!", erboste sich Charlie. „Irgendwie enttäuscht es mich, dass Knud etwas mit einer Frau anfängt, für die er nicht viel empfindet. Ich dachte, er wäre anders."

„Männer sind eben so. Das sollte dich nicht abhalten, ihn dir endlich zu schnappen. Ihr passt einfach hervorragend zusammen." Lilly grinste über das ganze Gesicht. „Bestimmt ist er gar nicht krank, sondern heult sich die Augen aus."

„Das würde ihm recht geschehen!" Die Vorstellung ließ ihre Stimmung wieder steigen. „Also genug gequatscht. Wollen wir mal sehen, ob wir der Lösung unseres Falles hier ein Stück näherkommen. Fangen wir mit diesem Büro hier an. Guck mal, ob du ein Foto von Heidi Olsen findest, das für die Fahndung geeignet ist. Das kann ich dann Fiete schicken, nachdem ich mit ihm telefoniert habe."

„Geht klar."

Die Kommissarinnen nahmen sich zuerst die Ordner vor, die mit dem Wort Versicherungen beschriftet waren. Es existierten mehrere Policen, mit denen Tammo und Heidi Olsen sich gegenseitig abgesichert hatten. Zwei von ihnen waren bereits kurz nach ihrer Hochzeit abgeschlossen worden, eine weitere musste Tammo in der Zeit nach seiner Kündigung unterschrieben haben. Ob Heidi davon gewusst hatte, blieb offen.

Stunde um Stunde durchsuchten die Kommissarinnen die einzelnen Zimmer der gut bürgerlichen Existenz und packten dabei alles, was für den Fall relevant sein könnte, in einen Karton. Später auf dem Revier konnten sie zusammen mit Fiete eine detaillierte Analyse durchführen. Den Durchbruch in dem

Fall erwartete Charlie über diese Ausbeute nicht, dafür war es einfach zu unspektakulär. Einen Computer gab es nicht. Da in dem Arbeitszimmer allerdings ein Drucker stand, hatte Heidi Olsen ihn wohl mitgenommen.

Am Nachmittag fühlte sich Charlie erschöpft, hungrig und leicht frustriert. Insgeheim hatte sie auf mehr gehofft.

„Komm, wir brechen ab", forderte sie Lilly auf. „Ich sterbe vor Hunger!"

„Geht mir genauso! Wollen wir trotzdem ein oder zwei Nachbarn befragen, bevor wir verschwinden? Vielleicht weiß ja jemand, wohin Heidi Olsen aufgebrochen ist und wie lange sie wegbleiben will."

„Davon verspreche ich mir überhaupt nichts", erwiderte Charlie. „Dass sie weg ist, wissen wir bereits und sie wird niemandem die Wahrheit gesagt haben; egal, ob sie vor uns oder vor dem Mörder auf der Flucht ist. Die Fahndung läuft bestimmt bereits. Lass uns abwarten, was sich daraus ergibt. Ich muss jetzt unbedingt etwas essen. Bist du dabei?"

„Auf jeden Fall", bestätigte Lilly. „Lass uns aber nicht so viel Zeit damit verschwenden. Ich möchte mich gerne mit Fiete besprechen und den morgigen Tag planen. Irgendwie habe ich das Gefühl, uns läuft die Zeit davon. Wenn Heidi Olsen sich ebenfalls im Visier des Mörders befindet, müssen wir schnell handeln. Und wenn sie vor uns auf der Flucht ist, weil sie ihren Mann auf dem Gewissen hat, kann schnelles Handeln ebenfalls nicht schaden."

„Also gut, fahren wir eben zum Hafen und kaufen ein paar Fischbrötchen. Damit können wir Fiete sicherlich eine Freude machen. Immerhin hält er ständig alleine die Stellung auf dem Revier."

„Nordisches Allheilmittel für Fiete! Gute Idee, so machen wir es", rief Lilly begeistert aus. Ganz offensichtlich verfügte die junge Kollegin im Moment über wesentlich mehr Energie als sie selbst.

Fiete war tatsächlich erfreut über die leckere Überraschung. „Ihr seht ja ganz schön abgekämpft aus", kommentierte er mit vollem Mund, nachdem er herzhaft in ein frisches Krabbenbrötchen gebissen hatte. „Und? Seid Ihr fündig geworden?"

„Nach einem Durchbruch sieht es nicht gerade aus, aber einige Fakten konnten wir sammeln", antwortete Charlie. „Heidi und Tammo Olsen besitzen jeder ein Girokonto, wobei die meisten Abbuchungen bei ihm vorgenommen wurden. Einen Teil ihres Gehalts wurde auf sein Konto umgebucht. Bei dem Haus handelt es sich um ein Eigenheim, was aber noch nicht ganz bezahlt ist. Die Kreditraten sind überschaubar und wurden regelmäßig bedient. Ansonsten der übliche Kleinkram. Beide besaßen einen Handyvertrag, aber das wusstest du ja bereits."

„Und wovon haben die beiden gelebt, seit Tammo arbeitslos war? Das Brötchen ist übrigens hervorragend, wart Ihr extra unten am Hafen?"

„Ja, da gibt es die Besten. Da Tammo bei der Firma sehr gut verdient hat, konnten sie fast ein Jahr von ihren Ersparnissen leben und Heidi Olsen trägt ja ebenfalls zum Haushaltseinkommen bei."

„Wenn er als Vertreter gut verdient hat, weist das auf Erfolg hin. Warum wurde er dann gekündigt?", murmelte Fiete.

„Angeblich hat er ja seinen Biss verloren. So hat sich jedenfalls der Geschäftsführer geäußert. Lass uns erst mal davon ausgehen, dass kein direkter Zusammenhang zwischen der Kündigung und der Ermordung existiert. Immerhin ist das ziemlich lange her."

Der Revierleiter nickte. „Die Ersparnisse haben also ungefähr für ein Jahr gereicht. Habt Ihr herausgefunden, wie es dann weiterging? Gab es Bareinzahlungen oder irgendwelche Hinweise, wovon das Paar danach gelebt hat?"

„Bareinzahlungen gibt es nicht, allerdings wurden im Anschluss über das Konto nur die laufenden Zahlungen für das Haus, die Autos sowie die Handyverträge gebucht. Weder Heidi noch Tammo Olsen haben danach häufig ihre EC-Karten für Einkäufe eingesetzt. Das gilt sowohl für Lebensmittel als auch für Kleidung oder andere Dinge des täglichen Bedarfs."

„Sie haben also irgendwoher Bargeld bekommen und damit diese Kosten bestritten?"

Charlie nickte.

„Dann hat Heidi Olsen wohl doch von der Arbeitslosigkeit ihres Mannes gewusst", mutmaßte Fiete.

„Nicht unbedingt", widersprach Lilly. „Wie es aussieht, hat Tammo Olsen sich um die finanziellen Angelegenheiten und die Struktur des Büros gekümmert. Es würde mich nicht wundern, wenn sie ihm das alles überlassen hat und die plötzlichen Bargeldzahlungen nicht hinterfragt hat."

„Derartige Spekulationen bringen uns nicht weiter. Habt Ihr im Haus irgendwelche Hinweise darauf gefunden, wo dieses Bargeld herkam? Streichholzschachteln aus einem Kasino, Parkscheine, Quittungen von Bars, Restaurants oder vielleicht sogar einer Rennbahn. Vielleicht hat er auf Pferde gewettet oder Lotto gespielt. Ich halte dies für einen zentralen Aspekt in dem Fall."

Wieder stieg Unzufriedenheit in Charlie hoch, die sie bereits beim Verlassen des Hauses gespürt hatte. „Ich versichere dir, Fiete, wir sind wirklich sehr gründlich vorgegangen. Im Büro haben wir jeden Fetzen Papier untersucht. Im Schlafzimmer jede Jacken- und Hosentasche durchsucht. Trotzdem haben wir nichts gefunden, was auf Bareinnahmen hinweist."

„Scheibenkleister!", tat Fiete seinen Unmut kund. Die Freude über das Fischbrötchen war verschwunden. „Und habt Ihr herausbekommen, wo Tammo Olsen seine Tage verbracht hat, wenn er angeblich zur Arbeit gefahren ist?"

„Das Einzige, was wir gefunden haben, sind die Abbuchungen von einem Sport- und Wellnesstempel in Kiel. Dort hatte er eine Mitgliedschaft. In so einer Anlage kann man viel Zeit verbringen", erklärte Charlie.

„Das ist ja wenigstens etwas", zeigte sich Fiete besänftigt. „Das werden wir auf jeden Fall überprüfen."

„Aber nicht mehr heute", stöhnte Charlie. „Ich bin wirklich erledigt. Leider muss ich zugeben, meine alte Kondition noch nicht wieder erreicht zu haben."

„Wir werden im ersten Schritt telefonisch nachfragen", erwiderte Fiete verständnisvoll. „Wahrscheinlich genügt es, wenn sie uns die Zeiten bestätigen, die er dort verbracht hat. Darüber können sie uns sicherlich eine Aufstellung mailen."

„Hat die Fahndung nach Heidi Olsen irgendetwas ergeben?", fragte Lilly.

„Nein! So schnell habe ich aber keine Ergebnisse erwartet. Da wird wohl frühestens morgen etwas passieren", antwortete Fiete.

„Das halte ich für sehr optimistisch. Vielleicht hat sie sogar einen Flug gebucht und ist außer Landes. Dann wird es schwierig, sie überhaupt aufzuspüren."

„Bitte verbreite keinen Pessimismus!", mahnte der Revierleiter. „Es gibt internationale Zusammenarbeit, aber ich gehe derzeit nicht davon aus, diese in Anspruch nehmen zu müssen."

„Das war's dann wohl für heute", fasste Lilly zusammen. „Und, hast du was von Knud gehört? Wird er morgen wieder an Bord sein?"

„Er hat sich nicht noch einmal bei mir gemeldet“, antwortete Fiete. „Das werden wir ja sehen. Ruht euch aus und genießt den Feierabend. Insgesamt wartet viel Arbeit auf uns. Es wird in den nächsten Tagen bestimmt wieder anstrengend.“

Knud in St. Peter-Ording

Freitag, den 10. November

Am Freitag fühlte sich Knud wieder wesentlich besser, wenn auch nicht richtig fit. Streng genommen hätte er bereits am Mittag des vorherigen Tages zum Revier fahren können, allerdings wollte er seinen Kolleginnen den wahren Grund für seine Unpässlichkeit lieber verschweigen. Bereits die Vorstellung von Lillys losem Mundwerk und Charlottes stechendem Blick ließ ihm die Schamesröte ins Gesicht steigen. Peinlich berührt von seiner eigenen Schwäche hatte er die leere Schnapsflasche in die Abstellkammer gestellt.

Gestern war ihm morgens richtig übel gewesen, außerdem erzeugte der Restalkohol Schwindelgefühle. Das hatte er heute immerhin überstanden, verfluchte aber trotzdem sein einsames

Saufgelage. Es wurde Zeit, sein Leben wieder in den Griff zu bekommen.

Angesichts des Freitags wäre er zu Hause geblieben, wenn es nicht diesen kniffligen Mordfall gäbe. Sein Gewissen plagte ihn genug, weil er die Kollegen am Vortag im Stich gelassen hatte. Heute sollte er sie wieder unterstützen. Er würde etwas von Magen-Darm murmeln und sich dann an die Arbeit begeben.

Als kleine Entschädigung war er wie üblich früh losgefahren und hatte beim Bäcker herrlich duftende Croissants gekauft, um die Kollegen mit einem kleinen Frühstück zu überraschen. Kaum war er mit der Vorbereitung fertig, trafen Lilly und Fiete ein, die sich beide über seine rasche Genesung freuten.

Knud blieb kaum Zeit, sich für die freundlichen Worte zu bedanken. Wie ein Wirbelwind stürmte Charlotte kurz darauf in den Raum und knallte dem Revierleiter mit Schmackes eine Zeitung auf den Tisch.

„Was ist denn das für eine Sauerei?“, erboste sie sich. „Wer hat diese Infos an die Presse weitergegeben? Du wolltest Heidi Olsen zur Fahndung ausschreiben. Mit keiner Silbe hast du erwähnt, dass wir sie heute als Hauptverdächtige in der Zeitung präsentiert bekommen. Bisher haben wir immer als Team entschieden, welche Strategie wir gegenüber den Medien fahren. Gibt es hier nur noch Alleingänge? Erst fährt Knud ohne uns zum Fundort der Leiche und jetzt das! Wir waren gestern Nachmittag alle hier, um das weitere Vorgehen zu besprechen. Warum hast du dich nicht mit uns abgestimmt?“ Charlotte unterstrich jedes Wort mit einer ausladenden Geste. Ihre Locken tanzten um ihr herzförmiges Gesicht. Knud mochte auch die wütende Charlotte.

„Da regt sich ja die Richtige auf“, antwortete Fiete betont ruhig. „Versteh es bitte nicht als Retourkutsche, aber ich finde deinen Auftritt, nach dem, was du dir geleistet hast, nicht so ganz angemessen." Er wartete ab, ob sie etwas erwiderte. Als sie jedoch schwieg, fügte er hinzu: „Ihr wart im Außeneinsatz und ich habe bereits am Vormittag entschieden, unseren Fahndungsaufruf an die Presse weiterzugeben." Er nahm die Zeitung in die Hand und überflog sowohl die Schlagzeile als auch den Artikel. „Hätte ich mir denken können, dass die es dermaßen reißerisch darstellen. Natürlich habe ich es so nicht formuliert. Trotzdem halte ich ihre Tatbeteiligung nach den vorliegenden Fakten für wahrscheinlich. Vermutlich müssen wir von einem Komplizen ausgehen, aber dafür gibt es bislang keine konkreten Hinweise."

Charlotte ließ sich von seinen Worten besänftigen. „Und wenn sie doch unschuldig ist und vor dem Mörder ihres Mannes flieht, weil sie mehr weiß, als sie zugibt?"

Fiete schob die Zeitung zur Seite und blickte der Kommissarin direkt in die Augen. „Hand aufs Herz, wie oft ist es in deiner Laufbahn vorgekommen, dass einem Ehepaar nach dem Leben getrachtet wird und sie nicht gemeinsam, sondern im Abstand von mehreren Tagen umgebracht wurden?"

Sie schien zu überlegen, nickte aber schließlich. „So einen Fall habe ich noch nie gehabt, was ihn aber nicht unmöglich macht."

„Unmöglich nicht, aber unwahrscheinlich. Auch wenn es dich ärgert: Als Revierleiter habe ich gestern eine zugegebenermaßen einsame Entscheidung getroffen. Es war der richtige Zeitpunkt, um die Medien einzuschalten. Oft genug gehen sie uns auf die Nerven, da können wir uns ihre Dienste auch mal zunutze machen. Wenn Heidi Olsen die Täterin ist, soll sie wissen, wie schwer wir ihr die Flucht machen."

„Okay!" Charlottes Wut war verraucht. „Wie gehen wir jetzt weiter vor?"

„Wir benötigen mehr Informationen über ihr direktes Umfeld. Ich habe meine Recherche gestern darauf konzentriert, leider relativ erfolglos. Heidi Olsen hat lediglich eine Schwester, wohnhaft in Lübeck. Die war nicht erreichbar. Ihre Eltern leben nicht mehr. In den sozialen Medien ist sie nicht aktiv. Ich schlage vor, Ihr sprecht erst einmal mit den drei Frauen der Clique, mit denen sie sich nach eigener Aussage über die letzten Jahre angefreundet hat. Irgendwer muss mehr über sie wissen, vielleicht gibt es eine Andeutung für eine mögliche Affäre. Wenn sie wirklich einen Komplizen hatte, halte ich diese Konstellation für wahrscheinlich."

„Schon wieder Klinken putzen." Charlottes Begeisterung hielt sich in Grenzen.

„Hast du eine bessere Idee?", wollte der Revierleiter wissen.

„Nein", musste sie zugeben. „Aber das scheint uns nicht wirklich weiterzubringen. Die Gespräche mit den Freunden waren überhaupt nicht ergiebig."

„Was nichts heißen muss. Irgendjemand wird etwas über Heidi und Tammo Olsen wissen und es offensichtlich gut verbergen."

Knud war dermaßen in die Beobachtung von Charlotte vertieft, dass er die Frau, die eben eingetroffen war, erst bemerkte, als sie an den Tisch trat.

„Moin!", grüßte sie in die Runde und riss dabei alle aus ihren Gedanken. „Sind Sie die Kommissare, die in dem vermeintlichen Mord an Tammo Olsen ermitteln?", fragte sie.

„Ja, das sind wir", antwortete Knud. „Worum geht es denn?"

„Mein Name ist Witta Böttcher. Ich möchte meinen Mann Klaas als vermisst melden. Tatsächlich befürchte ich eine Verbindung zu dem Mord, weil die beiden Männer befreundet sind. Deshalb bin ich aus Tönning hierhergekommen."

Erschrecken war auf den Gesichtern seiner Kollegen zu erkennen. Vermutlich dachten alle das Gleiche: Konnte es sein, dass Klaas Böttcher zusammen mit Heidi Olsen verschwunden war? Sah so die Verbindung aus? Der Bankangestellte hatte bei der Befragung am Mittwoch einen extrem nervösen Eindruck gemacht. War seine Anspannung auf sein schlechtes Gewissen zurückzuführen? Knud versuchte sich Heidi Olsen und Klaas Böttcher als Liebespaar vorzustellen, verwarf den Gedanken jedoch. Zu oft hatte er sehr unterschiedliche Paare getroffen, die nach außen überhaupt nicht zusammenpassten.

„Setzen Sie sich bitte und erzählen Sie uns, was genau passiert ist", forderte er sie auf. „Möchten Sie einen Kaffee oder ein Glas Wasser?"

Sie nickte. „Gerne ein Glas Wasser, wenn es keine Umstände macht."

„Hol ich eben", bot Lilly an und stand sofort auf, ohne eine Antwort abzuwarten.

„Wann haben Sie Ihren Mann zuletzt gesehen?"

„Gestern Morgen, als wir beide zur Arbeit gefahren sind. Wie Sie bereits wissen, arbeitet er in einer Bank in Tönning. Ich bin Lehrerin am Gymnasium dort. Wenn ich zur ersten Stunde muss, verlassen wir in der Regel gemeinsam das Haus. Gestern war es jedenfalls so. Den ganzen Nachmittag fand eine Lehrerkonferenz statt, die extrem anstrengend war. Erst als ich nach Hause kam, habe ich die Nachrichten auf meinem Smartphone gecheckt. Klaas hatte mir in einer SMS mitgeteilt, dass er mit einigen Kollegen etwas trinken gehen wollte. Das war soweit nicht ungewöhnlich, das machen sie ab und zu. Ein bisschen habe ich mich gewundert, weil ja Donnerstag war. Oft geht es an diesen Abenden feuchtfröhlich zu und er kommt dann sehr spät nach Hause. Deshalb finden diese Treffen meist freitags statt."

„Sie haben ihn aber nicht angerufen?", fragte Charlotte.

„Nein, Klaas hasst derartige Anrufe, wenn er mit Freunden oder Kollegen unterwegs ist. Früher habe ich mich darüber hinweggesetzt und es trotzdem getan. Daraus ist aber jedes Mal ein heftiger Streit entstanden. Er hat mir vorgeworfen, ich würde ihm nachspionieren und ihn in seiner persönlichen Freiheit beschneiden. Darum ging es mir überhaupt nicht, aber das war ihm egal. Da er sehr jähzornig werden kann, habe ich mir schließlich diese Anrufe verkniffen, auch wenn es manchmal eine schlaflose Nacht bedeutete." Leicht verlegen griff sie nach dem Glas Wasser und trank einen großen Schluck.

„Sie sind also ins Bett gegangen, ohne auf ihn zu warten?", hakte Charlotte nach.

„Ja, so war es. Zum einen war ich von der Konferenz total erledigt. Es wurde wieder endlos lang über die immergleichen Probleme diskutiert. Zum anderen fühlte Klaas sich kontrolliert, wenn ich bis spät in die Nacht auf ihn wartete. Allein dadurch fühlte er sich provoziert. Und es brachte ja nichts. Er ist sowieso sofort ins Bett gegangen, weil er von dem Arbeitstag und dem Alkohol hundemüde war."

„Wann haben Sie entdeckt, dass er nicht nach Hause gekommen ist?", übernahm Knud wieder.

„Ich bin heute Morgen gegen sieben aufgewacht. Sein Bett war unberührt. Im ersten Moment habe ich gedacht, er wäre vielleicht auf der Couch eingeschlafen, weil er den Weg ins Obergeschoss nicht mehr geschafft hat, aber da war er auch nicht. Ich habe zuerst auf seinem Handy und schließlich in der Bank angerufen. Sein Mobiltelefon ist ausgeschaltet und natürlich war er so früh nicht an seinem Arbeitsplatz. Da habe ich Angst bekommen, ihm könnte etwas passiert sein. Also beschloss ich, zu Ihnen zu fahren."

„Sind Ihnen die Arbeitskollegen namentlich bekannt?"

„Einige von ihnen kenne ich flüchtig, aber ich kann nicht sagen, wer gestern Abend dabei war."

Charlotte und Knud tauschten einen Blick. Noch während sie überlegten, wie sie die Befragung fortsetzen sollten, mischte sich Lilly ein. „Die folgende Frage werden Sie vielleicht als schockierend empfinden, sie ist aber trotzdem wichtig. Können Sie sich vorstellen, dass Ihr Mann etwas anderes vorhatte, als sich mit seinen Kollegen zu treffen?", formulierte sie vorsichtig.

„Wie meinen Sie das?" Witta Böttcher schien sichtlich irritiert.

„Halten Sie eine Affäre für möglich?", konkretisierte die Kommissarin.

Witta Böttcher dachte einen Moment darüber nach. Sie schien weder erschüttert noch verärgert zu sein. „Sie glauben, er ist mit Heidi durchgebrannt?"

„Das wäre nur eine Möglichkeit."

„Nein! Auf keinen Fall!", antwortete sie nun doch heftig. „Das können Sie vergessen. Heidi und Klaas haben weder eine Affäre noch gemeinsam einen Mord geplant!"

„Sie haben also bereits von dem Verdacht gegen Heidi Olsen gehört?" Vermutlich erwartete Lilly keine Antwort auf ihre rhetorische Frage, trotzdem wurde sie beantwortet.

„Ich habe es in der Zeitung gelesen. Das alles ist für mich unvorstellbar. Heidi ist keine Mörderin. Ich kenne sie jetzt seit Jahren. Sie ist fleißig und gewissenhaft mit ihrer Arbeit, aber ... Bitte halten Sie mich nicht für überheblich, sie ist jedoch eher schlicht gestrickt. Für einen Mord fehlt ihr die Raffinesse – und vermutlich auch die Boshaftigkeit. Und Klaas hat sich ganz bestimmt nicht für sie interessiert, geschweige denn mit ihr zusammen einen Mord ausgeheckt. Warum sollte er das tun? Warum sollte er seinen eigenen Freund umbringen? Das macht überhaupt keinen Sinn."

„Was steckt Ihrer Meinung nach hinter seinem Verschwinden?", wechselte Knud das Thema.

„Ich weiß es nicht, aber gerade das macht mir Angst. Erst wird Tammo tot aufgefunden, dann verschwindet Heidi und einen Tag später Klaas. Die beiden Männer sind seit Jahrzehnten gut befreundet. Das kann kein Zufall sein!", jammerte Witta Böttcher.

„Können Sie sich vorstellen, wer Ihrem Mann nach dem Leben trachtet? Gibt es Konflikte, beruflich oder privat?", stellte Knud die Standardfragen.

„Dazu fällt mir wirklich nichts ein."

„Sie haben Ihren Mann gerade als jähzornig beschrieben. Wie äußerte sich das? Hat er nur gebrüllt oder ist er auch handgreiflich geworden? Sind sie Opfer häuslicher Gewalt geworden?", fragte Charlotte behutsam.

Knud wusste aus früheren Gesprächen, wie allergisch die Kollegin auf dieses Thema reagierte.

„Nein! Da haben Sie einen falschen Eindruck bekommen. Das wollte ich damit nicht zum Ausdruck bringen. Ja, Klaas wird sehr laut, wenn er verärgert ist. Er schreit herum. Dann sollte man tunlichst in Deckung bleiben. Anfangs bin ich auf Konfrontation gegangen, aber dadurch steigert er sich immer weiter hinein. Am Ende verliert er die Kontrolle, da fliegt schon mal ein Gegenstand quer durchs Zimmer. Seit ich das weiß, verhalte ich mich entsprechend." Das klang nicht nach einer Beziehung auf Augenhöhe.

„Gab es Streit zwischen ihm und Tammo Olsen?"

Witta Böttcher ließ die Frage auf sich wirken. „Sie glauben, in seiner Wut könnte er seinem eigenen Freund etwas angetan haben?"

„Das wäre immerhin denkbar."

„Seine Freunde kannten ihn genauso gut wie ich. Wenn man von dieser Wut einmal weiß, geht man größeren Konflikten einfach aus dem Weg. Für seine Freunde ist das einfacher als für mich, weil sie nicht mit ihm zusammenleben. Da entsteht kein derartiges Konfliktpotenzial. Aber das brauche ich Ihnen nicht zu erzählen, das wissen Sie selber. Ich bin erschrocken, hier mit einer Mordtheorie gegen meinen Mann konfrontiert zu werden. Eigentlich hatte ich mir Hilfe erhofft, um ihn wohlbehalten zurückzubekommen. Und das natürlich möglichst schnell. Kann ich mit Ihrer Unterstützung rechnen oder sehen Sie in seinem Verschwinden so etwas wie ein Geständnis?"

„Natürlich werden wir alles tun, um Ihren Mann so schnell wie möglich zu finden", versprach Charlotte sofort. „Dafür brauchen wir von Ihnen möglichst viele Informationen und Ihre ehrliche Antwort auf unsere Fragen. Bitte vertrauen Sie auf unsere Erfahrung."

Witta Böttcher nickte besänftigt. Charlotte hatte die richtigen Worte gewählt, durch die sich die Frau ernst genommen fühlte. Also überließ Knud ihr vorerst die weitere Befragung, obwohl er selbst nicht an Heidi Olsen als Täterin glaubte. Das Verschwinden eines weiteren Freundes aus der alten Clique bestätigte seine Theorie, nach dem die vier ein Geheimnis besaßen – oder eine gemeinsame Schuld, die vielleicht weit in der Vergangenheit lag. Und jetzt rächte sich der Mörder an ihnen. Knud hatte bereits beschlossen, Uwe Ackermann und Peter Wenzel erneut aufzusuchen und ihnen Polizeischutz anzubieten, auch wenn seine Kolleginnen offensichtlich Fietes Theorie folgten.

„Also gut", führte Charlotte die Befragung fort. „Haben Sie, nachdem Sie den Artikel über das Verschwinden von Heidi Olsen entdeckt haben, nachgeschaut, ob Kleidungsstücke und andere Utensilien ihres Mannes fehlen?"

„Auf die Idee bin ich überhaupt nicht gekommen", antwortete Witta Böttcher bemüht sachlich.

„Verstehe. Wir werden Sie im Anschluss an dieses Gespräch nach Tönning begleiten. Dann können wir gemeinsam nachschauen."

Ihre Besucherin zeigte sich von dieser Aussicht nicht begeistert: „Ich müsste im Anschluss an dieses Gespräch in die

Schule ... allerdings bin ich mir nicht sicher, ob ich heute in der Lage bin, Unterricht zu geben", relativierte sie ihre eigene Aussage. „Okay, ich rufe dort gleich an und entschuldige mich. Es ist mir am wichtigsten, dass Klaas so schnell wie möglich gefunden wird."

„Gut! Wie oft ist Ihr Mann mit seinen Freunden oder Kollegen abends unterwegs gewesen? Und kam das auch am Wochenende vor?"

„Ja, schon. Am Wochenende allerdings seltener, eigentlich eher am Abend, vielleicht zweimal im Monat, so im Durchschnitt." Es fiel Witta Böttcher schwer, sich auf diese Dinge zu konzentrieren, das war deutlich.

Trotzdem setzte Charlotte die Befragung fort. „Ist er außerdem in einem Verein? Treibt er Sport oder geht sonst einem Hobby nach, wodurch er regelmäßig abends abwesend ist?"

„Ein- bis zweimal pro Woche treibt er Sport, um seine sitzende Tätigkeit auszugleichen. Im Sommer ist er bevorzugt draußen: Er fährt Fahrrad, schwimmt oder läuft. Außerdem ist er in einem Fitnessstudio angemeldet. Das nutzt er vorzugsweise im Winter oder bei schlechtem Wetter."

„Ich muss Sie auch zu Ihrem Verhältnis befragen. Würden Sie Ihre Ehe als glücklich bezeichnen?"

„Wir kennen uns sehr lange, Frau Kommissarin. Natürlich schweben wir nicht mehr permanent auf Wolke sieben. Ich würde uns aber als gutes, stabiles Team bezeichnen. In unserer Beziehung herrschen Vertrauen, Loyalität und Treue. Wir geben uns Freiräume, ohne diese zu missbrauchen. Ich gehe fest davon aus, von Klaas niemals betrogen worden zu sein. Deshalb halte ich eine Affäre für unwahrscheinlich, eine Affäre mit Heidi für quasi ausgeschlossen. Wir sind seit Jahren befreundet. Da sollte ich mich sehr täuschen!"

„Sind Sie sicher, dass Ihr Mann Ihnen alles anvertraut?", schaltete sich Knud wieder ein.

„Das ist eine sehr weitreichende Frage." Zum ersten Mal erschien ein kleines Lächeln auf ihrem Gesicht. „Vermutlich hat jeder in seiner Ehe kleine Geheimnisse, die er dem Partner nicht anvertraut. Keine schwerwiegenden Dinge, die das gemeinsame Leben entscheidend prägen und beeinflussen, sondern Kleinigkeiten des täglichen Lebens."

„Davon rede ich ebenfalls", bestätigte Knud. Einen Moment zögerte er, suchte nach den richtigen Worten. Er wollte auf jeden Fall vermeiden, dass Charlotte oder Lilly seine Strategie vor dieser Frau kritisierten. Außerdem bestand das Risiko, dass Witta Böttcher die Loyalität ihrem Mann gegenüber höher einschätzte als die Gefahr, in der ihr Mann möglicherweise schwebte. Trotzdem musste er die Chance nutzen, seine Theorie bestätigt zu bekommen. Er blickte ihr direkt in die Augen. „Es ist wichtig, ehrlich zu sein", forderte er sie eindringlich auf. „Hat Ihr Mann Ihnen ein Geheimnis anvertraut? Ein Geheimnis, dass unter Umständen weit in der Vergangenheit liegt und die vier Freunde betrifft. Ich denke dabei an eine gemeinsame Schuld oder so etwas."

Sie runzelte die Stirn und schien darüber nachzudenken. „Sie vermuten also keine gemeinsame Tat von Heidi und meinem Mann. Glauben Sie, Tammos Mörder könnte es auch auf Klaas abgesehen haben? Steckt das hinter Ihrer Frage?"

Knud spürte die Blicke der Kollegen auf sich ruhen. Nicht nur die Frau des Verschwundenen interessierte sich für seine Antwort. „Ich halte das für einen alternativen Ansatz, den ich gerne weiterverfolgen würde", antwortete er zurückhaltend. „Wenn Ihnen etwas bekannt ist, was die Männer in dieser Hinsicht verbindet, könnte es bei der Aufklärung dieses Falles weiterhelfen."

Witta Böttcher nickte. Diese Theorie war erschreckend, schien ihr aber trotzdem besser zu gefallen, als die Vorstellung, ihr Mann könnte sie mit einer Freundin betrügen und für einen Mord verantwortlich sein. „Spontan fällt mir dazu nichts ein, ich denke aber gerne darüber nach."

„Es wäre hilfreich, wenn wir unter diesem Aspekt Ihr Haus durchsuchen dürften. Natürlich ist es nur eine vage Hoffnung, darüber Aufzeichnungen zu finden. Trotzdem ist sie nicht auszuschließen."

„Okay, wenn es zu etwas führen kann, bin ich damit einverstanden", antwortete Witta. „Kennen Sie unsere Adresse? Wir treffen uns dann dort."

Die drei Kommissare brachen gemeinsam auf und trafen kurz nach Witta Böttcher bei deren geräumiger Wohnung im Stadtkern von Tönning ein. Trotz einer gründlichen Durchsuchung fanden sie weder Hinweise auf eine Affäre zwischen Klaas Böttcher und Heidi Olsen noch auf ein dunkles Geheimnis der alten Clique oder irgendwelche Drohbriefe.

Klaas Böttcher hatte außerdem keinen Koffer gepackt, was die These einer gemeinsamen Flucht mit der Witwe wieder schwächte. Oder war er Hals über Kopf geflohen, ohne dazu die Gelegenheit zu haben? Immerhin schien er seine Papiere und seine EC-Karte bei sich zu haben; außerdem sein Handy, auf dem er aber nach wie vor nicht erreichbar war.

Täuschte sich Knud mit seiner Annahme oder verbargen die vier Freunde ihr Geheimnis einfach sorgfältig? Oder war doch Heidi Olsen die Täterin? Aber warum sollte sie Klaas Böttcher töten? Bei dem Gedanken schalt er sich selbst. Bislang war der Mann lediglich verschwunden! Trotzdem sträubte sich Knud, der Theorie seiner Kolleginnen zu folgen. Vielleicht steckte etwas völlig anderes hinter diesem Fall, was sie nicht erkannten.

Er musste unbedingt im nächsten Schritt mit Uwe Ackermann und Peter Wenzel sprechen. Wenn seine Annahme richtig war, schwebten die beiden Männer in Lebensgefahr. Darüber sollten sie informiert werden. Außerdem würde er ihnen Polizeischutz anbieten, auch wenn er dazu Kollegen aus Kiel, Heide oder Husum anfordern musste. Wenn Fiete das ablehnte, würde er es selbst verantworten. Das Morden auf Eiderstedt musste endlich aufhören!

Torge in Tating

Freitag, den 10. November

Torge Trulsen kämpfte mit zwiespältigen Gefühlen. Auf der einen Seite plagte ihn eine gewisse Unzufriedenheit, weil er gerne mehr zur Aufklärung des Falles beigetragen hätte. Auf der anderen Seite war er seit der schrecklichen Mordserie vor einigen Wochen gelassener geworden. Er hatte gelernt, auf seine Chance zu warten. Beim letzten Mal sah es anfangs so aus, als wäre er völlig nutzlos, aber am Ende hatte er für seine Mannschaft den entscheidenden Punkt erzielt. Noch immer erfüllte ihn dieser Erfolg mit Stolz – und eben mit der Geduld, den richtigen Zeitpunkt abzupassen.

Die erste Gelegenheit ergab sich schneller, als er erwartet hatte. Er war im Begriff Feierabend zu machen, da klingelte sein Mobiltelefon. Spontan hoffte er, dass es sich nicht um einen

Notfall handelte. Immerhin hatte er Annegret versprochen, heute rechtzeitig zu Hause zu sein. Die Versuchung, das Klingeln einfach zu ignorieren, wurde übermächtig, aber sein Pflichtgefühl siegte. Also warf er einen Blick auf das Display. Automatisch straffte er sich, als er den Namen der Anruferin las.

Konnte es wirklich Charlotte Wiesinger sein oder war das lediglich Knud mit ihrem Handy? Noch nie hatte die Kommissarin selbst bei ihm angerufen. Aufregung erfasste ihn. Wie es aussah, wirkte seine Rettungsaktion sich positiv auf seine Position im Team aus. Mit leicht zitterndem Finger drückte er die grüne Taste, bevor der Anruf auf die Mailbox lief.

„Moin Kommissarin Wiesinger", begrüßte er sie freudig. „Was verschafft mir die Ehre? Ich hoffe, es geht um den Fall und Sie rufen mich nicht wegen eines tropfenden Wasserhahns an."

„Moin Trulsen!" Ihre Begrüßung wurde von einem Lachen begleitet. „Ich glaube, mit derartigen Problemen haben Sie in der *Weißen Düne* genug zu tun. Tatsächlich würde ich mich freuen, wenn Kommissarin Morgenroth und ich Sie zu Hause besuchen dürften, um mit Ihnen und Ihrer Frau über Heidi Olsen zu sprechen. Es kommt jetzt etwas spontan, aber würde es Ihnen heute passen?"

Torge stand kerzengerade. Hatte er richtig gehört? Bat die Kommissarin ihn allen Ernstes um seine Unterstützung? Vor lauter Aufregung wäre ihm fast das Telefon aus den schweißnassen Händen gerutscht. Er riss sich zusammen, um den guten Eindruck nicht gleich wieder zu zerstören.

„Ja, natürlich! Ich wollte gerade Feierabend machen und nach Tating fahren." Er guckte auf seine Armbanduhr. „Annegret müsste bereits zu Hause sein. Warum haben Sie sich nicht früher gemeldet? Dann hätte sie bestimmt gerne einen Kuchen gebacken."

„Kuchen ist zweitrangig, Trulsen. Sie haben bestimmt gehört oder gelesen, dass Heidi Olsen verschwunden ist. Wir möchten gerne von Ihrer Frau wissen, ob sie sie vorher erreicht hat. Vielleicht kann sie außerdem eine Idee beisteuern, bei wem oder wo sie sich jetzt befindet."

Torge nickte, obwohl die Kommissarin das natürlich nicht sehen konnte. „Kommen Sie in einer halben Stunde", bat er sie und legte schließlich auf. Was für eine Entwicklung! Überraschend und erhebend zugleich!

Annegret wurde sofort von seiner Aufregung angesteckt, als er ihr von dem bevorstehenden Besuch erzählte. Natürlich setzte sie eine Kanne Kaffee auf und kramte eine Dose mit selbstgebackenen Keksen hervor. Routiniert deckte sie den Tisch und prüfte ihre äußere Erscheinung. Erst als sie diese Dinge erledigt hatte, wandte sie sich wieder an Torge.

„Und die Kommissarin hat wirklich dich angerufen und um unsere Unterstützung gebeten?"

Die Verwunderung in ihrer Stimme versetzte Torge einen kleinen Stich, obwohl es ihm ja im ersten Moment genauso ergangen war. „Ja, es ist eine Premiere", erklärte er stolz, „aber wir wissen ja, wodurch ich in ihrem Ansehen gestiegen bin."

„Nun roll mal nicht weg", antwortete Annegret und knuffte ihn in die Seite. „Immerhin kenne ich Heidi viel besser als du. Ich glaube, in diesem Fall wird sie eher mich befragen." Trotzdem war die Anerkennung in ihren Augen unübersehbar.

„Ah, da sind sie", bemerkte er überflüssigerweise, was sie lediglich mit einem Nicken quittierte.

„Hol du den Kaffee, ich öffne die Tür", wies sie ihn an, bevor sie sich ihren Gästen zuwandte: „Kommissarin Wiesinger! Wie schön, Sie endlich persönlich zu treffen!"

„Wir danken Ihnen, dass Sie uns so kurzfristig empfangen. Vermutlich haben Sie in der Presse über die neue Entwicklung in dem Fall gelesen."

„Ja und es ist überhaupt kein Problem. Wir haben heute nichts anderes vor! Setzen Sie sich. Sie trinken bestimmt einen Kaffee mit uns." Annegrets Wangen glühten, während sie einschenkte.

„Sie hätten sich nicht so viel Mühe zu machen brauchen", protestierte Charlotte Wiesinger.

„Aber das ist doch das Mindeste. Sie haben uns so ein tolles Wochenende geschenkt. Ich möchte mich von ganzem Herzen für Ihre Großzügigkeit bedanken! Das war ein einmaliges Erlebnis, das ich immer in guter Erinnerung behalten werde."

Die Kommissarin machte eine wegwerfende Handbewegung. „Immerhin hat mir Ihr Mann das Leben gerettet. Das werde ich ihm nie vergessen. So, und nun genug der dankbaren Worte. Wie Sie wissen, ist Heidi Olsen verschwunden. Wir verfolgen verschiedene Ermittlungsansätze, insofern drängt die Zeit."

„Sie sind also von ihrer Schuld, Tammo ermordet zu haben, nicht überzeugt?", fragte Annegret hoffnungsvoll.

„Leider spricht viel dafür, aber es könnte genauso einen anderen Täter geben", erklärte Charlotte Wiesinger.

„In der Zeitung klang das anders."

„Sie wissen ja, wie schnell die Medien vorverurteilen. Wir befinden uns mitten in der Beweisführung. Ihr Mann sagte uns, dass Sie über die Landfrauen mit Heidi Olsen bekannt sind und sie anrufen wollten. Sind Sie dazu noch gekommen, bevor das Handy von Heidi Olsen nicht mehr erreichbar war?"

„Nein, leider nicht. Am Mittwoch, als Torge zu Knud gefahren ist, war ich einfach zu erledigt. Mir war die Dringlichkeit nicht bewusst", fügte sie entschuldigend hinzu. „Ich habe es gestern Abend versucht, aber da war es natürlich zu spät."

„Es ist völlig offen, ob es zielführend gewesen wäre, wenn Sie Heidi am Mittwoch erreicht hätten. Machen Sie sich also keine Vorwürfe. Vielleicht können wir aber auf Ihr Gedächtnis zurückgreifen."

Annegret nickte. „Gern. Ich freue mich, wenn ich Ihnen helfen kann."

„Knud hat uns vorhin berichtet, was sie Ihrem Mann neulich Abend erzählt haben. Wie waren Heidi und Tammo Olsen als Paar? Worauf ich hinaus will: auch wenn Heidi Olsen keine Plaudertasche war und wenig von sich selbst preisgegeben hat, würde ich mich über Ihre Einschätzung freuen, wie die Ehe der beiden war."

„Tammo habe ich vor Jahren ein paar Mal getroffen, aber das ist bestimmt nicht aussagekräftig. Insofern kann ich über ihn nichts berichten. Er hat sie nie abgeholt oder so. Das muss aber nichts heißen. Torge holt mich genauso wenig ab."

„War sie unzufrieden? Hat sie sich in irgendeiner Form negativ über ihren Mann oder ihre Ehe geäußert? Und wenn ja, wissen Sie noch, worum es ging?"

Annegret überlegte. Ihrem Naturell entsprechend wollte sie auf keinen Fall etwas Falsches sagen oder schlecht über eine Freundin reden.

„Das ist eine schwierige Frage, Frau Wiesinger. Wir sind ja alle mal verärgert über unsere Männer. Aber wenn wir unseren Ärger einer Freundin anvertrauen, sagt das nicht zwingend etwas über die Qualität der Ehe aus. Es ist auf keinen Fall so, dass Heidi sich ständig über ihren Mann beklagt hat. Da fällt mir nichts Konkretes ein."

„Hat Heidi Olsen vielleicht zwischen den Zeilen irgendetwas zu Ihnen gesagt, was auf eine Affäre schließen ließ?"

„Eine Affäre? Ist das nur eine Mutmaßung oder gibt es darauf exakte Hinweise?", fragte Annegret erschrocken.

„Darf ich die Beantwortung der Frage zurückstellen?", fragte Charlotte Wiesinger mit einem Lächeln. „Ich möchte Sie mit der Antwort nicht beeinflussen."

„Torge hat mich das auch gefragt. Heidi hat immer Wert auf ihr Äußeres gelegt. Nicht übertrieben oder aufgedonnert. Weder hatte sie ständig neue Kleidung oder gar Schmuck. Ich habe darüber noch einmal nachgedacht, aber es gab keine auffällige Veränderung in den letzten Monaten oder Jahren, die auf eine neue Liebe hinweist."

„Hat sie sich mal über die Freundschaft ihres Mannes mit den anderen der alten Clique geäußert?", fragte Kommissarin Wiesinger weiter, während sich Lilly Morgenroth zurückhielt.

„Nicht negativ. Ich glaube, sie war ganz froh über diese Männerfreundschaft. Das konnte ich verstehen. Es gibt Männer, die alles mit sich alleine ausmachen. Bei Problemen kann es durchaus hilfreich sein, wenn der eigene Angetraute mindestens einen Kumpel hat, mit dem er ausgiebig schnacken kann. Das hat sie genauso gesehen. Der Zusammenhalt war über Jahre gewachsen. Die Männer haben einander vertraut, darüber haben wir uns mal ausführlich unterhalten. Und sie hat mir bestätigt, wie froh sie darüber ist."

Torge bemerkte, wie die Aufmerksamkeit von Lilly Morgenroth stieg. Es schien einen Aspekt zu geben, von dem er bisher nichts wusste.

„Auch die folgende Frage, ist nicht viel mehr als ein Schuss ins Blaue, aber Knud hat eine weitere Theorie zum Hintergrund der Tat entwickelt."

Torges Spannung stieg. Da war also wirklich etwas, er hatte sich nicht getäuscht.

„Danach könnte es ein Geheimnis aus den Jugendtagen der Männer geben oder sogar eine gemeinsame Schuld. Hat Heidi Ihnen gegenüber etwas Derartiges angedeutet? Hat sie vielleicht sogar von einer Bedrohung gesprochen?" Der Tonfall der Kommissarin wurde eindringlich.

„Aber das würde ja bedeuten, dass die anderen Männer ebenfalls in Gefahr schweben!" Annegret hob erschrocken eine Hand zum Mund. „Befürchten Sie etwa wieder eine Mordserie?"

Torge drückte seiner seuten Deern die andere Hand. Ihre Faszination für Polizeiarbeit war bei weitem nicht so groß wie seine eigene. Insofern tat es ihm leid, sie in diese Ermittlung hineinzuziehen. „Du kannst dir ruhig Zeit mit der Beantwortung der Frage lassen", sagte er liebevoll.

„Was könnte das denn gewesen sein?", überlegte Annegret laut. „Das ist schließlich kein Thema, das man zwischen Kaffeepott, Handarbeit oder Rezeptentwicklung bespricht. Ich kann mir nicht vorstellen, von einem alten Konflikt dieser Art bei einer lockeren Kaffeerunde informiert zu werden. Das hätte sie mir, wenn überhaupt, in einem vertraulichen Gespräch unter vier Augen erzählt. Aber mit welchem Ziel? Wie hätte ich dabei helfen sollen?"

„Vielleicht, um sich einen Rat zu holen, ob sie die Polizei einschalten sollte. Oder einfach, um sich mal Luft zu machen", schlug die Kommissarin vor.

„Sind die Männer bedroht worden?"

„Das wissen wir nicht, Frau Trulsen. Denken Sie bitte weiter darüber nach. Sie können uns jederzeit anrufen."

Annegret nickte und zerbröselte gedankenverloren einen der Kekse auf ihrem Teller. „Ich bewundere Sie beide für die Arbeit, die Sie jeden Tag leisten. Sich ständig mit Mord und Totschlag zu beschäftigen, das muss wirklich herausfordernd sein. Wollen Sie mir nun sagen, wie Sie auf den Gedanken einer Affäre gekommen sind? Und ob Sie eine bestimmte Person im Verdacht haben?"

„Sie wären eine hervorragende Ermittlerin", lächelte Charlotte Wiesinger. „Ausgehend von der These, dass Heidi Olsen für den Mord an ihrem Mann verantwortlich ist, vermuten wir die Zusammenarbeit mit einem Komplizen. Dabei ist eine persönliche Verbindung naheliegend. Heute Morgen hat Witta Böttcher ihren Mann als vermisst gemeldet. Bei Klaas Böttcher handelt es sich um einen der vier Freunde. Während Knud von der Bedrohung der Männer ausgeht, verfolgen wir die Theorie, er könnte der Liebhaber und damit vielleicht der Komplize von Heidi Olsen sein. Halten Sie das für denkbar?"

Annegret kam aus dem Staunen nicht mehr heraus. „Natürlich hat Heidi Klaas mal in Gesprächen erwähnt. Immerhin haben die vier Paare ab und zu etwas gemeinsam unternommen. Ich wäre nie auf die Idee einer Liebesbeziehung zwischen den beiden gekommen, aber das ist natürlich etwas, was man für sich behält oder höchstens mit der besten Freundin bequatscht."

„Wissen Sie, wer Heidis beste Freundin ist? Können Sie sich außerdem vorstellen, wo sie sich aufhält? Wer steht ihr nahe genug, um sie zu schützen – vor uns oder vor dem Mörder?"

„Sie hat eine Schwester, die in Lübeck wohnt. Wenn ich es richtig verstanden habe, besteht allerdings nur ein loser Kontakt. Trotzdem könnte sie im Notfall natürlich für sie da sein. Über ihren Freundeskreis weiß ich nichts Konkretes, jedenfalls nicht über die drei Frauen hinaus, die zu den Männern der alten Clique gehören."

„Wir drehen uns im Kreis", murmelte Charlotte Wiesinger unzufrieden, woraufhin Lilly Morgenroth nickte.

Die Kommissarinnen waren längst gegangen, da saß Torge immer noch an dem Tisch und rührte gedankenverloren in seinem Kaffeepott herum. Ganz offensichtlich traten die Ermittlerinnen ebenfalls auf der Stelle. Wenn ihm doch nur wieder so ein genialer Einfall käme, um den Fall wie beim letzten Mal voranzubringen. Es musste ja gar nicht unbedingt der ultimative Durchbruch sein! Er wäre schon mit einem kleinen Schritt in die richtige Richtung zufrieden.

„Torge, das kalte Zeug willst du bestimmt nicht mehr trinken, oder?", holte ihn Annegret schließlich aus seinen Gedanken. „Lass mich den Tisch abdecken, dann können wir es uns gemütlich machen."

„Mir ist nicht nach gemütlich", brummelte er unzufrieden vor sich hin. „Es muss etwas geben, was wir machen können, um die Kommissare zu unterstützen. Die kommen in dem Fall nicht voran."

„Ja, den Eindruck hatte ich ebenfalls", stimmte Annegret zu. „Hast du eine Idee?"

„Eben nicht. Das ist ja das Problem!"

„Dir wird schon was einfallen", versuchte sie ihn aufzumuntern. „Das war bisher immer so."

„Dein Wort in Gottes Gehörgang", hoffte Torge und ließ endlich den Becher los. „Wir müssen irgendwie Kontakt zu Heidi aufnehmen und ihr unsere Hilfe anbieten. Immerhin kennt Ihr euch seit Jahren und seht euch regelmäßig."

„Ja, daran habe ich auch schon gedacht, aber wie sollen wir das tun, wenn wir nicht wissen, wo sie sich befindet und ihr Telefon ausgeschaltet bleibt?"

„Das ist es!", rief Torge plötzlich aus. Mit neuer Energie sprang er von dem Stuhl auf und gab Annegret einen Kuss.

„Ich verstehe kein Wort! Was ist es?", fragte die perplex.

„Du hast doch bestimmt eine eMail-Adresse von Heidi, oder?"

„Sicher. Natürlich! Ich wusste, dass dir etwas einfällt. Ich hole sofort meinen Laptop und dann schreiben wir ihr."

Knud unterwegs auf Eiderstedt

Freitag, den 10. November

Obwohl Fiete nicht von Knuds Theorie zu überzeugen war, sagte er ihm zu, personelle Unterstützung anzufordern, um Uwe Ackermann und Peter Wenzel Polizeischutz anzubieten.

Derart den Rücken gestärkt zu bekommen, gab Knud wieder Auftrieb. Auch wenn er es vor den Kollegen nicht zugegeben hätte, fühlte er sich von ihnen allein gelassen. Er konnte sich nicht daran erinnern, wann er zuvor auf so verlorenem Posten eine Mordtheorie verfolgen musste. Brach das Team aufgrund der privaten Irritationen zwischen Charlotte und ihm auseinander? Oder war seine unglückselige Beziehung zu Fiona schuld daran? Bei dem Gedanken an die Gerichtsmedizinerin drückte ihn sofort wieder sein schlechtes Gewissen. Dieses feige Ausweichen hatte sie nicht verdient und es passte in keiner

Weise zu ihm. Am Wochenende musste er endlich das Gespräch mit ihr suchen und ihre Affäre beenden.

Irgendwie hatte Charlotte die ganze Zeit recht behalten. Von Anfang an war sie in Bezug auf eine romantische Verbindung vorsichtig gewesen, um ihr gutes Verhältnis nicht zu gefährden. Aber wie die Dinge nun standen, war es ohnehin zu spät, darauf Rücksicht zu nehmen. Er war bereit, ihr die Zeit zu geben, die sie brauchte. An seinen Gefühlen würde das nichts ändern. Und vielleicht konnte er ihr Herz am Ende für sich gewinnen.

Doch bevor er sich um seine privaten Belange kümmern konnte, galt es, diesen verzwickten Fall voranzubringen. Schon wieder hatten sie es mit einem Toten und zwei Vermissten zu tun. Mindestens bei Klaas Böttcher befürchtete er das Schlimmste, wenn es den Kommissaren nicht gelang, ihn rechtzeitig zu finden. Aber wo sollten sie suchen? Es gab für seinen Aufenthaltsort nicht den geringsten Anhaltspunkt. Unter diesem Aspekt hatte Knud das Haus des Vermissten durchsucht, ohne den kleinsten Hinweis auf seinen Verbleib zu finden.

Knud überlegte fieberhaft, wie er das Vertrauen von Peter Wenzel und Uwe Ackermann gewinnen konnte. Wenn seine Theorie richtig war und es ein dunkles Geheimnis aus ihren Jugendtagen gab, musste er sie dazu bringen, dieses preiszugeben. Die Männer der alten Clique waren alle knapp Mitte vierzig. Je nachdem, wie schwer diese alte Schuld wog, bestand die Aussicht auf Verjährung. Trotzdem bezweifelte der Kommissar, darüber Einzelheiten in Erfahrung zu bringen, selbst wenn das Leben der beiden bedroht war.

Darüber hinaus stellte sich die Frage, wie stark deren Loyalität wirklich war. Würden die beiden Freunde eine Gefängnisstrafe in Kauf nehmen, um das Leben von Klaas Böttcher zu retten? Knud rief sich deren Verhalten während den mit ihnen geführten Gesprächen in Erinnerung, die erst drei Tage zurücklagen.

Beide schienen sehr auf ihre eigenen Interessen fixiert. War die Freundschaft wirklich so innig, wie sie behaupteten? Oder verschwiegen die Männer aus gutem Grund, was die Polizei nie erfahren durfte? Knud spürte die Verunsicherung, die diese Fragen in ihm auslösten, obwohl dies unnötig war. Gab es wirklich ein altes Geheimnis, das die Männer gemeinsam hüteten? Waren sie deshalb auf der Hut und wichen der Beantwortung tiefergehender Fragen aus?

Er hatte sich entschieden, seine Theorie zu überprüfen. Das würde er jetzt angehen. So oder so brachten ihn die Ergebnisse dieser Etappe bei der Ermittlung weiter, davon war er überzeugt.

Knud erreichte die Klinik im Ortsteil Bad und fand sofort einen Parkplatz. Dieses Mal würde er sich nicht abwimmeln lassen. Immerhin war der Arzt nicht im aktiven Operationsdienst tätig, sondern mit Verwaltungsaufgaben betraut. Nichts war so wichtig wie die Herausforderung, Klaas Böttchers Leben zu retten. Und das des Klinikleiters zu schützen.

Da er sein Anliegen mit entsprechendem Nachdruck vortrug, wurde er sofort von Peter Wenzel empfangen.

„Das klingt ja, als würde es um Leben und Tod gehen", empfing er Knud mit dem gleichen überheblichen Gesichtsausdruck wie beim letzten Mal.

Der Kommissar war gespannt, an welchem Punkt Wenzel diese Maske fallen lassen würde. „Es geht tatsächlich um Leben und Tod", begann er in ruhigem Tonfall, wurde aber sofort von seinem Gegenüber unterbrochen.

„Ach ja? Befürchten Sie, dass sich Heidi Olsen ebenfalls im Visier des Mörders befindet?"

„Das klingt kaum nach großer Anteilnahme", erwiderte Knud.

„Das interpretieren Sie falsch, Herr Petersen. Aber bevor unser Gespräch ins Absurde gleitet, sagen Sie mir am besten, warum Sie hier sind."

„Ihr Freund Klaas Böttcher ist verschwunden. Natürlich vermuten wir einen Zusammenhang und wollen ihn vor dem gleichen Schicksal wie Tammo Olsen bewahren."

Die Worte verfehlten nicht die gewünschte Wirkung. Peter Wenzel kniff seine Augen zusammen, offensichtlich eine typische Reaktion, wenn er eine unerwartete Information erhielt. „Klaas ist ebenfalls verschwunden? Und Sie vermuten dahinter den gleichen Täter wie bei Tammo? Aber da reden wir ja von Heidi!", murmelte er. Der Gedanke schien ihm spontan gekommen zu sein.

„Welches Motiv könnte Heidi Olsen haben, nicht nur ihren eigenen Mann, sondern auch den Freund ihres Mannes umzubringen?", fragte Knud, während er dabei genau die Reaktion des Klinikleiters beobachtete.

„Ich schätze, das herauszufinden, ist Ihre Aufgabe." Noch gelang es ihm, seine Maske aufzubehalten.

Knud nickte gelassen. „Sie sagen es. Trotzdem wäre es hilfreich, Ihre Gedanken dazu zu hören. Es gibt einen besonderen Grund, warum ich hier bin. Auch wenn Heidi Olsen in den Medien bereits als Täterin vorverurteilt wird, kann es ebenso einen anderen Hintergrund für die Tat geben. In diesem Fall sehe ich Sie als mögliches nächstes Opfer. Können Sie sich ein Motiv vorstellen, warum jemand Ihnen und Ihrem Freund Uwe Ackermann nach dem Leben trachten könnte?"

„Nein!", erwiderte Peter Wenzel mit Bestimmtheit.

Für Knud kam diese Antwort viel zu schnell. Lag er richtig? Hatten die vier Freunde wirklich etwas zu verbergen?

Sollte er Peter Wenzel direkt auf seinen Verdacht ansprechen? Wie wahrscheinlich war es, auf diesem Weg zum Ziel zu kommen? Gern hätte sich Knud mit Charlotte abgestimmt und verfluchte ihre privaten Querelen. Hatten die dazu geführt, dass sie getrennt in zwei verschiedenen Ermittlungsansätzen unterwegs waren? Er musste diese Situation alleine meistern. Vorerst verwarf er den Gedanken, um sich nicht die Chance zu verbauen, es später mit einer ausgefeilten Strategie zu versuchen, Peter Wenzel zu knacken.

„Auch wenn Sie die Gefahr, in der Sie möglicherweise schweben, nicht ernst nehmen, möchte ich Ihnen Polizeischutz anbieten", sagte er stattdessen.

„Polizeischutz? Das ist ja eine interessante Entwicklung. Bei Ihrem letzten Besuch haben Sie mich des Mordes verdächtigt. Nun bin ich vom potentiellen Mörder zum potentiellen Mordopfer geworden. Das klingt fast wie ein Abstieg!" Peter Wenzel gönnte sich ein Lachen über seinen dämlichen Scherz, wurde aber schnell wieder ernst, als er Knuds Blick auffing.

„Sie scheinen Ihre Situation zu verkennen", antwortete dieser leicht gereizt. „Das Gleiche gilt für die Lage, in der sich Ihr Freund befindet."

„Ich finde es äußerst schockierend, dass Klaas verschwunden ist, aber deshalb benötige ich trotzdem keinen Polizeischutz! Ich kann auf mich selbst aufpassen. Wenn Sie Ihre Arbeit vernünftig verrichten, so wie wir Steuerzahler es erwarten können, wird mir nichts passieren. Immerhin scheinen Sie meinen Rat angenommen zu haben, nicht mehr zu dritt unterwegs zu sein und damit unnötige Ressourcen zu verschwenden."

Knud bezeichnete sich selbst als friedlichen Zeitgenossen, aber dieses blasierte Verhalten ging ihm gehörig auf die Nerven. Unwillkürlich musste er an Charlotte denken, die an diesem Punkt sicherlich ausgeflippt wäre. Das ließ ihn spontan herunterkommen. Statt den Mann zu schütteln oder ihm sogar eins auf die Nase zu hauen, kämpfte er nun damit, ein Lächeln zu unterdrücken.

„Ist das amüsant, Herr Kommissar?"

„Nicht wirklich", antwortete er wieder ernst. „Ich meine es genau so, wie ich es gesagt habe. Möglicherweise hat der Täter es auch auf Sie abgesehen und damit würden Sie in Lebensgefahr schweben! Deutlicher kann ich mich nicht ausdrücken. Natürlich ist es Ihre Entscheidung, unsere Unterstützung anzunehmen oder abzulehnen." So langsam war es Knud egal, ob der arrogante Typ seine Hilfe wollte. Wenn er sich für wesentlich schlauer hielt, musste er halt sehen, wie er alleine klarkam. Für das Team bedeutete der Personenschutz dieses Mannes lediglich Aufwand und Kosten. Kosten für den Steuerzahler. Knud unterdrückte ein weiteres Grienen.

„Ich bin froh, das nun geklärt zu haben, und entscheide mich klar dagegen. Polizeischutz ist in meinem Fall unnötig."

„Sie sehen also keinen Zusammenhang mit Ihrer Person?", mutmaßte Knud und versuchte sich zu konzentrieren. „Angenommen, es handelt sich um einen komplett anderen Täter als bei Tammo Olsen. Was könnte in diesem Fall hinter dem Verschwinden von Klaas Böttcher stecken?"

„Das kann ich Ihnen beim besten Willen nicht beantworten", blockte Peter Wenzel komplett ab.

„Haben Sie keine Meinung dazu? Immerhin ist er Ihr Freund. Sie kennen sich seit Jahrzehnten. Da könnte es hilfreich sein, wenn Sie zumindest Mutmaßungen anstellen." Wieder spürte Knud Unmut hochsteigen. Was stimmte mit diesem Mann nicht, dass er ihm jede Unterstützung versagte?

„Was nützen Ihnen meine Spekulationen? Natürlich hatte Klaas Probleme, so wie wir alle. Keins davon stellt für mich ein Mordmotiv dar. Und wenn ich Sie richtig verstehe, ist er ja bisher lediglich verschwunden."

„Das ist richtig", bestätigte Knud. „Können Sie sich vorstellen, dass er mit Heidi Olsen eine Affäre hat und mit ihr zusammen durchgebrannt ist?"

„Heidi und Klaas?" Im ersten Moment schien es, als wollte er spontan widersprechen. Dann schien ihm ein Gedanke durch den Kopf zu gehen. „Das hätte ich eigentlich nicht für möglich gehalten, aber man kann sich in den Menschen täuschen. Wenn das dann alles war, würde ich gerne an meine Arbeit zurückkehren", beendete Peter Wenzel schließlich das Gespräch.

Knud war mit dem Verlauf nicht zufrieden, ließ es jedoch darauf bewenden. Vielleicht erreichte er bei Uwe Ackermann mehr.

Als er die Klinik verließ, übermannten ihn Frust und Einsamkeit. Allein zu arbeiten, die Ergebnisse nicht im Team zu analysieren sowie die folgenden Schritte gemeinsam besprechen zu können, war er nicht gewohnt. Er hätte alles dafür gegeben, jetzt mit Charlotte das gerade geführte Gespräch Revue passieren zu lassen und sie bei den bevorstehenden Handlungen an seiner Seite zu wissen.

Denn inzwischen hatte er beschlossen, heute den Frauen Wenzel und Ackermann endlich einen Besuch abzustatten. Die Bestätigung der Alibis für den Sonntagabend, an dem Tammo Olsen ermordet worden war, stand noch aus. Vermutlich waren die völlig irrelevant, aber zumindest konnte er damit deren Glaubwürdigkeit und Verhältnis zu den jeweiligen Ehefrauen überprüfen. Als Einstieg ins Gespräch allemal tauglich.

Knud konnte sich nicht erinnern, ob Peter Wenzel sich über eine mögliche Berufstätigkeit seiner Frau geäußert hatte. Sollte er Fiete anrufen und nach dessen Recherche fragen? Damit würde er sich die Blöße geben, es nicht mehr präsent zu haben, denn bestimmt hatte der Revierleiter es bereits erwähnt! Lag es nur an seinem privaten Durcheinander oder war auch die

Überarbeitung der letzten Wochen an seiner eingeschränkten Leistungsfähigkeit schuld?

Immerhin, die Privatadresse des Paares hatte er sich notiert. Wie nicht anders zu erwarten, residierte Dr. Wenzel in einer imposanten Villa. Das große Grundstück war von einer Hecke umgeben, die die Bewohner weitgehend vor neugierigen Blicken schützte. Am Eingangstor hing nicht nur ein privates Schild mit dem Namen des Paares, sondern ein weiteres, das auf eine Praxis für Naturheilkunde verwies, die von Frau Anke Wenzel betrieben wurde. Eine interessante Kombination: Er war Arzt und sie Homöopathin. Richtig, das hatte Fiete in einer Besprechung erwähnt!

Schlagartig verbesserte sich Knuds Laune. Damit stiegen seine Chancen, sie zumindest anzutreffen. Wieder nahm er sich vor, resolut aufzutreten und sich nicht auf einen späteren Termin vertrösten zu lassen. Es ging um Mord und sie durften keine Zeit verlieren!

Seine Befürchtung, abgewimmelt zu werden, erwies sich allerdings als unbegründet. Anke Wenzel begrüßte ihn sehr freundlich und bat ihn in ihre Praxis.

„Sie haben ein ausgezeichnetes Timing, Herr Petersen. Mein letzter Patient für heute ist vor einer Viertelstunde gegangen. Trinken Sie eine Tasse Kaffee mit mir? Ich kann jetzt eine Stärkung gebrauchen!“

Knud nahm dankend an und beobachtete sie, während sie den Vollautomaten einschaltete. Bei der Naturheilkundlerin handelte es sich um eine attraktive Frau Anfang Vierzig, die viel Wert auf ihre äußere Erscheinung legte. Sie war schlank, gut frisiert und modisch gekleidet; alles in einer unaufdringlichen Art. Dazu passten ebenfalls ihr dezentes Make-up und der nahezu fehlende Schmuck. Knud entdeckte lediglich einen Ehering und eine schmale Goldkette mit einem Anhänger in Form eines Ankers.

„Und? Habe ich bestanden?", fragte sie in seine ausgiebige Betrachtung hinein. Um ihre Augen bildeten sich kleine Lachfältchen, die sie sehr sympathisch wirken ließen.

„Entschuldigung!", erklärte Knud leicht verlegen. „Es lag nicht in meiner Absicht, Sie anzustarren."

„Das beantwortet nicht meine Frage", erwiderte sie amüsiert.

Automatisch fragte er sich, wie eine derart entspannte und offensichtlich humorvolle Frau es mit dem arroganten Klinikleiter aushielt. Aber vielleicht war er anders, wenn er sich zu Hause bei seiner Frau sicher fühlte.

„Sie sind eine sehr attraktive Frau", parierte Knud und überwand seine Verlegenheit. „Am besten gefällt mir allerdings Ihre vergnügliche Leichtigkeit."

„Das klingt ja fast so, als würden Sie mit mir flirten", ließ sie sich auf den lockeren Tonfall ein und reichte ihm schließlich eine Kaffeetasse. „Milch und Zucker?"

Knuds Antwort ging in seinem Lachen unter. „Gerne ein bisschen Milch", wiederholte er. „Und nein! Nach flirten ist mir nicht zumute. Da bin ich im Moment bestens bedient."

„Klingt nach der großen Liebe", erwiderte sie, ohne den Tonfall zu verändern.

„Kein Kommentar! Ich bin nicht hier, um mein Liebesleben mit Ihnen zu diskutieren."

„Das habe ich befürchtet. Dann kommen wir wohl jetzt zum ernsten Teil. Also: Was wollen Sie von mir wissen, Kommissar Petersen?"

Im Nachhinein musste Knud zugeben, dass ihm dieser Wortwechsel am Anfang ihrer Begegnung am besten gefallen und sogar gutgetan hatte. Im Anschluss bestätigte Anke Wenzel den vergangenen Sonntagabend gemeinsam mit ihrem Mann verbracht zu haben. Auf die Frage, wie sie ihre eigene Ehe einschätzte, antwortete sie entspannt.

„Seit wir hier in St. Peter leben, würde ich sie wieder als gut bezeichnen. Vorher lag einfach zu viel Druck auf meinem Mann. Wissen Sie, er hat mich wegen meiner Fachrichtung eigentlich immer belächelt. Das Verschreiben von Globuli ist eben längst nicht so spektakulär wie eine Operation am offenen Herzen. Ursprünglich hat Peter seine Arbeit geliebt, aber mit der Zeit ist der Druck einfach zu groß geworden. Jeder kleinste Fehler konnte zum Tod des Patienten führen. Das hat er irgendwann nicht mehr ausgehalten."

„Sind ihm Fehler unterlaufen?", fragte Knud nach.

„Das ist nicht der Punkt, Herr Petersen. Die Angst, einem Patienten mehr zu schaden als zu nützen, wurde im Laufe der Zeit zu groß."

„Verstehe. Und würden Sie Ihre Beziehung als vertrauensvoll bezeichnen?"

„Worauf wollen Sie hinaus?"

„Hat Ihr Mann Geheimnisse vor Ihnen?"

„Kleine oder große Geheimnisse?"

„Große. Gibt es vielleicht Angelegenheiten, die er lieber mit seinen Kumpels bespricht?"

„Möglich."

„Sie machen es mir nicht gerade leicht", erwiderte Knud. „Also gut. Konkreter gefragt: Hat Ihr Mann Ihnen mal etwas aus seinen Jugendtagen erzählt, was vielleicht etwas grenzwertig oder am Rande der Legalität war und das ihn mit den Männern aus der alten Clique verbindet?"

„Nein, daran würde ich mich erinnern." Anke Wenzel nahm einen Schluck aus ihrer Kaffeetasse und schaute ihn erwartungsvoll an. Die Befragung schien sie interessant zu finden, wie eine gelungene Abwechslung im Alltagstrott.

„Hatten die vier Männer Konflikte? Sind die Beziehungen untereinander gleich stark oder gibt es stärkere und schwächere Sympathien?"

„Spielen Sie auf die akademischen Ausbildungen von Uwe und Peter an?", fragte sie.

„Auch", gab Knud ausweichend zurück, obwohl das nicht sein Hauptaugenmerk war.

„Das können Sie vergessen. Wenn die vier zusammen sind, spielen ihre Berufe überhaupt keine Rolle, so als ob die Zeit stillsteht. Manchmal beneide ich sie um diese starke Freundschaft. Sie sind wie eine Einheit. Jeder von ihnen steht für den anderen ein. Das gibt es wohl nur noch selten."

Knud nickte. Das passte zu seiner Theorie.

„Wie ist Ihr Verhältnis zu Heidi Olsen?", wechselte er das Thema. „Würden Sie sie als gute Freundin bezeichnen?"

„Ich mache mir wirklich Sorgen um Heidi! Sie verdächtigen Sie doch nicht ernsthaft, Tammo umgebracht zu haben, oder?" Zum ersten Mal, seit Knud hier eingetroffen war, zeigte Anke Wenzel sich angespannt. Ohne eine Antwort abzuwarten, redete sie weiter: „Heidi ist wirklich eine Seele von Mensch. Für jeden in ihrem Umfeld hat sie ein offenes Ohr und hört sich mit einer Engelsgeduld die Probleme anderer an. Auch wenn sie nicht helfen kann, wirken ihre Worte immer tröstend. Welches Motiv sollte sie haben, ihren Mann zu töten?"

„Geld aus einer Lebensversicherung. Außerdem hat er sie wohl über eine lange Zeit angelogen."

„Das sind keine Gründe für einen Mord!", echauffierte sie sich. „Wissen Sie, wie viele Ehepaare derartige Versicherungen zugunsten ihrer Partner abschließen? Da müsste es ja nur noch

Mord und Totschlag geben. Von der Arbeitslosigkeit hat Peter mir erzählt. Erstaunlich, dass er jeden Tag aus dem Haus gegangen ist und so getan hat, als würde er arbeiten. Das stelle ich mir wirklich anstrengend vor. Wissen Sie, was er in dieser Zeit gemacht hat?"

„Wir haben eine Vorstellung davon", wich Knud einer konkreten Beantwortung der Frage aus.

„Vielleicht hat er ein Doppelleben geführt." Die Idee schien eine gewisse Faszination auf sie auszuüben. „Gab es eine andere Frau?"

„Darauf haben wir bislang keine Hinweise gefunden."

Anke Wenzel nickte. „Passt auch nicht zu Tammo", überlegte sie laut.

„Würde es Ihrer Meinung nach zu Heidi passen?", fragte Knud.

„Ob Heidi einen Liebhaber hatte? Und deshalb Tammo getötet hat? Ich glaube kaum, dass sie dazu fähig wäre."

„Vielleicht benutzte sie ihn als Handlanger, um Tammo loszuwerden", schlug Knud vor.

„Um dann an den nächsten Mann gebunden zu sein, den sie vielleicht gar nicht liebte? Das ergibt keinen Sinn, Herr Petersen. Oder haben Sie darauf konkrete Hinweise?"

„Klaas Böttcher ist ebenfalls verschwunden."

„Heidi und Klaas? Du meine Güte, da kommt sie ja vom Regen in die Traufe!"

„Wie meinen Sie das?", wollte Knud wissen.

„Klaas ist kein einfacher Mensch. Er ist dem Alkohol zugeneigt. Wenn er zu viel trinkt und sich durch irgendetwas provoziert fühlt, kann er regelrecht ausrasten. Also da war Tammo wesentlich pflegeleichter. Eine Verbindung zwischen der sanften Heidi und Klaas kann ich mir beim besten Willen nicht vorstellen ... andererseits ... wo die Liebe hinfällt. Das wäre nicht die erste Überraschung dieser Art!"

„Haben Sie eine Idee, wo Heidi Olsen untergetaucht sein könnte? Bei ihrer Schwester in Lübeck ist sie nicht, das wurde bereits überprüft."

„Ich kann mir überhaupt nicht vorstellen, dass Heidi einfach abhaut. Sie ist pflichtbewusst bis in die Haarspitzen und würde ihre Chefin nicht spontan mit der ganzen Arbeit alleine lassen. Sie hat oft genug erzählt, wie schwer es ist, Personal für die Bäckerei und den Laden zu finden. Und Klaas ist ebenfalls verschwunden? Gehen Sie von einem zweiten Mord aus? Vielleicht ist Heidi ebenfalls tot und gar nicht freiwillig verschwunden. Dann hätten Sie es schon wieder mit einer Mordserie zu tun. Das ist wirklich beängstigend!"

Im Anschluss wäre Knud am liebsten an den Strand gefahren und hätte den Fall Fall sein lassen. Aber natürlich siegte sein Pflichtbewusstsein. Bestimmt war Uwe Ackermann von seinem Freund Peter Wenzel längst über seinen Besuch informiert worden. Nun war er gespannt, ob der Anwalt genauso ablehnend auf sein Angebot, ihn unter Polizeischutz zu nehmen, reagierte. Bestimmt hatten die beiden ihre Aussagen aufeinander abgestimmt.

In Friedrichstadt angekommen wurde Knud sofort von dem Anwalt empfangen. Wie erwartet, bekam er von Uwe Ackermann fast exakt die gleichen Worte zu hören, wie vorher von Peter Wenzel, lediglich in einer etwas freundlicheren Version. Ähnliches galt für Ilka Ackermann. Auch sie empfing den Kommissar sehr freundlich, bat jedoch sofort, das Gespräch so kurz wie möglich zu halten, da sie von starken Schmerzen geplagt wurde. Insgesamt erfuhr er in Friedrichstadt nichts, was ihn in der Ermittlung weiterbrachte. Das Gefühl, auf der Stelle zu treten und sich mit seiner These aus dem Team herauskatapultiert zu haben, wurde übermächtig. War er komplett auf dem Holzweg? Er brauchte dringend frische Luft!

Kaum saß er nach einem kurzen Spaziergang an der Treene wieder in seinem Wagen, klingelte sein Mobiltelefon. Seine aufflammende Hoffnung, Charlotte würde ihn anrufen, um die Ergebnisse des Tages zu besprechen, wurde mit einem Blick auf das Display jäh zerstört.

Fiona! Der spontane Impuls, den Anruf einfach wegzudrücken, wurde übermächtig. Nach diesem Befragungsmarathon und der ständig präsenten Angst, zu versagen und damit den Verschwundenen nicht rechtzeitig helfen zu können, ging ein Klärungsgespräch mit der Gerichtsmedizinerin über seine Kraft. Während er überlegte, wie er reagieren sollte, nahm die Mailbox den Anruf entgegen. Auch gut. Das verschaffte ihm Zeit.

Kurz darauf hörte er die Nachricht ab. Fiona klang traurig, aber nicht genervt. Sie bat schlicht um Rückruf, wollte wissen, wo sie mit ihrer Beziehung standen. Ihr gutes Recht.

Knud wartete eine Viertelstunde und schickte ihr dann eine SMS mit dem Versprechen, sich am Wochenende bei ihr zu melden. Keine optimale Lösung, aber zu mehr war er an diesem Abend nicht mehr in der Lage.

Charlie im Tümlauer Koog

Am Wochenende 11./12. November

Charlie fühlte sich erschöpft und ausgelaugt. Den gesamten Freitag hatte sie mit Lilly und Fiete alle möglichen Spuren verfolgt, um irgendeinen Anhaltspunkt für die Aufenthaltsorte von Heidi Olsen und Klaas Böttcher zu finden. Es hatte aus der Bevölkerung etliche Hinweise gegeben, wo die Witwe angeblich gesehen wurde, aber keiner führte zum Erfolg. Weder die Schwester, noch eine Cousine oder Freunde und Bekannte hatten etwas von ihr gehört. Nirgends hatte sie um Hilfe gebeten. Gleiches galt für Klaas Böttcher. Die Fahndung nach beiden wurde verstärkt, alles ohne Ergebnis. Sie schienen wie vom Erdboden verschluckt.

Durch den Verlauf des Falles wurden für die Kommissarin wieder die Bilder und Emotionen ihrer eigenen Entführung präsent. Sobald es dunkel wurde, spürte sie eine angsteinflößende Bedrohung. Nachts musste sie das Licht eingeschaltet lassen, damit sie nicht in Panik verfiel. Dabei fragte sie sich unwillkürlich, ob es den aktuell Vermissten ebenso erging. Sie selbst hatte unglaubliches Glück gehabt, dass ihr Team hier in Sankt Peter-Ording so großartige Arbeit geleistet hatte. Wären Lilly und Knud der Mörderin nicht schon so nah auf den Fersen gewesen, hätte Torge sie vermutlich nie gefunden – oder erst als verstümmelte Leiche unter dem Pfahlbau der Arche Noah.

Was übersahen sie in diesem Fall? Steckte wirklich Heidi Olsen hinter dem Mord an Tammo? Hatte sie ihn wegen des Geldes aus der Versicherung umgebracht, um mit Klaas Böttcher ein neues Leben anzufangen? Die Anfragen an den Flughäfen in Norddeutschland waren ebenfalls negativ ausgefallen. Vielleicht hatten sich die beiden einfach in einer Ferienwohnung verkrochen, von denen jetzt im November etliche leer standen. Hochgerechnet auf ganz Schleswig-Holstein, Hamburg und Niedersachsen würde es eine Ewigkeit dauern, alle zu überprüfen. Das war keine Option.

Vielleicht sollte sie Fietes Vorschlag folgen, sich zumindest ein paar Tage freizunehmen. Die Vorstellung, das gesamte Wochenende allein in ihrem Haus zu hocken, war wenig verlockend. Sollte sie zu Anna nach Hamburg fahren? Im Grunde sah sie ihre beste Freundin viel zu selten. Allerdings hatte sie ihr nichts von der Entführung erzählt, was sie auf jeden Fall nachholen müsste, wenn sie jetzt bei ihr aufkreuzte.

Charlie horchte in sich hinein, ob sie das wirklich wollte. Einfacher wäre es, Knud anzurufen. Ihm musste sie nicht erklären, wie sie sich gerade fühlte. Bei ihm konnte sie schwach sein und sich einfach anlehnen. Schon lange hatte sie sich nicht mehr derart nach einer starken Schulter gesehnt. Aber war das der richtige Weg? Sie vermisste die Gespräche mit ihm genauso wie die ausgiebigen Strandspaziergänge. Sie vermisste die Vertrautheit – aber wie lange würde dieses Gefühl anhalten, wenn er ihr wieder näherkam? Wie schnell würde sie es als zu eng empfinden und wieder aus der Situation fliehen?

Und dann war da auch noch Fiona. Hatte Lilly mit ihrer Analyse der Situation recht oder war Knuds Sorge um Charlie einfach beruflicher Natur? Vielleicht war seine Geduld aufgebraucht und er hatte angefangen, Gefühle für die unkomplizierte Gerichtsmedizinerin zu entwickeln. Immerhin hatte sie selbst den Kollegen oft genug abgewiesen.

Wie ein gefangenes Tier tigerte sie am Samstagvormittag durch ihr Haus und versuchte eine Entscheidung zu treffen. Wie auch schon in der Vergangenheit, ging sie dabei wieder rational vor, obwohl es im Grunde um Emotionen ging.

Schließlich hatte sie die Faxen dicke. Dieses ganze Hin und Her machte sie verrückt, wobei sie sich selbst auf die Nerven ging. Charlie war nicht bereit, auch noch den Freund zu verlieren. Genau das hatte sie befürchtet, wenn sie sich auf ihn einließ und es nicht funktionierte. Was für eine verkorkste Situation!

Es wurde Zeit, zumindest ihre freundschaftliche Routine mit Knud wieder aufzunehmen. Außerdem musste sie unbedingt mit ihm über den Fall sprechen. Vermutlich empfand er das genauso. Kurzentschlossen schnappte sie sich ihre Jacke und fuhr zu ihrem Lieblingsbäcker. Vielleicht hatte sie Glück und Knud war bisher auch nicht nach einem Frühstück gewesen. Sie würde ihn einfach zu Hause überraschen. Wenn sie dabei auf Fiona traf, war das eben so. Damit konnte sie umgehen, immerhin hatte sie mittlerweile darin eine gewisse Übung entwickelt. Trotzdem hoffte sie natürlich, ihn allein anzutreffen. Ein kurzer

Blick auf den Tidekalender zeigte ihr außerdem, dass gerade Hochwasser herrschte.

Perfektes Timing für einen Strandspaziergang vor der Kulisse der tosenden Nordsee! Bereits die Vorstellung daran ließ neue Energie durch ihren Körper strömen. Dazu übte sie sich im Lächeln. Auf keinen Fall wollte sie bei Knud mit einem langen Gesicht auftauchen. Vermutlich würde er sie ohnehin durchschauen und erkennen, wie kraftlos sie derzeit war. Aber gegen seine Fürsorge hatte sie ja nichts einzuwenden, wenn sie sich auf normalem Niveau bewegte.

Knud empfing sie mit einem strahlenden Lächeln, das ihr sofort ein gutes Gefühl gab. Scheinbar hatte sie die richtige Entscheidung getroffen.

„Charlotte! Das ist ja eine großartige Überraschung. Wie ich sehe, willst du mich zum Frühstück einladen. Eine tolle Idee!", rief er begeistert aus.

Seine überschwängliche Art brachte sie zum Lachen. „Ich hoffe, dein Kühlschrank gibt etwas her. Aber ja, eine Auswahl an Brötchen habe ich dabei."

„Komm rein!", forderte er sie auf. „Ich freue mich wirklich über deinen Besuch. Wie geht es dir?"

„Du tust ja so, als hätten wir uns wochenlang nicht gesehen. Es sind gerade mal vierundzwanzig Stunden", lächelte sie nachsichtig.

„Der gestrige Tag war einfach scheußlich: lang, mühsam und wenig ergiebig. Wahrscheinlich kommt es mir dadurch so vor, als hätten wir uns länger nicht gesehen. Außerdem fehlt mir der Austausch mit dir – sowohl beruflich als auch privat. Ich glaube, da haben wir eine Menge nachzuholen. Aber jetzt gibt es erst mal Kaffee." Knud wirkte aufgekratzt. Die Nachwirkungen des gestrigen Tages schienen vergessen zu sein.

„Das hört sich gut an!", bestätigte sie und folgte ihm in die offene Küche, aus der man einen großartigen Blick über die Weite des Tümlauer Koogs hatte.

Gemeinsam deckten sie schließlich den Tisch, auch dabei waren sie bereits ein eingespieltes Team.

„Und hast du gestern etwas herausbekommen, was unsere Ermittlungen endlich ein wenig voranbringt?", führte Charlie die Unterhaltung fort, weil sie sich dabei sicherer als beim Schweigen fühlte.

„Lass uns erst mal frühstücken, bevor wir wieder über die Arbeit sprechen. Insgesamt sehe ich ohnehin keine großen Fortschritte. Vielleicht brauchen wir mal wieder einen unserer legendären Strandspaziergänge, der uns den Kopf freipustet und uns auf neue Ideen bringt."

Charlie hatte gerade in ein Brötchen gebissen und nickte nur, um ihm nicht wieder Krümel über den Tisch zu pusten, wie ihr das bei ihrem Kennenlernen mit einem Croissant passiert war.

„Das werte ich als Zustimmung", griente Knud über beide Ohren.

Diesen Anblick hatte sie wirklich vermisst.

„Also, wie geht es dir? Du hast meine Frage eben nicht beantwortet. Ich kann mir gut vorstellen, wie sehr dieser Fall dich mitnimmt. Er verläuft zwar anders als unsere gerade aufgeklärte Mordserie, aber trotzdem gibt es Parallelen."

Genau diese Sensibilität mochte sie bei ihm. Wahrscheinlich war es endlich an der Zeit, ihre Altlasten über Bord zu werfen und Knud so zu sehen, wie er wirklich war: Ein ganz anderer Mann als ihr Ex, der sie im eigenen Schlafzimmer mit der biegsamen Yogatrainerin betrogen hatte. Wie lange war das jetzt schon her!

„Ja, tatsächlich habe ich mich vorhin gefragt, ob Heidi Olsen vielleicht nicht selbst untergetaucht ist, sondern irgendwo festgehalten wird. Das lässt die Bilder und Gefühle meiner Entführung unangenehm präsent werden. Dabei quält mich, dass wir anscheinend überhaupt keine Anhaltspunkte haben, wo sie sich befinden könnte." Es tat gut, endlich mit einem Vertrauten darüber zu sprechen. Als sie jetzt mit Knud in trauter Eintracht am Frühstückstisch saß, schienen die Irritationen der letzten Wochen wie weggewischt.

„Kann ich etwas für dich tun?", fragte er sofort.

„Es tut gut, hier zu sein. Ich freue mich über deine Gesellschaft", antwortete sie zurückhaltend.

„Das klingt fast so, als hättest du mich vermisst." Einen Moment lang schien er sich über seinen eigenen Mut zu wundern, doch dann erschien wieder das vertraute Grienen in seinem Gesicht.

Charlie dagegen blieb ernst und hielt seinen Blick stand. „Ja, tatsächlich vermisse ich dich in meiner Nähe. Die Gespräche mit dir und genauso deine Fürsorge. Bei dir habe ich nicht das Gefühl, mich verstellen zu müssen. Ich darf auch mal schwach sein und nach der jüngsten Erfahrung scheine ich genau das zu brauchen."

Ihre offenen Worte machten ihn verlegen. „So deutlich hast du das noch nie geäußert, Charlotte." Seine Stimme klang rau.

„Bisher war ich ein Meister im Alleinsein, aber im Moment ist das nicht das Richtige für mich. Ich brauche einen Freund an meiner Seite, auf den ich mich verlassen kann und der mich notfalls auffängt, wenn ich fallen sollte."

Knud wirkte verunsichert. „Charlotte, du weißt, ich bin immer für dich da, wenn du mich brauchst." Er legte eine Pause ein und schien nach den richtigen Worten zu suchen. „Wir kennen uns jetzt ziemlich lange und haben zusammen schwierige Situationen gemeistert. Ich bin dein Freund und fange dich gerne auf, auch wenn ich nicht glaube, dass du fallen wirst. Aber ich möchte nach wie vor mehr als nur ein zuverlässiger Freund für dich sein", fügte er leise hinzu.

„In den letzten Monaten hatte ich einen anderen Eindruck", erwiderte sie ebenso leise.

„Du meinst meine Beziehung zu Fiona", mutmaßte er.

„Klar! Was sonst?" Obwohl nicht beabsichtigt, klangen ihre Worte pampig und Charlie befürchtete, damit den besonderen Augenblick zu zerstören. Aber nun konnte sie es nicht mehr zurücknehmen.

Knud zuckte prompt zusammen. „Das habe ich wohl verdient", murmelte er. Er griff nach dem Glas mit dem frisch gepressten Orangensaft, stellte es aber wieder ab, ohne davon zu trinken. Wie es schien, fasste er all seinen Mut zusammen und guckte ihr dabei direkt in die Augen. „Mein Verhalten der vergangenen Wochen muss irritierend für dich sein. Ich würde dir gerne eine gute Erklärung dafür geben, befürchte aber, die gibt es nicht."

„Versuch es einfach", sagte sie schlicht. „Vielleicht hilft es mir, dich ein bisschen besser zu verstehen."

„Das mache ich gerne, allerdings hat mich sonst auch keiner verstanden, niemand konnte mein Verhalten nachvollziehen. Warum solltest ausgerechnet du das tun?"

„Das klingt ja so, als hättest du mit Gott und der Welt über deine Gefühlslage gesprochen." Ihr Tonfall wurde schärfer.

Knud sah sie unglücklich an. „Das war nicht meine Idee. Es gibt aber genug fürsorgliche Menschen in meinem Umfeld, denen mein beziehungsweise unser Glück am Herzen liegt. Die Gespräche wurden mir also quasi aufgedrängt." Sein Lächeln geriet ein wenig schief.

Diese Vorstellung amüsierte Charlie und besänftigte sie gleichermaßen. „Lass mich raten: Allen voran vermutlich unsere kesse Lilly, die sich gerne in alle Angelegenheiten einmischt und kein Blatt vor den Mund nimmt."

„Das hat sie vermutlich von dir", entgegnete Knud.

„Oder von Trulsen", parierte Charlie, ohne auf die Spitze einzugehen.

„Oh ja! Von Torge musste ich mir nicht nur eine Standpauke anhören. Er war regelrecht sauer und hat es in keiner Weise verstanden, warum ..." Die Worte kamen ihm nicht über die Lippen.

„Warum du dich auf Fiona eingelassen hast", ergänzte Charlie seinen Satz.

„Ja, genau. Warum ich mich auf Fiona eingelassen habe, statt weiter um deine Liebe zu kämpfen." Knud atmete geräuschvoll aus. Es schien ihm nicht leicht zu fallen, es so explizit auszudrücken. „Es passt einfach nicht in sein Weltbild, eine Beziehung einzugehen, wenn das eigene Herz für eine andere schlägt."

„Ehrlich gesagt, finde ich ebenfalls, dass ein derartiges Verhalten nicht zu dir passt, Knud." Charlie versuchte, es nicht vorwurfsvoll klingen zu lassen, war sich aber nicht sicher, ob es ihr gelang.

„Ich wollte dich damit weder verletzen noch auf eine subtile Art und Weise eifersüchtig machen. Willst du eine Erklärung hören, auch wenn es vielleicht nur ein stümperhafter Versuch aus der Sicht eines Mannes ist?", fragte Knud, indem er versuchte, die Atmosphäre wieder ein bisschen aufzulockern.

Dafür war Charlie ihm dankbar. „Du meinst aus der Sicht eines pragmatischen Nordfriesen, der auf seine Kosten kommen will?"

„So kann man es natürlich auch ausdrücken. Vermutlich habe ich es nicht besser verdient. Trotzdem ist es mir wichtig, dir zumindest einen Erklärungsversuch zu geben. Vielleicht ist es sogar für uns beide wichtig, damit eines Tages mehr aus uns werden kann als ziemlich beste Freunde."

Charlie spürte überrascht, dass Knuds deutliche Worte zum ersten Mal keinen Fluchtimpuls bei ihr auslösten. Vielleicht, weil er sich in der Defensive befand. „Also gut", forderte sie ihn auf. „Lass mich deinen erbärmlichen Erklärungsversuch aus der Sicht eines zurückgewiesenen Mannes hören, der sich von einer unkomplizierten und stets fröhlichen Gerichtsmedizinerin trösten ließ."

„Da werde ich mir wohl noch eine Menge anhören müssen, bis du mir endgültig verzeihst", frotzelte Knud weiter. Trotzdem schien er erleichtert, überhaupt dieses Gespräch führen zu können.

„Wenn ich dir überhaupt jemals verzeihen werde", erklärte sie entschlossen. „Das hättest du dir eben früher überlegen müssen."

„Dafür ist es nun zu spät. Im Grunde ist es ganz simpel, auch wenn es am Ende kompliziert wurde. Ich mache es mal kurz: Du hast mich mehrfach abgewiesen und mir zu verstehen gegeben, unsere Beziehung würde freundschaftlich bleiben. Zu meiner Verteidigung möchte ich anführen: Dein Hauptargument war dabei, damit wir Freunde bleiben und nicht auseinanderdriften. Mit dir schien es einfach alles sehr schwierig. Ach, das ist jetzt blöd ausgedrückt. Ich versuche es anders: Eine feste romantische Verbindung hast du abgelehnt. Mehrfach. Du hast mir den Eindruck vermittelt, dass sich an deiner Einstellung auch in Zukunft nichts ändern wird. Mit Fiona dagegen war alles von Anfang an unkompliziert – allerdings auch unverbindlich."

„Eine lockere Beziehung, um dich ein wenig abzulenken und nebenbei Spaß zu haben", bemerkte Charlie trocken.

„Oberflächlich gesehen sieht es so aus, da muss ich dir zustimmen. Insgeheim habe ich gehofft, mich in Fiona verlieben zu können; letztendlich auch um unsere Freundschaft nicht zu gefährden und unsere Beziehung wieder unkomplizierter werden zu lassen. Das klingt jetzt vielleicht paradox und verdreht, aber so war es. Es hat jedoch nicht funktioniert. Meine Gefühle zu dir sind nicht schwächer geworden, im Gegenteil."

„Und damit hast du dich wohl gefühlt?"

„Nein, überhaupt nicht. Genau genommen hatte ich die ganze Zeit das Gefühl, euch beide zu betrügen, obwohl ich Fiona nichts versprochen habe und sie alles sehr locker sieht. Das ist aber nicht das, was ich will. Ich wünsche mir eine liebevolle Beziehung mit Loyalität, Treue und all diesem klassischen Gedöns."

„Da hast du dich ja in einen schönen Schlamassel hineingeritten. Und wie soll es nun weitergehen?"

„Ich werde mein Verhältnis mit Fiona beenden. Was ich von dir möchte, Charlotte, das weißt du seit langem. Ich möchte dich an meiner Seite, nicht nur als Kumpel, Freundin und Kollegin. Ich möchte dir eines Tages morgens den Kaffee ans Bett bringen und nicht nur auf den Schreibtisch stellen. Auch wenn ich das wirklich gerne mache", fügte er mit einem liebevollen Lächeln hinzu. „Dabei hoffe ich, du wirst irgendwann dafür bereit sein. Mein Verhalten der letzten Monate hat vermutlich einiges an Vertrauen zerstört, das du bereits zu mir aufgebaut hattest. Das kann ich nicht rückgängig machen. Ich werde aber alles tun, um dieses Vertrauen zurückzugewinnen, egal wie lange es dauert. Ich werde warten, bis du dazu bereit bist oder mir definitiv sagst, dass wir beide nie ein Paar werden."

Charlies Gedanken rasten, ihre Gefühle fuhren Achterbahn. Waren diese Worte das, was sie zu hören gehofft hatte, als sie hierhergekommen war? Oder war es ihr wieder nur um Freundschaft gegangen? Knud ließ ihr jeden Fluchtweg offen. Es war typisch für ihn, keinen Druck auszuüben, sondern empathisch auf ihre Emotionen einzugehen. Trotzdem wusste sie für den Moment nicht, was sie erwidern sollte. Einen Moment lang vermisste sie den lockeren Wortwechsel und die damit verbundene Leichtigkeit. Im Grunde ihres Herzens war ihr allerdings klar, wie sehr sie sich ebenfalls nach einer stabilen und verbindlichen Beziehung sehnte. Knud hatte ihr Herz bereits vor langer Zeit für sich gewonnen. Sie musste nur endlich über ihren Schatten springen und die immerhin seltener auftauchenden Bilder des demütigenden Betrugs ihres Ex endgültig verscheuchen.

Ganz offensichtlich sah Knud, wie sie mit ihren Gefühlen rang. „Lass dir Zeit Charlotte. Du brauchst keine spontane Entscheidung zu treffen. Ich wiederhole es gerne: Ich werde alles tun, um dein verlorenes Vertrauen zurückzugewinnen, und auf dich warten."

Gerade als sie zu einer Antwort ansetzte, klingelte es an der Haustür. Knuds Gesichtsausdruck machte sofort deutlich, was er von dieser Störung hielt. „Na, das ist ja ein tolles Timing", murmelte er unwirsch. Von der Situation überfordert, suchte er ihren Blick. Ganz offensichtlich wollte er ihr Gespräch von nichts und niemandem unterbrechen lassen, obwohl das Klingeln an der Tür es eigentlich schon getan hatte.

Charlie dagegen kämpfte mit widerstreitenden Gefühlen. Zum einen konnte dies ihre Rettung sein, zu dem eben Gesagten keine spontane Stellung beziehen zu müssen. Zum anderen befürchtete sie, dass Fiona auftauchen könnte – eine Begegnung, auf die sie in diesem Moment gerne verzichtet hätte.

„Wir könnten so tun, als wären wir nicht zu Hause", schlug Knud mit einem Augenzwinkern vor.

„Genau", bestätigte Charlie. „Das klappt bestimmt. Zumal unsere beiden Autos vor der Tür stehen."

„Wir können ja zu Fuß unterwegs sein. Die weiten Felder des herrlichen Tümlauer Koogs laden jederzeit zu einem ausgedehnten Spaziergang ein."

Charlie musste lachen. Es tat gut, wie Knud gerade ihre wiedergewonnene Zweisamkeit verteidigte. Lilly hatte wohl recht behalten. Charlie war für ihn mehr als eine schützenswerte Kollegin.

Ihre Gedanken wurden durch das anschwellende Klingeln an der Haustür unterbrochen. So leicht ließ sich der ungebetene Gast nicht abwimmeln.

„Das scheint der Besucher nicht zu glauben", mutmaßte sie.

„Und nun?", fragte Knud unzufrieden. „Soll ich aufmachen?"

„Es ist dein Haus", antwortete Charlie pragmatisch. „Und vermutlich auch dein Besucher beziehungsweise deine Besucherin. Ich fürchte, das musst du entscheiden."

Wieder erklang die Türglocke.

„Also gut. Ich wimmele sie oder ihn ab; erkläre, es passt jetzt nicht. Dann haben wir wieder unsere Ruhe." Entschlossen schritt er zur Tür und verschwand kurz darauf in dem kleinen Flur, der sich dem offenen Wohnbereich anschloss.

Obwohl Charlie ihre Ohren spitzte, vernahm sie lediglich ein Gemurmel, das schließlich immer weiter anschwoll. Sie war sich relativ sicher, dass es sich bei der Besucherin um eine verärgerte Fiona handelte. Während sie überlegte, ob es ihm gelingen würde, seine bisherige Flamme loszuwerden, rauschte diese in den Raum.

„Ja, klar! Das hätte ich mir denken können! Für deine heißgeliebte Kollegin hast du Zeit. Die arme traumatisierte Frau muss natürlich mit einem Frühstück verwöhnt werden, während du mich lediglich mit einer SMS abspeist. Was ist eigentlich los mit dir, Knud? Bisher sind wir offen und fair miteinander umgegangen. Warum rufst du mich nicht einfach an? Wenn du unsere Beziehung beenden willst, ist das ja kein Drama, aber mich einfach zu ignorieren, ist nicht die feine Art. Ich habe mehr von dir erwartet!"

Knuds Überforderung setzte sich fort. Spontan bekam er kein Wort heraus, guckte hilflos von einer zur anderen. Ohnehin verabscheute er jede Form von Disharmonie und Streit. Aber da musste er jetzt durch.

Charlie traf eine Entscheidung. „Es ist wohl besser, wenn ich jetzt gehe. Wie es aussieht, habt Ihr etwas zu klären. Und dabei will ich euch nicht stören. Wir sehen uns am Montag, Knud. Vielen Dank für die Aufmunterung und das Frühstück", fügte sie hinzu, um ihm das nachfolgende Gespräch mit Fiona ein wenig zu erleichtern.

Seine Miene zeigte, wie unglücklich er mit der aktuellen Entwicklung war. Trotzdem nickte er. „Ich melde mich bei dir. Bis später."

Torge in Tönning

Montag, den 13. November

„Musst du wirklich so früh zur Arbeit fahren?“, fragte Torge seine seute Deern etwas ungehalten. „Ich finde es überhaupt nicht gut, wenn du dir nicht einmal Zeit zum Frühstücken nimmst.“

„Es kommt ja nur selten vor. Wir haben eben im Moment dermaßen viel zu tun, das kennst du schließlich aus der *Weißen Düne*. Bis heute Abend müssen eine Menge Änderungen fertig sein. Und da immer wieder jemand krank ist, sind wir einfach in Verzug. Es liegt wohl an der Jahreszeit. Irgendwie rollt eine Erkältungswelle über Eiderstedt. Nun sei nicht so fünsch! Du kannst ja trotzdem in Ruhe essen.“

„Das ist alleine nur der halbe Spaß“, mokierte er sich weiter, lenkte aber schließlich ein. „Aber natürlich verstehe ich, wenn du losmusst. Ich wünsche dir trotz der vielen Arbeit einen angenehmen Tag. Vergiss nicht, zwischendurch mal Pause zu machen."

Annegret versprach es und machte sich auf den Weg. Er selbst brauchte heute erst später in der Ferienanlage zu erscheinen. Also schenkte er sich einen Kaffee ein, klopfte das Ei auf, das sie ihm trotz ihrer Eile gekocht hatte, und bestrich eine Scheibe Brot mit Butter.

Eine halbe Stunde später hatte Torge das Regionalblatt durchgeblättert und immerhin die Schlagzeilen überflogen. Auf keinen Fall wollte er etwas Wichtiges verpassen, das auf Eiderstedt passierte. Es versprach ein entspannter Tag zu werden. Er hatte in der letzten Woche alles gut in Schuss gebracht und die meisten Bungalows der *Weißen Düne* standen derzeit leer.

Als sein Handy klingelte, hoffte er auf einen Anruf von Knud, der ihn aufs Laufende brachte. Verwundert sah er die Nummer seiner Annegret.

„Na, min Deern! Ich dachte, du hast so viel zu tun. Kaum bist du losgefahren, habe ich dich schon wieder ..."

„Torge! Du musst sofort herkommen! Es ist was Schreckliches passiert! Ich ... du ... Torge ..."

So aufgeregt hatte Torge seine Frau schon lange nicht mehr erlebt. „Wo bist du denn?"

„In Tönning! Im Schlosspark! Bitte komm sofort her!" Ihre Stimme zitterte und drohte zu versagen.

Torge überlegte fieberhaft, was sie im Schlosspark zu suchen hatte, aber es war nicht der richtige Zeitpunkt für dusselige Fragen. „Ich komme sofort", versprach er. „Schaffst du es in die Schneiderei?"

„Nein Torge, ich muss hierbleiben. Hier liegt ein Toter. Ruf Knud und die Kommissarinnen an. Ich befürchte, es handelt sich um Klaas Böttcher, aber das ist lediglich Mutmaßung. Oh Gott, was ist bloß los?" Sie schien außer sich zu sein, was ja kein Wunder war.

Er selbst hatte im Rahmen seiner Unterstützung der Ordinger Polizei bereits einige Tote gesehen und sich an deren Anblick nicht gewöhnt. „Gut, ich rufe alle an. Dann muss ich aber auflegen. Schaffst du es alleine? Wenn ich mich beeile, bin ich in einer Viertelstunde bei dir." Während des Telefonates hatte Torge seinen Schlüssel und die warme Jacke gegriffen und war zu seinem alten Kombi gerannt. Wenn seine bessere Hälfte in Not war, musste er ihr sofort zu Hilfe eilen. Da gab es keine Alternative.

„Ich komme klar, Torge, aber bitte beeil dich!", bat sie ihn und legte auf, um die Leitung freizumachen.

Torge setzte sich hinters Steuer und gab Gas. Während er die B202 entlang brauste, rief er bei Knud an. Ohne sich mit Small Talk aufzuhalten, kam er sofort zur Sache: „Moin Knud! Annegret hat mich gerade angerufen. Ich weiß nichts Genaues, aber sie hat im Schlosspark von Tönning einen Toten gefunden und musste sofort an den vermissten Klaas Böttcher denken. Ich bin bereits auf dem Weg und habe ihr versprochen, euch zu informieren. Es klingt vage, aber du kennst Annegret. Sie ist eine ernsthafte Frau und würde nicht Alarm schlagen, um Aufmerksamkeit zu erhaschen. Sie ist heute ganz früh losgefahren, weil sie so viel zu tun hat. Sie ist jetzt dort und wartet, es hält sie also auf."

„Torge, beruhige dich. Ich gehe nicht von einem überflüssigen Einsatz aus. Hat sie dir irgendetwas erzählt, wo genau sie den Toten gefunden hat oder in welchem Zustand er ist? Ist er wirklich tot oder soll ich einen Krankenwagen rufen?"

„Das würde sie sicherlich selbst tun. Sie klang überzeugt, einen Toten gefunden zu haben. Informiere bitte deine Kolleginnen und am besten auch gleich die Spurensicherung und die Gerichtsmedizin", forderte Torge seinen Freund auf.

„Danke Kumpel, dass du mir erklärst, wie ich meine Arbeit zu tun habe."

Torge konnte Knuds Grienen förmlich durch die Leitung hören und sehen. „Immer gern zu Diensten", parierte er. „Wir sehen uns gleich am Fundort des Leichnams." Damit legte er auf.

Als Torge den Schlosspark erreichte, stürzte er sofort zu seiner Annegret. Sie saß zusammengekauert auf einer Bank unweit des Toten, ließ ihn aber nicht aus den Augen. Bei aller Dramatik wurde Torge warm ums Herz. Auch wenn Polizeiarbeit sie nicht faszinierte, hörte sie ihm trotzdem zu, wenn er darüber berichtete. Dabei hatte sie gelernt. Niemand durfte sich dem Leichnam nähern, damit mögliche Spuren nicht zerstört wurden.

„Annegret! Warum läufst du am frühen Morgen und bei dieser Dunkelheit hier durch den Schlosspark?", wollte er nun endlich von ihr wissen.

„Ach, die Straße bei der Schneiderei war komplett blockiert. Ein Müllwagen fuhr gerade durch, dahinter hatte sich eine enorme Schlange gebildet. Also dachte ich, es würde schneller gehen, wenn ich auf der anderen Seite parke, und einfach durch den Park laufe. Das habe ich schon oft getan. Wer konnte ahnen, dass ich dabei auf einen Leichnam stoße? Glaubst du, es handelt sich um Klaas Böttcher?"

„Ich möchte es ihm natürlich nicht wünschen", antwortete Torge direkt. „Aber wenn er es nicht ist, haben wir es mit einem weiteren Fall zu tun."

„Das wäre mehr, als wir verkraften können", flüsterte Annegret. „Hast du Knud erreicht?"

„Ja, ich denke, er wird jeden Moment eintreffen. Willst du jetzt zu der Schneiderei gehen? Du musst ganz durchgefroren sein."

„Mir ist tatsächlich kalt, aber das halte ich aus. Es wäre mir lieber, wenn du mich begleiten könntest. Warten wir ab, bis jemand vom Ermittlerteam eintrifft. Auf ein paar Minuten kommt es nun auch nicht mehr an."

Torge legte einen Arm um Annegret und drückte sie an sich, um sie wenigstens ein bisschen zu wärmen. Ihm war bewusst, dass es sich um die buchstäbliche Ruhe vor dem Sturm handelte. In Kürze würde es hier von fleißigen Ermittlern nur so wimmeln. Wie erwartet traf Knud kurz darauf als Erster ein. Torge überließ ihm den Fundort und brachte seine Frau zu ihrem Arbeitsplatz, nachdem sie ihre Angaben zu dem Fund gemacht hatte.

Als er wenig später in den Schlosspark zurückkehrte, hatte die Spurensicherung ihre Arbeit bereits aufgenommen. Im Grunde hätte er nun ebenfalls zur *Weißen Düne* fahren können, aber seine Neugier hielt ihn zurück. Er wollte wenigstens erfahren, um wen es sich bei dem Toten handelte. Außerdem war er auf dem Stand vom letzten Freitag. Bestimmt hatten die Kommissare über das Wochenende neue Erkenntnisse gewonnen, über die er ebenfalls gerne informiert werden wollte. Fast zeitgleich trafen schließlich Charlotte Wiesinger, Lilly Morgenroth und Fiona Jensen ein.

Kaum etwas war spannender als ein Kriminalfall, insbesondere wenn es sich um ein Kapitalverbrechen handelte, aber Torge fand das ungewöhnliche Dreiecksverhältnis von Knud mit den beiden Frauen ebenso interessant. Seines Wissens waren Kommissarin Wiesinger und die Gerichtsmedizinerin seit der dramatischen Entführung nicht wieder aufeinandergetroffen.

Außerdem hatte Knud sich strikt geweigert, erneut mit ihm über dieses Thema zu sprechen. Wahrscheinlich war er etwas zu massiv gewesen.

Er näherte sich den beiden Frauen, um nichts zu verpassen. Während Kommissarin Wiesinger erstaunlich entspannt wirkte, schien Fiona Jensen wenig begeistert, zu dieser frühen Stunde am Montagmorgen direkt auf ihre Nebenbuhlerin zu treffen. Trotzdem gingen sie quasi gemeinsam zu dem Leichnam; immerhin waren sie wegen dieses Fundes hergekommen.

Knud begrüßte die drei Frauen mit einem Nicken. „Wie zu erwarten war, handelt es sich bei dem Toten tatsächlich um Klaas Böttcher. Auf den ersten Blick gibt es keine äußerliche Gewalteinwirkung."

„Petersen", meldete sich einer der Spurensicherer zu Wort. „Wir haben hier ein Haar gefunden. Ein langes Haar, das eindeutig nicht von dem Toten stammt."

Das konnte ohne Frage ein Hinweis auf den Täter sein! Hatten sie es in diesem Fall wieder mit einer Täterin zu tun? Torge spürte gleichzeitig Aufregung und Entsetzen. Wies das etwa auf Heidi Olsen hin? Sie hatte lange Haare! Aber welchen Grund sollte sie haben, erst ihren Mann und im Anschluss ihren Liebhaber umzubringen? War Letzterer lediglich ein Werkzeug gewesen, um Tammo aus dem Weg zu räumen? Aber wenn sie nun Klaas Böttcher getötet hatte, ergab das irgendwie überhaupt keinen Sinn. Oder waren die beiden schließlich in Streit geraten? Wollte er mehr von ihr, als sie zu geben bereit war? Oder war ihr plötzlich klar geworden, dass sie von einer Unfreiheit in die Nächste geriet? Torges Neugier wuchs. Was würde er dafür geben, bei der Analyse der Kommissare dabei zu sein. Ob sie ihn an der bestimmt folgenden Besprechung teilnehmen ließen?

Knud in St. Peter-Ording

Dienstag, den 14. November

Spontan hatte sich Knud außerordentlich über das Auftauchen von Fiona geärgert. Auch wenn er es aus ihrer Perspektive verstand, hätte ihr Timing nicht schlechter sein können. Mit beiden Frauen gleichzeitig in seinem eigenen Haus konfrontiert zu werden, hatte ihn komplett überfordert. Insofern zollte er Charlotte große Anerkennung für ihre Bereitschaft, ohne weitere Diskussion oder bissige Kommentare zu gehen, um ihm Zeit und Raum für ein klärendes Gespräch mit Fiona zu geben. Natürlich hätte er den Tag eigentlich lieber mit Charlotte verbracht. Vielleicht war sie nach dem offenen und sehr intimen Gespräch ganz froh, erst einmal Zeit für sich zu haben. Also konzentrierte er sich auf Fiona. Die Beendigung ihrer Affäre war für sie keine wirkliche Überraschung gewesen; mit ihrer Reaktion hatte Knud allerdings nicht gerechnet.

Entgegen seiner Einschätzung hatte die unkompliziert wirkende Gerichtsmedizinerin mittlerweile Gefühle für ihn entwickelt. Seit geraumer Zeit erhoffte sie sich eine feste Bindung, wollte Knud jedoch nicht unter Druck setzen, sondern setzte darauf, dass er sich ebenfalls in sie verlieben würde. Bereits als er sie dermaßen angefahren hatte, weil Charlotte spurlos verschwand, war ihr klar geworden, wie es um sein Seelenleben stand, wollte es aber nicht wahrhaben.

Was für eine vertrackte Situation! Insbesondere deshalb, weil er mit beiden Frauen zusammenarbeiten musste.

Irgendwann am frühen Samstagnachmittag hatte eine veränderte Fiona sein Haus verlassen. Verschwunden war die lockere Unkompliziertheit, mit der sie sich in den letzten Monaten präsentiert hatte. Als sie in Tränen ausgebrochen war, hätte Knud sie am liebsten in seine Arme genommen, hielt es jedoch für das falsche Signal. Trotzdem kam er sich dabei herzlos vor. Da hatte er sich wirklich in einen furchtbaren Schlamassel geritten.

Nachdem Fiona gegangen war, brauchte er erst mal Zeit für sich. Er lief eine Stunde durch den Nieselregen am Strand entlang und pumpte die salzige Luft in seine Lungen. Seine Muskeln brannten, während er das Tempo immer weiter erhöhte. Immerhin war er bei diesem Wetter allein, niemand störte ihn beim Sortieren seiner Gedanken und Gefühle.

Als er nach einer heißen Dusche bei Charlotte anrief, hatte er auf ein weiteres Treffen gehofft, vielleicht ein gemeinsames Abendessen bei ihrem Lieblingsitaliener, wurde aber enttäuscht.

„Ich bin spontan nach Hamburg gefahren und komme erst morgen Abend wieder zurück. Wir sehen uns am Montag auf dem Revier“, erklärte sie ihm schlicht und legte auf, ohne es weiter zu vertiefen.

Knud versuchte sich ihr Verhalten schönzureden. Immerhin hatte er ihr selbst gesagt, sie solle sich Zeit nehmen und er würde warten. Trotzdem gestand er sich ein, auf etwas anderes gehofft zu haben.

Die neue Arbeitswoche begann mit dem Leichenfund und rückte den Fall wieder in den Vordergrund. Den gesamten Montag hatte sich Knud gefragt, ob das gefundene Haar sie wirklich weiterbringen würde. Auf dem Revier hatten sie heiß darüber diskutiert, ob es wirklich von Heidi Olsen stammen könnte und sie der Aufklärung der beiden Morde damit näherkamen, auch wenn die Fahndung nach der Witwe nach wie vor zu keinem Ergebnis geführt hatte. Die Befragung von Annegret Trulsen, die Lilly in der Schneiderei durchgeführt hatte, brachte ebenfalls keine neuen Erkenntnisse. Obwohl Torges Frau mit einer Taschenlampe unterwegs gewesen war, hatte sie sonst niemanden gesehen und am Fundort nichts entdeckt.

Am Dienstagmorgen bekamen sie die Bestätigung des Gentests. Der Abgleich mit dem Haar aus dem Haus der Olsens war positiv. Wenig später folgten die ersten Ergebnisse aus der Gerichtsmedizin. Klaas Böttcher war an einer Überdosis Schlaftabletten gestorben. Fiona Jensen hatte außerdem ein starkes Beruhigungsmittel nachweisen können. Die Kombination fand sie außergewöhnlich, überließ weitere Schlussfolgerungen aber den Kommissaren.

„Haltet Ihr einen Selbstmord von Klaas Böttcher für möglich?“, fragte Lilly in die Runde.

„Eher nicht, warum sollte er erst Beruhigungsmittel und dann Schlaftabletten nehmen, bei diesem Wetter und in einem Park?“, antwortete Charlotte.

„Glaube ich auch nicht", bestätigte Lilly mit einem Nicken.

„Wie stellst du dir das Szenario vor?"

„Also", holte Lilly einmal tief Luft. „Ausgehend von dem Haar, das jetzt bei Klaas Böttcher gefunden wurde, können wir wohl von Heidi Olsen als Täterin für beide Morde ausgehen. Ich halte jedenfalls zwei verschiedene Täter für sehr unwahrscheinlich. Vermutlich war ihre Ehe unglücklich, sie hat was mit dem Freund ihres Mannes angefangen – was übrigens völlig geschmacklos ist – und in den Lebensversicherungen die Chance auf einen finanziell gesicherten Neustart gesehen. Daraus lässt sich ziemlich sicher ableiten, dass die beiden gemeinsam Tammo Olsen umgebracht haben."

„Mir gefällt diese Theorie nicht", unterbrach Knud Lillys Ausführungen. „Warum sollten die beiden ihn in dieser Einöde beseitigen? Laut Obduktionsergebnis ist Tammo in dem Graben ertrunken, in dem er gefunden wurde. Das bedeutet, Heidi Olsen und Klaas Böttcher müssen ihn dorthin gelockt haben. Mit welcher Begründung?"

„Darüber können wir uns gleich den Kopf zerbrechen", schlichtete Fiete, bevor überhaupt eine Diskussion entstehen konnte. „Behalte diesen Aspekt bitte im Sinn, Knud. Erst einmal hören wir uns jetzt Lillys Theorie an. Immerhin haben wir das Haar der Verdächtigen, was mindestens ein starkes Indiz ist."

„Es ist aber nicht bei Tammo gefunden worden, sondern bei Klaas Böttcher", entgegnete Knud.

„Eben", bestätigte der Revierleiter. „Es wäre nicht besonders ungewöhnlich, bei Tammo Olsen ein Haar seiner Frau zu finden. Bei dem zweiten Opfer stellt sich allerdings die Frage, wie es dorthin gekommen ist. Also Lilly, fahr fort."

„Dein Einwand ist berechtigt, Knud", nahm die junge Kommissarin den Faden wieder auf. „Ich weiß nicht, ob ich darauf eine gute Antwort weiß. Allerdings bin ich genauso gespannt, welche Begründung du dafür hast, wenn wir deine Theorie durchsprechen." Sie lächelte kurz, bevor sie sich wieder auf ihren eigenen Bericht konzentrierte. „Immerhin waren die Olsens ja mit Klaas Böttcher befreundet. Vielleicht haben sie einen gemeinsamen Ausflug gemacht", schlug sie schließlich vor.

„Im November bei Regen und Dunkelheit ist das wohl eher abwegig, aber gehen wir einfach mal davon aus, dass Tammo Olsen dort irgendwie hingelockt wurde. Wie ging es weiter?", blieb Knud sachlich.

„Meiner Meinung nach sind zwei Szenarien denkbar. Entweder Heidi und Klaas sind in Streit geraten, wodurch auch immer. Sie hat die neue Verbindung als schweren Fehler empfunden und ihm schließlich einen Cocktail aus Beruhigungs- und Schlaftabletten eingeflößt."

„Einfach so?", hakte Knud nach. „Den er freiwillig getrunken hat? Schmeckt das Zeug nicht bitter?"

„Das musst du Fiona fragen", antwortete Lilly. „Vielleicht hat sie ihm erst eine kleine Menge eingeflößt und als er sich nicht mehr wehren konnte, die tödliche Dosis."

„Anschließend bringt sie ihn nachts nach Tönning und legt ihn neben einer Hecke im Schlosspark ab? Bist du dir sicher, sie konnte das allein bewältigen? Du weißt, wie schwer ein Toter ist. Heidi Olsen ist nicht besonders groß und scheint mir auch nicht übermäßig kräftig zu sein. Ich bezweifel, dass sie das ohne Hilfe geschafft hat. Und warum ausgerechnet Tönning?"

„Immerhin hat er dort gewohnt. Vielleicht sollte er schnell gefunden werden." Lilly zuckte die Schultern. „Ich muss dir Recht geben, so richtig schlüssig klingt das alles nicht."

„Ich habe dazu ein paar andere Ideen im Kopf", schaltete sich Charlotte in den Wortwechsel ein. „Zuerst möchte ich aber dein zweites Szenario hören, Lilly."

„Danach hat sich Klaas Böttcher selbst umgebracht. Vielleicht ist er mit dem Mord an seinem Freund aus Jugendtagen im Nachhinein nicht klargekommen und hat keinen anderen Ausweg gesehen. Er wirkte äußerst nervös, als wir ihn befragt haben. Kurz darauf war er vorübergehend untergetaucht. Vielleicht musste er sich darüber klar werden, wie es weitergeht."

„Angeblich war er in dieser Zeit mit seiner Frau unterwegs."

„Das haben sie behauptet, aber wie dem auch sei. Er hat vielleicht schon kurz nach der Tat seinen schweren Fehler eingesehen und wollte damit nicht weiterleben. Vielleicht hat Heidi Olsen ihn außerdem irgendwie unter Druck gesetzt. All diese Fragen sind eben leider noch offen."

„Selbstmord ist es in den wenigsten Fällen", widersprach Knud. „Und eben hast du verneint, als Charlotte dich danach gefragt hat. Das klingt alles sehr unausgegoren."

„Von Selbstmord würde ich auch nicht unbedingt ausgehen", übernahm Charlotte wieder. „Ich könnte mir allerdings einen weiteren Hintergrund vorstellen. Möglich wäre eine Beteiligung von Heidi und Witta oder sogar allen vier Frauen. Im Gegensatz zu deiner Theorie, Knud, kann genauso ein gemeinsames Geheimnis aus jüngster Zeit dahinterstecken. Die vier Männer sind immer mal wieder ohne ihre Angetrauten unterwegs gewesen, auch über ganze Wochenenden. Vielleicht haben sie diese Zeit zum Beispiel für Seitensprünge genutzt."

„Alle gleichzeitig?", zeigte sich Knud begriffsstutzig.

„Na ja, vielleicht sind sie in Bordelle gegangen."

„Das ist nicht gerade ein bahnbrechendes Mordmotiv", murmelte er. „Glaubst du wirklich, die Frauen würden deshalb zu Mörderinnen werden?"

„Du weißt selbst, aus welch lapidaren Gründen immer wieder getötet wird", antwortete Charlotte.

„Unter dieser Annahme war Klaas Böttcher also gar nicht mit Heidi Olsen durchgebrannt, sondern sie hat zusammen mit Witta seinen Tod vorbereitet. Ihn ruhiggestellt und schließlich die tödliche Dosis Schlaftabletten eingeflößt. Und entweder geht es lediglich um diese beiden Opfer oder Uwe Ackermann und Peter Wenzel befinden sich ebenfalls in Gefahr, weil alle vier Frauen beteiligt sind." Knud wiegte seinen Kopf und schien darüber nachzudenken. „So richtig schlüssig klingt das nicht."

„Dann lass mal deinen Ansatz hören", forderte Charlotte ihn auf.

„Vielleicht bin ich gar nicht so weit von deiner Theorie entfernt", begann er versöhnlich. „Zumindest glaube ich nach wie vor an die Gefahr, in der Uwe Ackermann und Peter Wenzel schweben. In meinen Augen könnten sie die nächsten Opfer sein, insbesondere, weil nun schon zwei der Freunde tot aufgefunden wurden. Obwohl das Haar von Heidi Olsen natürlich nicht außer Acht gelassen werden kann, bin ich von ihrer Tatbeteiligung nicht überzeugt. Keine Ahnung, wie es auf seine Kleidung gekommen ist, aber immerhin waren die beiden befreundet. Möglicherweise haben ihre Jacken gemeinsam an einer Garderobe gehangen, als sie sich vor Kurzem irgendwo trafen. Nur das Haar allein ist kein wirklicher Beweis. Ich möchte an dem Aspekt der alten gemeinsamen Schuld festhalten und die beiden observieren lassen. Dafür brauchen wir vermutlich Verstärkung. Meinst du, die würden wir bekommen, Fiete?"

Der Revierleiter nickte. „Selbst wenn deine Annahme verkehrt ist, kommen wir auf diesem Wege vielleicht weiter, wenn Charlottes Ansatz stimmt und die vier Frauen hinter den Morden stecken."

„Nicht automatisch", widersprach Lilly sofort. „Immerhin handelt es sich um die Ehefrauen der Männer. Wenn die denen in ihren Häusern nach dem Leben trachten, nützt es wenig, wenn vor der Tür ein Beschützer sitzt."

„Das ist ein gutes Argument", bestätigte Fiete. „Wenn Charlottes Ansatz also richtig ist, läuft diese Maßnahme vermutlich ins Leere. Wenn es allerdings ein ganz anderer Täter ist, den wir gar nicht auf dem Schirm haben, könnte es klappen. Wir sollten keine Möglichkeit ungenutzt lassen."

„Dann sollten wir genauso die Frauen observieren", schlug Lilly vor.

„Ja, daran habe ich auch gerade gedacht. Ich werde möglichst schnell Verstärkung anfordern", bestätigte Fiete.

„So viel Personal brauchen wir gar nicht", meldete sich Charlotte wieder zu Wort. „Du hältst hier die Stellung, aber darüber hinaus sind wir zu dritt. Für die Überwachung von fünf Personen brauchen wir also lediglich zwei weitere Kollegen."

„Auf keinen Fall!", antworteten Fiete und Knud wie aus einem Mund.

„Ihr werdet unbedingt in Zweierteams arbeiten, insbesondere Ihr Frauen", erklärte der Revierleiter mit Nachdruck.

Charlottes Miene verdüsterte sich prompt. „Das klingt nach Diskriminierung", beschwerte sie sich.

„Ich muss dich wohl nicht an die Gefahr erinnern, in die du dich erst vor wenigen Wochen durch deinen Alleingang gebracht hast. Ich dulde in diesem Punkt keine Widerrede. Ich werde ausreichend Kollegen anfordern, damit Ihr alle in Zweierteams arbeiten könnt. Statt hier sinnlos zu diskutieren, wollen wir versuchen, endlich die Morde aufzuklären und weitere zu verhindern." Nur selten beharrte Fiete dermaßen auf seiner Position. Meist wurden alle Entscheidungen demokratisch getroffen. Es schien ihm wirklich ernst zu sein. Schließlich wechselte er das Thema: „Wie willst du diese mögliche alte Schuld aufdecken, Knud? Hast du bereits recherchiert und eine Idee, worum es sich dabei handeln könnte?"

„Ich habe damit bereits begonnen, bin aber bisher nicht fündig geworden", musste er zugeben. „Ich habe nach Unfällen, Verkehrsdelikten und so etwas in dieser Art geschaut, wäre aber für eure Unterstützung dankbar – sowohl was die Ideen als auch die Recherche angeht."

„Tja, wenn du Ideen brauchst, da fällt mir bestimmt so einiges ein", meldete sich Charlotte sofort zu Wort: „Gemeinsame Vergewaltigung, Unterdrückung, also psychische oder physische Gewalt gegen einen Mitschüler, zum Beispiel den Schwächsten in der Klasse. Einbruch, Ladendiebstahl, geklaute Autos oder Zweiräder – mit oder ohne Motor. Betrug während des Abiturs durch gestohlene Prüfungsunterlagen, Scheckbetrug oder ..."

Knud fing an zu lachen. „Dein Großstadthintergrund ist unübersehbar!", prustete er.

„Ich finde, hier passieren genauso viele Straftaten", fühlte sich Lilly ein wenig zurückgesetzt.

„Ich wollte dir deine Erfahrung nicht absprechen, aber mit Charlotte kannst du nicht mithalten", lachte Knud weiter. „Okay, auch wenn Ihr meine Theorie bezweifelt, freue ich mich, wenn Ihr mir helft, sie zu bestätigen. Vielleicht lösen wir den Fall auch auf andere Art und Weise, das soll mir ebenso recht sein. Hauptsache, es muss niemand mehr sterben."

„Das werden wir wohl nicht verhindern können!", bemerkte Fiete trocken.

„Ihr wisst, wie ich es meine. Gut, wir werden also so schnell wie möglich mit der Beobachtung der verbliebenen Männer und ihrer Frauen starten und die Recherche vertiefen. Was noch?"

„Ich habe die Fahndung nach Heidi Olsen ausgeweitet, bisher ohne Erfolg", meldete sich Fiete. „Wir müssen mit weiteren

Menschen aus ihrem Umfeld sprechen, nochmal mit der Chefin, mit Nachbarn und ihrer Friseuse. Irgendwer muss wissen, wohin sie sich abgesetzt hat. Die meisten Menschen folgen ihrem Bedürfnis, sich jemandem anzuvertrauen."

„Und wenn ihre Seelenverwandte doch Witta Böttcher ist?", fragte Lilly.

„Dann befragt die eben auch noch einmal!"

„Machen wir, Chef", antwortete sie mit einem Nicken. „Wollen wir die Presse über die neuen Erkenntnisse informieren?"

„Erkenntnisse? Du meinst wohl eher Spekulationen!"

„Nein, ich rede von den Fakten. Wollen wir die Information über das gefundene Haar weitergeben? Und weiter nach Hinweisen aus der Bevölkerung fragen? Im ersten Durchlauf zu Tammo Olsen hat das nicht viel gebracht, aber das war nicht weiter verwunderlich. Wer ist schon am späten Sonntagabend in der Einöde dieses Gebietes bei Westerhever unterwegs? Der Schlosspark von Tönning wird wesentlich stärker frequentiert. Vielleicht hat jemand etwas beobachtet. Und wenn wir dadurch nur erfahren, ob eine oder zwei Personen die Leiche dort abgelegt haben."

„Dann hätte derjenige sich gleich gemeldet, Lilly!", widersprach Fiete.

„Davon würde ich nicht unbedingt ausgehen."

„An die Presse sollten wir uns auf jeden Fall wenden", tat Knud seine Meinung kund.

Fiete nickte. „Gut. Ihr beiden bereitet eine kurze Erklärung vor, Lilly und Knud – KKP."

„Häh?" Lilly konnte nicht folgen.

„Kurz, knapp, präzise. Und das Ganze möglichst zeitnah. Wir müssen in diesem Fall endlich vorankommen!"

Torge in Tating

Mittwoch, den 15. November

Entgegen Torges Hoffnung lud keiner der Kommissare ihn ein, an der Besprechung auf dem Polizeirevier teilzunehmen. Spontan hatte er sich enttäuscht gefühlt, war dann aber zu Annegret in die Schneiderei gegangen, um zu gucken, wie sie den Leichenfund verkraftet hatte. Es freute ihn sehr, zu sehen, dass sie das erschreckende Erlebnis beiseiteschieben konnte und sich in die Arbeit stürzte.

„Du brauchst dir um mich keine Sorgen zu machen, Torge", erklärte sie bestimmt. „Es war tatsächlich kein schöner Anblick, aber ich habe ja nicht in Gefahr geschwebt. Du kannst also ebenfalls beruhigt an die Arbeit gehen. In der *Weißen Düne* wirst du im Moment stärker gebraucht als hier."

„Noch lieber würde ich die Kommissare bei diesem kniffligen Fall unterstützen", gab er zu.

„Ja, das kann ich mir vorstellen, aber wie?", fragte sie und guckte von ihrer Arbeit auf.

Torge kannte diesen Blick, eine Mischung aus Skepsis und Anerkennung. Und ein wenig amüsiert schien Annegret ebenfalls.

„Die werden schon ohne dich klarkommen oder hast du eine Idee, wo Heidi Olsen sich versteckt hält?"

„Nein, dieses Mal leider nicht", musste Torge zugeben. Kurz darauf verabschiedete er sich, grübelte aber während der Fahrt nach St. Peter-Ording darüber nach.

Den gesamten Mittwoch musste er an den Bericht denken, der am Vorabend in der Regionalsendung *N3 von der Küste* ausgestrahlt wurde. Der Reporter Christiansen zeigte den Fundort der zweiten Leiche, obwohl es dort natürlich nichts mehr zu sehen gab. Wirklich interessant war lediglich die Info, dass es sich bei dem gefundenen Haar tatsächlich um eins von Heidi Olsen handelte. Obwohl dieser Verdacht bereits seit über einer Woche im Raum stand, war Torge erschrocken und bestürzt. Hatte seine geliebte Annegret wirklich eine Freundschaft mit einer Mörderin gepflegt? Bei der Vorstellung wurde ihm sogar im Nachhinein angst und bange. Nicht auszudenken, wenn ihr etwas passiert wäre!

Der Hobbyermittler rief sich zur Ordnung. Bei diesen Morden schien es um Verbrechen aus Leidenschaft zu gehen. Seine Annegret betraf das also nicht und sie war wohl zu keiner Zeit in Gefahr gewesen. Trotzdem konnte er die Gänsehaut, die immer wieder über seine Haut kribbelte, den ganzen Tag nicht ganz abschütteln.

Umso froher war er, als beide sich am späten Nachmittag in ihrer Reetkate in Tating trafen, um gemeinsam einen gemütlichen Abend zu verbringen. Annegret hatte bereits am Vorabend einen Steckrübeneintopf gekocht, auf den freute Torge sich besonders.

„Du bist in Gedanken mit den aktuellen Mordfällen beschäftigt, oder?“, fragte sie in das Schweigen hinein, als beide einträchtig ihre Suppe löffelten.

Er nickte. „Ich würde wirklich gerne helfen. Hast du irgendeine Idee, wo sich Heidi verstecken könnte? Wenn sie wirklich die Täterin ist, kann sie ja nicht weit sein.“

„Nicht unbedingt“, widersprach Annegret. „Vielleicht hat sie ihr Werk vollendet und ist auf der Flucht nach Südamerika.“

„Hat sie mal davon gesprochen?“, fragte Torge sofort voller Hoffnung auf eine konkrete Spur.

„Nein, das war nur ein Beispiel! Aber immerhin war der zweite Mord in der Nacht von Sonntag auf Montag. Seitdem ist viel Zeit vergangen. Da könnte sie bereits um die halbe Welt gereist sein.“

„Traust du ihr das zu?“, verfolgte er den Gedanken weiter. „Passt es zu ihr, auf einen anderen Kontinent zu reisen, um dort noch einmal von vorne anzufangen? So ganz alleine?“

„Hhm, eigentlich eher nicht. Sie schien mir bislang eher etwas unselbständig“, überlegte Annegret.

„Das harmoniert aber nicht besonders gut mit der Mordtheorie.“

„Es sei denn, sie ist keine Einzeltäterin. Vielleicht war nicht Klaas Böttcher ihr Komplize, sondern eine der Frauen.“

„So etwas hat die Wiesinger wohl auch vermutet. Ich habe kurz mit Knud gesprochen, aber er hatte nicht viel Zeit. Du wirst langsam ebenfalls eine richtig gute Ermittlerin“, strahlte Torge seine bessere Hälfte an.

„Nein, danke. Ich hätte lieber wieder weniger Verbrechen hier auf Eiderstedt. Außerdem reicht es, wenn du deine Nase ständig in die Angelegenheiten anderer Leute steckst. Dem will ich mich nicht anschließen."

Ein Klopfen unterbrach das Geplänkel der Eheleute.

Torge guckte leicht irritiert von der Tür zu seiner Frau. „Erwartest du Besuch?"

„Nein. Vielleicht ist es Knud mit Neuigkeiten."

„Kann ich mir nicht vorstellen", murmelte Torge und stand auf, um nachzuschauen.

Er öffnete die Tür und wich sofort erschrocken zurück. Davor stand eine völlig aufgelöste Frau mit einem ängstlichen Gesichtsausdruck, die ebenfalls kein Wort herausbrachte.

„Wer ist es?", fragte Annegret vom Tisch aus und drehte sich schließlich um, als sie keine Antwort erhielt.

„Heidi!", rief sie mehr überrascht als erschrocken aus. „Was machst du denn hier?"

„Darf ich reinkommen?", flüsterte diese. „Bitte schickt mich nicht weg. Ich weiß nicht mehr weiter."

Annegret war aufgesprungen bereits an seiner Seite. „Natürlich kannst du reinkommen", antwortete sie zu seiner Verwunderung, während er selbst überlegte, ob das eine gute Idee war. Brachten sie sich damit nicht in Gefahr? Torge hatte dabei weniger Angst um sich selbst, als um seine geliebte Frau.

„Du meine Güte", nahm sie ihm die Entscheidung ab. „Du siehst ja völlig fertig aus! Willst du erstmal was essen und trinken, bevor du uns alles erzählst?" Im Grunde war diese Fürsorge typisch. Sie schien sich überhaupt keine Gedanken über eine mögliche Bedrohung zu machen, die immerhin von ihrer unerwarteten Besucherin ausgehen konnte.

Während sich Annegret rührend um Heidi kümmerte, beäugte Torge sie misstrauisch. Warum tauchte sie hier so plötzlich und ohne Vorwarnung auf? Sollte er sofort bei Knud anrufen? Er griff bereits nach seinem Mobiltelefon, zögerte jedoch. In dem Zustand, in dem Heidi im Moment war, schien sie tatsächlich nicht besonders gefährlich zu sein. Vielleicht sollte er sich erst einmal anhören, was sie zu sagen hatte. Ganz offensichtlich schien sie hergekommen zu sein, weil sie um Hilfe bitten wollte. Annegret hatte das umgehend erkannt, während er auf der Leitung stand. Langsam zog er die Hand wieder aus der Tasche und setzte sich zu den Frauen an den Tisch. Annegret hatte bereits einen weiteren Teller aus der Küche geholt, auf den sie jetzt den dampfenden Eintopf füllte.

„Hier! Iss! Das wird dir Kraft geben", forderte sie Heidi auf, die mit zitternder Hand nach dem Löffel griff.

„Ich danke dir", sagte sie leise, brauchte danach eine ganze Weile, bis sie mit dem Essen begann.

In Torge brodelte die Ungeduld. Während Heidi auf den Teller starrte, fiel ihm eine Frage nach der anderen ein, die er ihr am liebsten sofort gestellt hätte. Aus den Augenwinkeln nahm er Annegrets Blick wahr, der auf ihm ruhte. Als er ihn erwiderte, wurde das Ermahnen deutlich. Auf keinen Fall duldete sie eine Vernehmung unter ihrem Dach, bevor Heidi signalisierte, dazu bereit zu sein. Also versuchte sich Torge in Geduld zu fassen, was ihm nach wie vor nicht leichtfiel.

Endlich – nach einer gefühlten Ewigkeit – legte sie den Löffel auf den leeren Teller. Als Annegret sie fragte, ob sie noch einen Nachschlag wollte, musste er sich beherrschen, um nicht laut NEIN zu rufen.

Heidi lehnte jedoch mit einem zaghaften Lächeln ab. „Es schmeckt wirklich sehr gut, liebe Annegret, allerdings habe ich das Gefühl, euch eine Erklärung zu schulden. Nach allem, was in der Presse über mich geschrieben wurde, ist eure

Gastfreundschaft keine Selbstverständlichkeit ... ich weiß gar nicht, wo ich beginnen soll."

Annegret legte ihm beruhigend eine Hand auf den Arm. Natürlich wusste sie, dass er kurz vorm Platzen war, wollte ihn aber daran hindern, ihre Besucherin mit einem Haufen Fragen zu bestürmen.

„Als Erstes möchte ich meine Unschuld beteuern", sagte Heidi im gleichen Augenblick. Sie sprach sehr leise, also konzentrierte sich Torge vollständig auf das, was sie ihnen mitteilte. „Es muss unglaublich klingen, aber das ist die Wahrheit. Tammo und ich haben eine Ehe mit allen Höhen und Tiefen geführt. Vermutlich waren wir nicht so harmonisch, wie Ihr beide es seid." Ein wehmütiges Lächeln zog über ihr Gesicht. „Trotzdem habe ich ihn geliebt." Wieder legte sie eine Pause ein.

Torge hätte ein flotteres Tempo bevorzugt, sah aber Annegrets mahnenden Blick, ohne sie anzuschauen.

„Ich weiß nicht, wie die Polizei auf die Idee einer Affäre mit Klaas gekommen ist, aber das stimmt nicht. Ich habe meinen Tammo nie betrogen. Und finanziell gab es ebenfalls keine Probleme. Ist er wirklich so lange arbeitslos gewesen oder haben sie das nur erfunden, um mir die Schuld an allem zu geben?"

Torge runzelte seine Stirn und raufte sich gleichzeitig seine Locken. Zog die Frau hier eine Show ab? Wollte sie Annegret und ihn mit einem Haufen Lügen auf ihre Seite ziehen? Das wäre ja ungeheuerlich! Nach wie vor konnte er kaum glauben, dass sie von der Kündigung ihres Mannes nichts mitbekommen hatte. Allerdings war sie selbst berufstätig und er nicht an feste Arbeitszeiten gebunden gewesen.

„Wovon habt Ihr gelebt, wenn Tammo nicht mehr gearbeitet hat? War das Geld in den letzten Monaten nicht knapper als zuvor? Hat es deshalb vielleicht Streit gegeben?" Torge konnte nicht mehr an sich halten, zu stark wurde der Verdacht, sie wollte Annegret und ihn nur für ihre Zwecke benutzen. Worin die auch immer bestehen sollten!

Wieder versuchte Annegret ihn wortlos zu beruhigen.

„Nein, Torge. Aber ich kann deine Skepsis verstehen. All das hört sich einfach unglaublich an. Bitte hör dir meine Version der Geschichte bis zum Ende an, bevor du mich verurteilst. Es sind auch für mich noch so viele Fragen offen und ich brauche dringend jemanden an meiner Seite, dem ich vertrauen kann. Ich habe große Angst!“ Wieder wurde ihre Stimme leiser.

„Du bist hier fürs Erste sicher“, antwortete Annegret mit fester Stimme.

„Fürs Erste?“, hakte Heidi sofort nach.

„Es gibt schwere Anschuldigungen mit vermeintlichen Beweisen. Wir werden dich aber anhören und schließlich abwägen, ob wir dir Unterstützung anbieten können“, erklärte sie.

„Das ist nicht das, was ich hören wollte, aber es ist okay. Ich kann deinen Standpunkt verstehen. Immerhin scheinst du mir wohl gesonnen zu sein“, antwortete Heidi und zeigte auf den leeren Teller.

„Warum kommst du zu uns?“, meldete sich Torge wieder zu Wort. „Annegret ist lediglich eine Bekannte. Du hast wesentlich engere Freunde.“

Heidi nickte. „Ja, da hast du absolut recht. Erst wollte ich zu meiner Schwester, aber da ist die Polizei bestimmt zuerst gewesen. Außerdem hat sie Kinder.“ Sie schüttelte den Kopf. „Vielleicht sollte ich der Reihe nach erzählen. Direkt nachdem sie Tammo gefunden haben, sind die Kommissare zu mir gekommen. Irgendwie hatte ich von Anfang an das Gefühl, sie würden versuchen, es mir anzuhängen. Diese ganze Art und Weise wie sie mich gemustert und befragt haben, hat mir große Angst eingejagt. Als ich von Tammos Kündigung hörte, sind mir die Sicherungen durchgebrannt. Mir war klar, was sie daraus schließen würden: Es gab ständig Streit, nicht nur an diesem Sonntagabend. Unsere Ehe war zerrüttet und ich habe ihn umgebracht. Was natürlich totaler Schwachsinn ist! Warum sollte ich ihn in einem Sielzug in dieser gottverlassenen Gegend ertränken? Zumal er ja viel stärker war als ich. Der hätte eher mich in den Graben geschmissen als umgekehrt."

„Du hattest also Angst, verhaftet zu werden?", fragte Torge. „Deshalb bist du abgehauen?"

„Genau!"

„Aber damit hast du dich erst recht verdächtig gemacht!"

„Als mir das klar geworden ist, war es bereits zu spät", gab sie etwas kleinlaut zu.

„Okay. Und wo bist du gewesen?", wollte er als Nächstes wissen.

„In Hamburg. Ich dachte, in einer so großen Stadt findet mich keiner. Tammo und ich hatten immer Bargeld im Haus, sozusagen einen Notgroschen. Den habe ich mir eingepackt und damit in einem billigen Hotel nahe der Reeperbahn eingecheckt, um einfach abzuwarten und nachzudenken, wie ich weiter vorgehen sollte."

„Du hast auf Aufklärung während deiner Abwesenheit gehofft", mutmaßte Torge.

„Vielleicht. Erst wollte ich einfach nur weg. Ja, schließlich plante ich zurückzukommen, wenn sich die Wogen wieder geglättet hätten."

„Aber stattdessen wurde es immer schlimmer", fügte er trocken hinzu.

Sie nickte. „Zwischenzeitlich hatte ich natürlich überlegt, ob ich bei Witta, Ilka oder Anke Hilfe bekommen könnte, aber als ich schließlich einer Affäre mit Klaas verdächtigt wurde und er ebenfalls verschwand, erschien mir dieser Weg unmöglich. Warum sollten sie mir glauben?"

„Immerhin seid Ihr seit Jahren befreundet gewesen, anscheinend wesentlich enger als du und Annegret", wiederholte Torge seine Bedenken.

„Ja, das stimmt. Trotzdem waren hauptsächlich unsere Männer unzertrennlich. Wir waren eher die Zweckgemeinschaften, die über die Jahre zusammengewachsen sind", verteidigte sich Heidi.

„Ist das alles?", fragte Torge.

„Was meinst du?", fragte sie zurück.

„Ist nur so ein Gefühl", wich er aus. „Vielleicht steckt mehr dahinter."

„Als Klaas tot aufgefunden wurde, konnte ich endgültig nicht mehr zu ihnen gehen. Ich war davon überzeugt, keine der drei würde mir glauben."

„Wir aber schon?" Torge fragte sich, ob er die Aussage als Kompliment oder Beleidigung werten sollte.

„Ich kann mir vorstellen, wie sich das anhören muss. Aber bitte versteht mich nicht falsch. Manchmal ist es einfacher, zu Menschen zu gehen, die ein wenig mehr Abstand zu der eigenen Person haben – und dadurch etwas objektiver sind. Außerdem weiß ich von deiner Verbindung zu der Ordinger Polizei, Torge. Ich dachte, du könntest etwas für mich herausfinden. Ist es nur die Presse, die mich vorverurteilt hat oder sehen es die Kommissare genauso?"

„Ich soll dein Spitzel sein?", erboste sich Torge.

„Nein! So ist das nicht gemeint. Ich weiß nicht, was ich tun soll. Wahrscheinlich hätte ich nie weglaufen dürfen, aber das kann ich jetzt nicht mehr rückgängig machen. Ich versichere dir jedoch, Klaas nicht umgebracht zu haben, auch wenn sie angeblich eins meiner Haare bei ihm gefunden haben. Keine Ahnung, wie es dorthin gekommen ist, aber ich war bis heute in Hamburg. Es hat mich große Überwindung gekostet, in mein Auto zu steigen und hierher zu fahren. Genau genommen habe ich damit gerechnet, sie würden mich spätestens am Eidersperrwerk oder auf der Tönninger Brücke über die Eider aus dem Verkehr ziehen. Kurz hatte ich überlegt, ob ich einen Leihwagen mieten soll, aber das war genauso riskant."

„Nun bist du ja hier. Also, was erwartest du von uns?" Nach wie vor hielt er es für möglich, eine dicke Lüge aufgetischt zu bekommen. War die Frau so raffiniert? Wollte sie ihn zu ihrem Werkzeug machen? Die Bemerkung über seine Zusammenarbeit mit der Polizei fand er äußerst verdächtig. Irgendwie läuteten seitdem alle seine Alarmglocken.

„Ich versuche es mal anders auszudrücken. Du hast Erfahrungen in verschiedenen Mordermittlungen gesammelt, Torge. Ich brauche Hilfe, um meine Unschuld zu beweisen. Kannst du mich darin unterstützen?"

Torge war auf der Hut. Schmierte sie ihm gerade Honig um den Bart oder war sie einfach nur verzweifelt und griff nach dem buchstäblich letzten Strohhalm? Er war fest entschlossen, das herauszufinden und sich nicht einwickeln zu lassen.

„Okay, wie stellst du dir das vor?", tastete er sich heran.

„Das weiß ich nicht genau. Du bist der Ermittler, ich werde zum ersten Mal mit so etwas konfrontiert und stecke gleich mittendrin. In Bezug auf Tammo habe ich keine Idee. Ich war an diesem Abend allein zu Hause, weil wir uns gestritten haben und er daraufhin das Haus verließ. Etwas, was ich der Polizei bereits erzählt habe. Das war im Nachhinein vielleicht nicht so schlau, aber ich wollte eben ehrlich sein."

„Das ehrt dich", beschwichtigte Annegret ihre Besucherin. „Du hast gesagt, in Bezug auf Tammo. Wie sieht es mit dem Sonntagabend beziehungsweise der Nacht aus? Hast du dafür ein Alibi?"

„Ein Alibi kann ich nicht bieten, aber ich war definitiv in Hamburg – und nicht in Tönning." Heidi sah ein wenig ratlos aus.

Torge war sich nicht sicher, ob er ihr glauben sollte. Von der Reeperbahn nach Tönning fuhr man lediglich eineinhalb Stunden. Wenn die beiden zusammen dort waren und sie ihn leblos in Tönning abgelegt hatte, konnte sie in gut drei Stunden wieder zurück sein. Sonntagnacht war auf der A23 in der Regel nichts los. Ähnliches galt wohl für das Hamburger Stadtgebiet. Und wie sollte er beweisen, dass sie allein in ihrem Zimmer gesessen hatte? Und hatte sie das überhaupt?

„Und wie genau hast du den fraglichen Abend verbracht?"

„Sonntag?"

„Ja, genau."

„Du hältst mich vielleicht für eine dumme Gans, aber irgendwie verschmelzen die Tage, seit ich weg war. Ich habe mich viel in dem Zimmer aufgehalten, weil ich selbst in dieser großen Stadt Angst hatte, erkannt zu werden. Sonntag ...", überlegte sie.

Tat sie nur so? Torge konnte es nicht einschätzen und warf Annegret einen hilfesuchenden Blick zu. Meist verstand sie ihn ohne Worte. Ihr leichtes Nicken half ihm allerdings überhaupt nicht weiter. War er auf dem richtigen Weg oder bestätigte sie ihm lediglich, erstmal so weiterzumachen? Auch wenn sie in ihm wie in einem offenen Buch lesen konnte, funktionierte das in die andere Richtung nicht so toll. Torge schob die aufkeimende Unzufriedenheit beiseite und konzentrierte sich wieder auf Heidi und ihre Aussage.

„Vielleicht wäre es hilfreich, wenn ich eine Fernsehzeitschrift hätte. Abends habe ich meistens ferngesehen. An die Filme kann ich mich erinnern, allerdings nicht, wann sie genau liefen."

„Damit können wir dienen", entgegnete Annegret und stand auf, um sie zu holen. Sie schien froh, ebenfalls etwas beitragen zu können. Torge hingegen ärgerte sich über so viel Naivität.

„Das hilft uns überhaupt nicht weiter!“, echauffierte er sich. „Du wirst kaum die ganze Nacht vor der Glotze gesessen haben, außerdem gibt es die meisten Filme zeitversetzt online zu sehen. Wir brauchen einen Zeugen. Und selbst das bringt uns wahrscheinlich nicht weiter, weil es nicht die ganze Nacht abdeckt. Hat das Hotel eine kameraüberwachte Tiefgarage?“

Heidi schüttelte den Kopf. „Nein, es gab überhaupt keine Garage. Ich habe ein paar Querstraßen weiter geparkt, damit sie mich nicht sofort finden, falls sie das Auto entdecken.“

„Wir brauchen eine andere Herangehensweise. Wenn du nicht für die Morde verantwortlich bist, wer kann es dann gewesen sein? Wer hat ein Motiv, sowohl Tammo als auch Klaas zu töten?“

„Du vermutest einen Zusammenhang?“, fragte Heidi.

„Ich gehe fest von einem Täter aus, auf dessen Konto beide Morde gehen. Tammo und Klaas waren seit einer Ewigkeit eng befreundet, da ist ein Zufall nahezu ausgeschlossen. Die zentrale Frage ist also: Wer hat ein Motiv, die beiden Männer zu töten und was genau steckt dahinter? Fangen wir mit Tammo an, obwohl uns das wahrscheinlich nicht weiterbringt, wenn wir die beiden Fälle bei der Suche nach einem Mordmotiv isoliert betrachten.“ Torge musste insgeheim zugeben, wie schwer es ihm fiel, eine klare Linie in seine Strategie zu bringen. Der Fall schien komplex zu sein und die Anwesenheit von Heidi machte ihn unterschwellig nervös. „Du kennst Tammo und Klaas seit Jahrzehnten. Hast du irgendeine Idee für ein Mordmotiv?“

Er selbst hatte keinen blassen Schimmer, worum es sich bei diesen Kapitalverbrechen handeln könnte. Gleichzeitig befürchtete er, dass es Heidi entweder genauso ging oder sie wichtige Informationen zurückhielt. Bewusst oder unbewusst, auch das musste er herausfinden.

„Darüber zermartere ich mir das Hirn, seit ich geflüchtet bin, aber mir fällt einfach nichts ein." Heidi tat verzweifelt.

„Hat Tammo nichts angedeutet? Gab es mit jemandem aus seinem Umfeld einen heftigen Streit oder sonst einen Konflikt? Fühlte er sich bedroht? Habt ihr über solche Dinge nie gesprochen?" Torge schwankte zwischen Fassungslosigkeit und Ungeduld.

„Ich hatte oft den Eindruck, dass Tammo sich am liebsten mit mir stritt. Wenn er irgendwie Dampf ablassen musste, ließ er es an mir aus. Ich dachte, es sei dem Druck geschuldet, unter dem er in der Firma wegen seiner Verkaufszahlen stand. Natürlich war auch mal ein Kunde unzufrieden, weil irgendetwas nicht klappte. Eine verspätete Auslieferung der bestellten Maschine oder sowas. Das hat Tammo gestresst. Aber wenn er schon lange arbeitslos war, kann das ja nicht dahinterstecken."

„Nein!", bestätigte Torge. „Außerdem hat Klaas nichts damit zu tun. Haben vielleicht alle vier Männer gemeinsam etwas getan, was den Täter zu diesen Morden bringt?"

Heidi verschlug es die Sprache. Erschrocken starrte sie ihm direkt in die Augen. „Das würde ja bedeuten ...", stotterte sie.

Gleichzeitig kam Torge eine weitere Idee. Was, wenn auch die Frauen involviert waren? Der Gedanke war so ungeheuerlich, Torge mochte ihn kaum zu Ende denken. Wenn wirklich alle acht Personen eine gemeinsame Schuld auf sich geladen hatten, würde das eine unglaubliche Mordserie nach sich ziehen. Aber was konnte das sein?

Spontan bekam er das dringende Bedürfnis, mit Knud über die verschiedenen Möglichkeiten zu sprechen. Alleine schien er damit spontan überfordert; eine Tatsache, die er sich nur ungern eingestand. Allerdings arbeiteten schließlich auch die Kommissare im Team. Warum sollte also ausgerechnet er diesen Fall alleine lösen?

Das Beste wäre, Heidi dazu zu bringen, mit ihm zum Polizeirevier zu fahren. Allerdings würde sie diesem Vorhaben wohl nicht zustimmen. Wie konnte er sie zur Einsicht bringen? Welchen Argumenten würde sie sich öffnen? Vielleicht konnte er sie mit der Option Polizeischutz ködern? Oder war sie selbst die Täterin und alle anderen Spekulationen führten ohnehin ins Leere?

„Und wenn der Mörder es auch auf mich abgesehen hat?", unterbrach sie seine Überlegungen. „Oh Gott, auf diesen Gedanken bin ich bisher gar nicht gekommen! Vielleicht war es gar nicht so dumm unterzutauchen, auch wenn ich mich eigentlich vor der Polizei versteckt habe."

„Warum sollte er dich töten?", nahm Torge den Aspekt auf, obwohl er gerade selbst in diese Richtung gedacht hatte.

Irgendwie musste er mehr aus ihr herausbekommen. Bestimmt wusste sie mehr! Oder hatten sich die beiden Eheleute längst auseinandergelebt und sich dabei nicht mehr für die Belange des anderen interessiert? Und wenn doch Heidi und Witta die Täterinnen waren und sich gemeinsam ihrer Männer entledigt hatten? Vielleicht hatte Witta Tammo umgebracht und Heidi nun Klaas – und war dabei einfach unvorsichtig gewesen. Aber dann hätte sie sich ein Alibi besorgt oder war sie dazu zu unbedarft oder zu dumm?

„Mir schwirrt der Kopf", stöhnte sie. „Ich glaube, ich muss mich hinlegen. Kann ich eine Weile bei euch bleiben?"

Torge und Annegret tauschten einen Blick. Obwohl ihn diese Aussicht überhaupt nicht begeisterte – immerhin stand Heidi unter Mordverdacht – sah er, wie ungern seine Frau die Flüchtige aus dem Haus weisen wollte. Der Hausmeister fühlte sich zwischen den Stühlen. Seiner Frau schlug er nur ungern einen Wunsch ab, aber als gesetzestreuer Bürger und inoffizielles Mitglied der Polizei von St. Peter-Ording widerstrebte es ihm, einer mutmaßlichen Täterin in seinem Haus Obdach zu gewähren. Außerdem brachte er Annegret und sich selbst vielleicht in Gefahr, wenn sie wirklich eine Mörderin war.

Was für ein unglaublicher Gewissenskonflikt! Dass ausgerechnet er immer wieder in solche Situationen geriet! Wie konnte das bloß passieren?

Beide Frauen sahen ihn erwartungsvoll an. Er bedachte Heidi erneut mit einem prüfenden Blick und horchte in sich hinein, was sein Bauch ihm dazu mitteilte. Schließlich traf er eine Entscheidung.

„Erstmal für eine Nacht“, antwortete er mit einem sofort einsetzenden Magengrummeln. „Morgen sehen wir weiter.“

Beide Frauen bedankten sich überschwänglich, was Torges Wohlbefinden keineswegs steigerte. Gerade wollte sich die unwillkommene Besucherin in ihr Zimmer zurückziehen, da fiel ihm wieder das Auto ein, mit dem sie zu ihnen gekommen war.

„Wo hast du deinen Wagen geparkt?“ Es klang barscher als er beabsichtigt hatte.

„Na, hinterm Haus auf eurem Parkplatz“, antwortete sie halblaut.

„Gib mir den Schlüssel“, forderte Torge sie auf. Das Magenkneifen verstärkte sich.

„Warum?“

„Ich parke ihn ans Ende des Grundstücks hinter den Schuppen um. Dort ist er von der Straße aus nicht zu sehen.“ Kaum, dass er die Worte ausgesprochen hatte, kam er sich wie der Komplize einer Straftäterin vor. Charlotte Wiesinger würde bestimmt nicht zögern, ihn wegen Beihilfe zu belangen. Sollte er einen Rückzieher machen und seine Gastfreundschaft für die Nacht widerrufen?

„Das ist lieb von dir“, flötete Annegret im gleichen Moment, was es ihm unmöglich machte, sie zu enttäuschen.

Verflixt! Warum manövrierte er sich immer wieder in solche Situationen hinein?

Ergeben nahm er den Autoschlüssel entgegen und trat in die Dunkelheit der Nacht. Der Wind hatte wieder aufgefrischt und trieb regenschwere Wolken vor sich her.

Während er sein Haus umrundete, hoffte Torge inständig, nicht gerade die folgenschwerste und dümmste Entscheidung seines Lebens getroffen zu haben.

Charlie unterwegs auf Eiderstedt

Mittwoch, den 15. November

Auch wenn bereits ein paar Tage vergangen waren, musste Charlie immer wieder an das Gespräch mit Knud und die unglückselige Störung durch Fiona denken. Natürlich wurde ihr privates Dilemma durch die Ereignisse am Montag überschattet. Der zweite Mordfall passte nicht ins Bild und zog alle Aufmerksamkeit und Energie auf sich. Ihre persönlichen Belange traten sofort in den Hintergrund. Trotzdem fragte sie sich immer wieder, wie das Wochenende verlaufen wäre, wenn sie nicht so bereitwillig das Feld geräumt oder Knud seine Flamme hinauskomplimentiert hätte. Im Grunde ihres Herzens wusste sie, dass es seinem Naturell entsprach, erst klare Verhältnisse zu schaffen, bevor er sich ganz auf sie einließ. Das war der Grund gewesen, warum sie sofort angeboten hatte, selbst zu gehen. Sein Gespräch mit Fiona war längst überfällig und sie wegzuschicken, hätte die Situation weiter verkompliziert.

Charlie hatte allerdings auf eine zügige abschließende Klärung gehofft. Wie lange konnte so eine Aussprache schon dauern? Waren zwei Stunden ein realistisches Maß, um eine unverbindliche Affäre zu beenden? Immerhin brauchte er keine Ehe oder einen gemeinsamen Haushalt auflösen. Als er sich drei Stunden später immer noch nicht gemeldet hatte, wurde sie erst ungeduldig und schließlich ungehalten. War sie nicht eindeutig genug gewesen? Oder hatte es ihm wieder nicht ausgereicht? Schwenkte er wieder zu der unkomplizierten Nebenbuhlerin zurück? Am Ende war sie es leid, sich in diesem Gedankenkarussell zu drehen. Kurzentschlossen packte Charlie eine Tasche und fuhr nach Hamburg.

Das ganze Wochenende auf seinen Anruf zu warten und sich dabei auszumalen, was er gerade mit Fiona machte, war keine verlockende Aussicht. Sie brauchte unbedingt ein bisschen Abstand – zu Knud, zu ihrer Arbeit und zu Sankt Peter-Ording. Wenn sie Anna nicht erreichte, würde sie sich einfach ein Zimmer in einem Hotel nehmen und alleine durch die Stadt stromern. Viel zu lange war sie schon nicht mehr in ihrer Heimat gewesen. Ihre Freundin zeigte sich jedoch bei ihrem Anruf hocherfreut, sodass ihr das einsame Wochenende erspart blieb. Es tat gut, sich mal alles von der Seele zu quatschen. Sowohl das traumatische Erlebnis im letzten Fall als auch das komplizierte Verhältnis zu Knud konnte sie mit Anna stundenlang durchschnacken.

Gleich am Montagmorgen mit dem nächsten Leichnam konfrontiert zu werden, entsprach allerdings nicht dem Wochenstart, den Charlie sich auf ihrer Rückfahrt ausgemalt hatte. Und scheinbar hatten sie es schon wieder mit einer Mörderin zu tun, was die Sache gefühlsmäßig nicht besser machte.

Warum wollte Knud die offensichtlichen Beweise nicht anerkennen? Seit geraumer Zeit schien er grundsätzlich anderer Meinung zu sein. Hatte das etwas mit ihrem privaten Konflikt zu tun oder interpretierte sie da etwas hinein?

Seiner Theorie dagegen konnte sie überhaupt nicht folgen – und Lilly schien es genauso zu gehen, was immerhin beruhigend war! Sie mussten Heidi Olsen finden, dann wäre dieser Fall schnell gelöst, davon war sie mittlerweile fest überzeugt.

Uwe Ackermann und Peter Wenzel zu observieren, würde da nicht weiterhelfen. Charlie ging nicht davon aus, dass die Flüchtige bei einem von beiden auftauchte. Hintergrund der Morde war eine unglückliche Ehe, verbunden mit Geldgier und einer schiefgelaufenen Komplizenschaft – oder so ähnlich. In ihren Augen gab es allerdings überhaupt kein Motiv, warum Heidi Olsen auch die anderen beiden Freunde ihres Mannes töten sollte.

Da sie allerdings keine Spur von der vermeintlichen Mörderin hatten, stimmte die Kommissarin der Observation zu, obwohl es bedeutete, sich mindestens eine Nacht um die Ohren zu schlagen. Wenn Fiete es jedoch als sinnvoll erachtete und genug Verstärkung – auch für eine Ablösung – beschaffen konnte, wollte sie im Team nicht schon wieder auf Konfrontation gehen. Dazu war es zu destruktiv und außerdem fehlte ihr dafür die Kraft.

Als es jedoch um die konkrete Planung der Überwachung ging, bereute Charlie, dieser überhaupt zugestimmt zu haben.

„Ich habe einen Plan für die Zusammensetzung der Paarungen entworfen. Danach übernehmen Charlotte und Lilly jeweils mit einem männlichen Kollegen aus Husum die Observation von Ilka und Anke“, eröffnete Knud die Besprechung.

Charlie und Lilly protestierten sofort lautstark: „Auf keinen Fall!", echauffierte sich Charlie, während die jüngere Kollegin Knud einen wütenden Blick zuwarf. „Was soll das Chauvi-Gehabe", fragte sie in aggressiven Tonfall, der neu war. „Du weißt genau, was wir von deiner These halten. Wenn du uns für deine Aktion an Bord haben willst, dann weis uns keinen Mädchenkram zu. Ausgerechnet Ilka und Anke! Bei denen wird wahrscheinlich überhaupt nichts passieren! Dann können wir auch gleich Feierabend machen und du ziehst deinen Schiet alleine durch!" Lilly sprang genervt von ihrem Stuhl auf, der daraufhin krachend nach hinten fiel.

Amüsiert verkniff sich Charlie ein Grinsen. Mit Lilly hatten sie wirklich einen guten Fang gemacht. Ausgerechnet sie selbst war anfangs total skeptisch gewesen, aber Fiete hatte sich durchgesetzt und recht behalten.

Da Knud nicht reagierte, redete Lilly weiter. „Ich kann ja nur für mich sprechen, aber wie ich Charlie kenne, sieht sie es genauso: Entweder wir observieren gemeinsam einen der Männer oder ich bin raus!"

„Da habe ich wohl auch noch ein Wörtchen mitzureden", verschaffte sich der Revierleiter Gehör.

„Nein, Fiete! Also, eigentlich ja", grinste sie frech, bevor sie wieder ernst wurde. „Aber in diesem Fall meine ich, was ich sage. Entweder wir bekommen einen vermeintlich interessanten Part, werden hier also nicht diskriminiert und als Kommissare zweiter Klasse behandelt, nur weil wir weiblich sind. Oder ich verfolge andere Spuren." Sie warf Charlie einen kurzen Blick zu, die ihr fast unmerklich zunickte. Dann wandte sie sich wieder an Knud. „Seit ich hier angekommen bin, haben wir immer als tolles Team gleichwertiger Kollegen zusammengearbeitet. Aber seit Charlie im letzten Fall in Gefahr geraten ist, drehst du ständig am Rad. Lass sie entscheiden, ob sie etwas kürzertreten will, aber pack sie nicht ständig in Watte – und mich noch gleich dazu. Du müsstest uns gut genug kennen, um zu wissen, wie sehr wir sowas hassen!“ Erschöpft setzte sie sich wieder auf ihren Stuhl, den Charlie inzwischen wieder hingestellt hatte.

„Imposante Rede!“, bemerkte Knud mit einem breiten Grienen, das die gesamte schlechte Stimmung schlagartig verschwinden ließ. „Leider muss ich dir recht geben. Tut mir leid.“

„Na, dann ist ja gut!“, kommentierte Lilly trocken. „Also überwachen Charlie und ich Peter Wenzel.“

„Wieso gerade den?“, wollte Knud wissen.

„Weil der ein ziemlich aufgeblasener Typ ist. Könnte interessant werden. Wenn einer von denen was auf dem Kerbholz hat, dann der.“

„Okay, bist du damit einverstanden, Charlotte?“, fragte Knud bei ihr nach.

„Ja, wir übernehmen die erste Schicht. Wann löst das Nachtteam uns ab?“

„Um Mitternacht.“ Er guckte zu Lilly, die bestätigend nickte. Die Zufriedenheit, den kleinen Aufstand für sich entschieden zu haben, stand ihr ins Gesicht geschrieben.

Immerhin hatten sie diese internen Querelen geklärt, als die Verstärkung aus Husum eintraf. Knud wies die Kollegen in den Fall ein und verteilte die Rollen. Vorerst war die Aktion für achtundvierzig Stunden geplant. Je nach Verlauf würden sie im Anschluss entscheiden, wie es weiterging.

Wie zu erwarten war, passierte erst einmal überhaupt nichts. Charlie und Lilly bezogen Stellung bei der Klinik, die Peter Wenzel leitete. Von ihrem Standort aus hatten sie sowohl den Haupteingang als auch seinen Wagen in Sichtweite. Lilly war komplett in schwarz gekleidet und hatte sich sogar eine Mütze aufgesetzt, die immerhin zur Jahreszeit passte.

„Du siehst aus, als wolltest du zu einem konspirativen Treffen", witzelte Charlie.

„Man kann nie wissen, was einen bei so einer Mission erwartet", antwortete diese selbstbewusst. „Auch wenn wir unsere Zweifel an der Sinnhaftigkeit dieses Einsatzes haben, möchte ich im Ernstfall vorbereitet sein."

„Im Ernstfall?", fragte Charlie lachend. „Was meinst du denn damit?"

„Keine Ahnung. Vielleicht müssen wir Wenzel irgendwohin verfolgen. Dafür bin ich dann perfekt getarnt. Nachts sind alle Katzen grau", fügte sie verschwörerisch hinzu.

„Na, wenigstens du hast deinen Spaß", erwiderte sie mit einem Grinsen.

„Ich nehme die Aufgabe jedenfalls ernst. Wenn wir später vor seinem Haus stehen und wieder nichts passiert, kann ich vielleicht mal durch den Garten schleichen und einen Blick durch die Fenster ins Haus werfen." „Lass dich nicht dabei erwischen, Miss Marple. Vielleicht hat Wenzel einen Wachhund, den er auf dich hetzt."

„Mit einem Hund werde ich schon fertig. Das wäre eher für Knud ein Problem", grinste Lilly frech. „Apropos, habt Ihr euch nun endlich ausgesprochen?"

„Welch geniale Überleitung", bemerkte Charlie spitz.

„Vielen Dank! Man tut, was man kann. Also, habt Ihr?"

„Kein Kommentar."

„Charlie, das kann nicht dein Ernst sein. Wir müssen hier etliche Stunden totschlagen", jammerte Lilly gespielt.

„Ach, jetzt verstehe ich, warum du unbedingt mit mir in ein Überwachungsteam wolltest."

„Nicht nur – aber auch", gab Lilly freimütig zu. „Seit Tagen eiert Ihr mal wieder um einander herum. Dabei entwickelt Knud abstruse Theorien. Manchmal habe ich den Eindruck, der Sinn besteht nur darin, dir zu widersprechen."

„Das ging mir allerdings auch schon durch den Kopf", bestätigte Charlie.

„Der Mann ist völlig von der Rolle. Und das nicht erst seit deinem riskanten Alleingang. Also, habt Ihr mittlerweile mal privat und unter vier Augen miteinander gesprochen?"

„Ja, haben wir", antwortete sie knapp.

„Und?"

„Fiona ist aufgetaucht, als es am spannendsten war."

„Ist nicht dein Ernst."

„Doch!"

„Und kam er wenigstens noch dazu, dir erneut seine Liebe zu gestehen? Fiona war am Montagmorgen eher distanziert", reflektierte Lilly den Ablauf des Zusammentreffens.

„Das ist sie schon seit Wochen", kommentierte Charlie.

„Boah, lässt du mich zappeln! Das ist echt fies. Nun erzähl schon. Ich will jedes schmutzige Detail hören!"

„Es gibt keine schmutzigen Details", musste Charlie wieder lachen. Immerhin wurde diese Überwachung durch Lillys erfrischende Art nicht so langweilig wie befürchtet.

„Noch nicht – okay. Das war zu erwarten. Trotzdem kannst du mir endlich erzählen, was am Wochenende passiert ist. Ich tröste dich auch, wenn du es mal wieder nötig hast", erwiderte sie mit einem Schmunzeln.

„Aber nur, um hier die Zeit totzuschlagen", gab Charlie schließlich nach. Immerhin konnte es nicht schaden, auch hier eine Freundin an ihrer Seite zu wissen. Es hatte am Wochenende wirklich gutgetan, sich bei Anna alles von der Seele zu reden, aber die war eben relativ weit weg.

„Klar, wozu auch sonst?"

Also erzählte Charlie von ihrem gemeinsamen Frühstück mit Knud und ihrem offenen Gespräch, das jäh von dem überraschenden Auftauchen von Fiona unterbrochen wurde.

„Du hast freiwillig das Feld für deine Nebenbuhlerin geräumt?", fragte Lilly fassungslos. „Das halte ich aber für einen blöden Fehler."

„Ach was. Spontan habe ich mich etwas geärgert, aber letztlich spielt es ja keine Rolle. Mein Wochenende in Hamburg war wirklich schön – und wie du gesagt hast: Knud ist echt von der Rolle. Vielleicht braucht er auch ein bisschen Zeit, um wieder in die Spur zu kommen. Und die Klärung war allemal nötig. Diese Affäre passte ja ohnehin nicht zu ihm, aber auch noch gleichzeitig mit zwei Frauen etwas am Laufen zu haben, das würde ihn komplett überfordern."

„Da stimme ich dir zu. Aber bei eurem Treffen am Samstag hätte ich ja zu gerne Mäuschen gespielt", überlegte Lilly laut.

„Tja, das wäre die perfekte Gelegenheit gewesen, um dein Outfit zu testen", grinste Charlie.

„Das klingt jetzt aber schon so, als wolltest du dich endlich auf Knud einlassen", schlussfolgerte Lilly, ohne auf die Spitze einzugehen.

„Hhm, ich mag ihn wirklich", antwortete Charlie schlicht. „Wir werden sehen. Erstmal müssen wir diesen Fall lösen."

„Es wird immer wieder ein neues Verbrechen geben, dann kommt Ihr nie zu Potte", maulte Lilly.

„Ach, das wird schon. Sei nicht pessimistischer als ich. Guck mal, da kommt Wenzel. Endlich passiert mal was."

„Du bist wohl froh, nicht weiter darüber sprechen zu müssen", grinste Lilly frech. „Aber wahrscheinlich wird er jetzt nach Hause fahren und dann stehen wir vor seinem Haus wieder untätig herum. Eine Observation hatte ich mir aufregender vorgestellt."

„Warte es ab. Wenn überhaupt, wird es heute Abend spannend. Die meiste Zeit wartet man bei einer Überwachung eben."

„Dann habe ich ja noch reichlich Gelegenheit, dir mit meinen Fragen auf den Senkel zu gehen", frohlockte Lilly.

„Das würde ich mir gut überlegen. Wahrscheinlich treffen wir vor Wenzels Haus auf das andere Team, das seine Frau observiert. Ich könnte dich in den anderen Wagen versetzen, damit du dem Kollegen aus Heide auf die Nerven gehst."

„Dafür hast du keine Befugnis."

„Fiete ist bestimmt auf meiner Seite."

Lilly nahm sich die Worte zu Herzen. Sie war intelligent genug, um einschätzen zu können, wann es Charlie zu viel wurde und wahrscheinlich hatte sie außerdem begriffen, dass sie die jüngere Kollegin mittlerweile als Vertraute ansah. Wenn sie bereit war, über ihr Seelenleben zu reden, dann wäre Lilly die Gesprächspartnerin der ersten Wahl – zumindest hier an der Küste.

Bis halb acht passierte nichts und Charlie wurde müde. Insgeheim verfluchte sie Knud, der ihr diesen langweiligen Abend eingebrockt hatte. Außerdem war es kalt, was die Laune der Kommissarin nicht verbesserte. Als sich die Haustür des Wenzelschen Anwesen öffnete, hoffte sie inständig, er würde es verlassen. Enttäuscht sah sie, wie Anke Wenzel das Haus verließ. Die Kollegen waren also gefordert und sie mussten weiter die Zeit totschlagen.

„Jetzt bin ich aber gespannt, wo die hinfährt", flüsterte Lilly, als ob sie sonst zu hören wäre.

„Ist bestimmt nicht sonderlich spektakulär. Die ganze Aktion kommt mir wie eine große Zeitverschwendung vor", murmelte Charlie unzufrieden. „Aber wir werden es in Kürze bestimmt erfahren. Weck mich, wenn auch Peter Wenzel seine Hütte verlässt." Sie schloss die Augen.

„Geht klar."

Tatsächlich war sie weggeschlummert, als Lilly sie schließlich sanft in die Seite knuffte.

„Wach auf, Charlie. Wir bekommen etwas zu tun", erklärte sie aufgeregt. „Soll ich fahren?"

Sie rieb sich die Augen. „Geht schon. Weißt du inzwischen, wohin Anke Wenzel gefahren ist?"

„Nach Tönning, zu Witta Böttcher."

„Aha. Lass mich raten: Ilka Ackermann ist ebenfalls eingetroffen, aber auf Heidi Olsen wird vergeblich gewartet." Charlie schüttelte die Müdigkeit ab und machte sich bereit, Peter Wenzel zu folgen, der gerade seinen Wagen aus der Garage fuhr.

„So ist es."

„Dann sind die Frauen wohl auf einen tröstenden Besuch bei der Witwe nach Tönning gefahren", mutmaßte Charlie.

„Vordergründig sieht es so aus, aber vielleicht planen sie auch den nächsten Mord." Lillys Stimme klang verschwörerisch, was sie wieder zum Lachen brachte.

„So langweilig ist eine Überwachung mit dir als Partnerin gar nicht. Du bist sehr unterhaltsam."

Lilly kniff die Augen zusammen. „Ich werte das mal als Kompliment."

„Ja, so war es auch gemeint. Also los geht's. Jetzt bin ich aber wirklich gespannt, wohin die Reise geht."

Im gleichen Moment meldete sich Knud. „Charlie, Uwe Ackermann ist gerade losgefahren – Richtung Husum. Wie sieht es bei euch aus?"

„Peter Wenzel auch. Vielleicht wollen sich die beiden treffen. Ich melde mich, wenn ich mehr weiß."

Bei Kotzenbüll verließ er die B202 und bog nach links ab, Richtung Oldenswort. Gut möglich, dass die Freunde sich an diesem Abend treffen wollten. An einem öffentlichen Ort bestand mit

Glück die Möglichkeit, ihr Gespräch zu belauschen. Nicht verwertbar, aber vielleicht trotzdem zielführend.

„Boah, was ist denn das für eine Spelunke? Ich wusste gar nicht, dass sich in dieser Einöde überhaupt eine Kneipe befindet", rief Lilly aus, als sie wenig später ihr Ziel erreichten.

„Das ist vermutlich Sinn der Sache."

Charlie hatte den Wagen in gebührendem Abstand zum Stehen gebracht und beobachtete, wie Peter Wenzel seinen Kumpel Uwe Ackermann begrüßte. Dann mussten Knud und der Kollege ebenfalls in der Nähe sein.

„Sobald sie in dem Laden verschwinden, werde ich ihnen folgen", kündigte Lilly an.

„Sie könnten dich wiedererkennen. Das halte ich für riskant", gab Charlie zu bedenken.

„So, wie ich heute Abend aussehe ... auf keinen Fall!", widersprach die junge Kollegin sofort. „Hat sich jetzt schon gelohnt!"

„Wollen wir uns mit Knud abstimmen?", versuchte Charlie Zeit zu schinden.

„Nö! Hier ist Frauenpower gefragt. Warte bitte hier auf mich, falls es brenzlig wird und wir schnell abhauen müssen. Ich sehe mal, dass ich möglichst nah an die beiden herankomme. Vielleicht kann ich hören, worüber sie sich unterhalten."

„Nein, kein Alleingang! Du hast gesehen, was dabei herauskommen kann." Charlie schnitt eine Grimasse. „Außerdem fällst du alleine mehr auf, als wenn du zusammen mit einem Mann auftauchst. Knuds Partner für den heutigen Abend ist kaum älter als du – und die Männer haben ihn noch nicht zu Gesicht bekommen. Schnapp ihn dir und mimt ein verliebtes Paar. Je nachdem, wo sich die beiden hinsetzen und wie der Laden aufgebaut ist, kommt Ihr vielleicht ziemlich nah heran."

Lilly nickte und grinste dann bis über beide Ohren. „Echt schade, dass die beiden dich und Knud schon gesehen haben!"

„Hau bloß ab“, grinste Charlie und rief Knud an, um ihm von ihrem Plan zu berichten. Wohl war ihr bei der Sache nicht, aber irgendwie mussten sie endlich mal vorankommen. Dass Peter Wenzel und Uwe Ackermann sich in einer dermaßen abgelegenen Kneipe trafen, war schon irgendwie seltsam. Aber wie passte das in ihre Theorie?

Torge in St. Peter-Ording

Donnerstag, den 16. November

Kaum hatte Torge das Angebot an Heidi ausgesprochen, bereute er es auch schon. Nicht einmal Annegrets erleichtertes Strahlen konnte ihn beruhigen. Die beiden Frauen verschwanden im Gästezimmer und bezogen der unerwarteten und nicht ganz willkommenen Besucherin das Bett. Heidi legte sich daraufhin wie angekündigt sofort hin und tauchte an diesem Abend nicht mehr auf.

„Ich danke dir, Torge!", erklärte Annegret, als sie schließlich gemeinsam auf der alten Ledercouch saßen. „Ich kann mir vorstellen, wie schwer es dir gefallen ist, nicht sofort zu Knud zu fahren oder ihn wenigstens anzurufen."

Torge nickte lediglich. Ihm lag ein Vortrag über seine Befürchtungen und den schwebenden Verdacht gegen Heidi auf der Zunge, er wollte seine seute Deern aber nicht unnötig beunruhigen. Immerhin konnte es genauso sein, dass ihre Unschuldsbeteuerungen der Wahrheit entsprachen. Trotzdem würde er selbst in der kommenden Nacht vermutlich kein Auge zubekommen.

Um sich ein wenig abzulenken, schaltete Torge den Fernseher ein, konnte sich allerdings kaum auf den Film konzentrieren. Nicht einmal das Bier schmeckte ihm. Nach den Spätnachrichten gingen Annegret und er ebenfalls ins Bett. Zu allem Überfluss setzte wieder Regen ein, der von ständig zunehmendem Wind begleitet wurde. Die perfekte Kulisse, um mit einer potentiellen Mörderin die Nacht in diesem alten Haus zu verbringen, das bei solchem Wetter eine Menge unheimlicher Geräusche produzierte. Unruhig wälzte er sich von einer Seite auf die andere und lauschte auf jedes Knacken, Rascheln oder Scharren. Annegrets gleichmäßiger Atem signalisierte, dass wenigstens sie schlafen konnte. Er würde es sich nie verzeihen, wenn er sie mit seiner Gutmütigkeit in Gefahr gebracht hatte. Lieber wachte er hier die ganze Nacht, indem er jedem unheimlichen Geräusch nachspürte, auch wenn es bedeutete, am morgigen Tag gerädert durch die Gegend zu laufen. Wenn ihr etwas passierte, würde er sich das sein Leben lang vorwerfen – unabhängig von ihrer Bitte, Heidi hier Unterschlupf zu gewähren.

Er überlegte fieberhaft, welche schlüssige Alternative es zu der Täterschaft von Heidi Olsen gab. Wer außer ihr könnte ein Motiv haben, die beiden Männer umzubringen? Torge war sich bewusst, dass er nicht über ausreichende Fakten verfügte, um dies beurteilen zu können. Er blinzelte und versuchte, die Uhrzeit auf dem schwach beleuchteten Wecker zu erkennen, der neben seinem Bett auf dem Nachttisch stand. Zehn nach zwei. Es versprach, eine lange Nacht zu werden. Gleichzeitig ärgerte er sich, nicht früher bei Knud angerufen zu haben. Nun hatte er den richtigen Zeitpunkt verpasst, seinen stets gelassenen Kumpel mit seiner hanebüchenen Aktion zu behelligen. Er war drauf und dran, die Schlafzimmertür abzuschließen, kam sich dann aber doch albern vor. Welchen Grund sollte Heidi haben, sie beide zu töten? Selbst wenn sie Tammo und Klaas auf dem Gewissen hatte, hieß das ja noch lange nicht, dass sie vorhatte, Annegret und ihn selbst zu töten. Oder?

Er atmete einmal tief durch und versuchte sich selbst weiter zu beruhigen, was schließlich auch gelang. Gerade als er wegdämmerte, ließ ihn ein neues Geräusch hochschrecken. Kam das aus der Küche? Holte sich Heidi gerade ein Messer? Schlagartig kehrten all seine Ängste zurück. Er lauschte. Auf der Terrasse fiel scheppernd etwas um und überdeckte die Geräusche im Haus. Torge zuckte zusammen und verstärkte seine Anstrengungen, um zu hören, was in der Küche passierte. Es war wieder still. Hatte er sich getäuscht? Eine erneute Windböe erfasste den Gegenstand im Außenbereich. Unwillkürlich fragte sich Torge, wobei es sich dabei handeln könnte. Normalerweise verstaute er im Herbst alles gut genug, damit im Sturm nichts durch die Gegend flog.

Als er das seltsame Scharren in der Diele vernahm, war seine Geduld am Ende. Beherzt schlug er die Decke beiseite und sprang mit einem Satz aus dem Bett. Ungeduldig zog er sich den Bademantel über und riss schließlich die Schlafzimmertür auf. Tatsächlich schlich Heidi gerade durchs Haus. Er hatte sich also nicht getäuscht.

„Was machst du hier?", raunte er, um Annegret nicht zu wecken.

„Entschuldige Torge, ich hatte Durst und musste außerdem mal auf die Toilette. Es tut mir leid, wenn ich dich geweckt habe.

Ich war so leise wie möglich, wollte aber kein Licht einschalten, um euch nicht zu stören. Dabei bin ich hier gegen den Sessel gestoßen."

Torge guckte sie prüfend an. Wirkte sie nervös? Plapperte sie deswegen so herum? Immerhin hielt sie ein Glas Wasser in der Hand und nicht das befürchtete Messer. Der Drang, jemanden anzurufen, der ihn in dieser Situation nicht nur unterstützen, sondern gegebenenfalls auch beschützen konnte, wurde wieder übermächtig. Gewohnheitsmäßig schob er seine Hand in die Tasche, um sein Handy herauszuholen, griff jedoch ins Leere. Natürlich! Er trug ja seinen Bademantel.

„Ich lege mich wieder hin und hoffe, euch nicht noch einmal stören zu müssen", unterbrach sie seine Gedanken und verschwand daraufhin im Gästezimmer.

Torge stand wie angewurzelt und konnte sich nicht rühren. Im Nachhinein hatte die Situation harmlos gewirkt. Trotzdem überlegte er, ob er Charlotte Wiesinger anrufen sollte. War es an der Zeit, sich endlich Hilfe zu holen oder würde er sich komplett lächerlich machen? Er versuchte, seine Lage mit den Augen der erfahrenen Kommissarin zu betrachten. Wie würde sie handeln? Torge ärgerte sich, nicht in den aktuellen Ermittlungsstand eingeweiht zu sein. War Heidi Olsen immer noch deren Hauptverdächtige oder gab es längst eine neue Entwicklung? Er nahm sich fest vor, in Zukunft nicht wieder derart ins Abseits zu geraten. Diese Nacht würde er irgendwie durchstehen, aber morgen musste er zur Polizei! Am besten er überredete Heidi, den Kommissaren alles preiszugeben, was sie wusste. Wenn sie wirklich unschuldig war, würde sie auch entlastet werden. Davon war er überzeugt.

Sein ungutes Gefühl konnte er nicht loswerden, ging aber trotzdem unverrichteter Dinge ins Bett. Es würde noch lange dauern, bis der neue Tag endlich die unliebsame Dunkelheit verscheuchte, aber damit musste er jetzt klarkommen.

Gegen halb sechs hielt er es nicht mehr aus. Widerstrebend verzichtete er auf seine Dusche und schlüpfte in die Klamotten. Er kochte sich einen starken Kaffee, den er kräftig süßte. Während er die Zeiger der Wanduhr anstarrte, die sich quälend langsam bewegten, überlegte er sich eine Strategie, mit der er Heidi Olsen von dem Besuch auf dem Polizeirevier überzeugen konnte. Auf keinen Fall durfte sie eine weitere Nacht in seiner Reetkate verbringen, so viel stand fest. Egal, wie Annegret dazu stand. Noch eine dieser strapaziösen Nächte stand er nicht durch. Als die Frauen aufwachten, briet er Eier mit Speck und deckte den Tisch. Er war gespannt, wie die Besucherin auf seine vorbereitete Rede reagieren würde.

„Na, das ist ja eine Überraschung!“, rief Annegret freudig, als sie die Küche betrat. „Guten Morgen! Was verschafft uns denn die Ehre eines solch großartigen Frühstücks? Konntest du etwa nicht schlafen?“

Torge lag eine Erwiderung auf der Zunge, er schluckte sie allerdings runter, weil im gleichen Augenblick Heidi auftauchte. „Setzt euch einfach. Frischer Kaffee ist auch gleich fertig. Ich möchte etwas mit euch besprechen.“

„Das klingt ja geheimnisvoll“, erwiderte sie und nickte ihrer Freundin zu. „Konntest du ein wenig zur Ruhe kommen?“ Die Besorgnis klang in ihrer Stimme mit.

„Geht so“, antwortete Heidi. „Ich mache mir Sorgen, wie es weitergehen soll.“

Torge wertete die Aussage als guten Ausgangspunkt für seine geplante Unterhaltung. Eine Weile aßen sie schweigend, schließlich hielt Annegret es nicht mehr aus.

„Nun sag schon!", forderte sie ihren Mann auf. „Worum geht es?"

Torge legte seine Gabel neben den Teller und räusperte sich. „Heidi, gestern wollte ich dich nicht einfach wegschicken. Du hast an unsere Tür geklopft und uns um Hilfe gebeten. So etwas nehmen wir ernst. Trotzdem kannst du hier aufgrund der Umstände nicht noch eine Nacht bleiben."

„Warum das denn nicht?", fragte Annegret entsetzt. „Du kannst sie doch nicht einfach vor die Tür setzen. Sie weiß doch gar nicht, wohin sie gehen soll!"

Torge machte eine wegwerfende Handbewegung. „Das ist völlig übertrieben, Annegret. Immerhin hat Heidi hier in der Nähe ein eigenes Haus. Das ist aber nicht das, worauf ich hinauswill. Wenn sie hierbleibt, machen wir uns möglicherweise der Beihilfe schuldig." Er wandte sich an die Besucherin. „Du bist eine Verdächtige in einem Mordfall!", sagte er mit fester Stimme. „Uns hast du deine Unschuld beteuert. Wenn dem wirklich so ist, solltest du so bald wie möglich zur Polizei gehen und deine Version der Geschichte berichten. Wir können dich hier nicht länger verstecken. Natürlich kannst du wieder untertauchen, solltest aber vorher überlegen, ob du ein Leben auf der Flucht führen willst. Wenn du wirklich unschuldig bist, hast du auch nichts zu befürchten."

„Es ist leicht, so etwas einfach zu behaupten!", widersprach Heidi. „Wie oft gibt es Fehlurteile? Wie oft werden Unschuldige ins Gefängnis geworfen? Torge! Ich habe große Angst, ebenfalls für einen Mord verurteilt zu werden, den ich gar nicht begangen habe. Zwei Morde, um genau zu sein. Ich würde für den Rest meines Lebens hinter Gittern sitzen."

Torge überlegte, wie er ihre Argumente entkräften konnte. „Gibt es noch irgendetwas, womit du die Arbeit der Kommissare unterstützen kannst? Irgendetwas, was du uns nicht erzählt hast?"

Heidi nickte langsam. „Ja, da gibt es etwas. Ich weiß allerdings nicht, ob es überhaupt etwas mit dem Fall zu tun hat", sagte sie leise.

Seine Neugier war sofort geweckt. „Und worum handelt es sich dabei?"

„Ich muss darüber nachdenken, ob ich darüber reden möchte."

Die Ungeduld kribbelte durch Torges Körper. Immerhin hatte er ihr in seinem Haus Schutz für die Nacht ermöglicht. Nun erwartete er als Gegenleistung, dass sie sich kooperativ zeigte. „Was spricht dagegen?"

„Ich möchte vermeiden, dass Tammos Ansehen beschmutzt wird", erklärte sie.

„Verstehe ich nicht."

„Es hat vielleicht gar nichts mit dem Fall zu tun", wiederholte sie ausweichend.

„Vielleicht nicht. Vielleicht aber doch. Ich verspreche dir, Stillschweigen zu bewahren, wenn du es uns erzählst."

„Das macht keinen Sinn", jammerte sie. „Du wirst auch nicht beurteilen können, ob es einen Zusammenhang mit den Morden an Tammo und Klaas gibt. Insbesondere weil auch noch Klaas umgebracht wurde, habe ich große Zweifel, dass es einen Zusammenhang gibt."

Torge fühlte sich ein wenig auf den Schlips getreten, schob die Animositäten aber beiseite. Er hatte sich ein Ziel gesetzt und das galt es zu erreichen. Vielleicht spielte ihm diese Aussage dabei sogar in die Hände. „Dann lass uns nach Sankt Peter-Ording fahren und du berichtest den Kommissaren davon. Wenn es für den Fall nicht verwertbar ist, werden sie ohnehin darüber schweigen. Heidi!", appellierte er an sie. „Wenn diese

Information eine Chance ist, deine Unschuld zu beweisen, dann solltest du sie nicht ungenutzt lassen. Überleg mal, wie dein Leben aussehen wird. Du willst doch nicht ständig auf der Flucht sein. Und ins Gefängnis gehen willst du erst recht nicht."

„Ich stimme Torge zu", meldete sich Annegret zu Wort, die dem Dialog bis dahin schweigend gefolgt war. „Wir kennen die Kommissare persönlich. Sie sind kompetent und werden dir helfen, die Vorwürfe gegen dich zu entkräften, wenn du wirklich unschuldig bist. Fahr mit Torge nach Sankt Peter-Ording."

Heidi schob die Reste des Rühreis auf ihren Teller hin und her und rang mit einer Entscheidung. Torge ließ ihr Zeit. Im Grunde war alles gesagt. Wenn sie sich jetzt verweigerte, musste er überlegen, ob er alleine zum Polizeirevier fuhr und ihre Anwesenheit in seinem Haus meldete. Hoffentlich hatte er sich nicht bereits strafbar gemacht!

„Also gut", gab Heidi schließlich nach. „Aber nur, wenn du mit mir reingehst und die ganze Zeit bei mir bleibst."

Torge nickte erleichtert. Nichts lieber als das. „Ich verspreche es", bestätigte er ihr. Etwas Besseres konnte ihm gar nicht passieren. Endlich war er mal wieder ganz nah dran an der Ermittlung.

Während Annegret zur Arbeit fuhr, machten sich Torge und Heidi auf den Weg nach Sankt Peter-Ording. Dort angekommen schien es Torge, als würden die Kommissare – von Fiete vielleicht einmal abgesehen – genauso wie er selbst wie ein Schluck Wasser in der Kurve hängen. Gab es eine neue Entwicklung, von der er noch nichts wusste? Hatten sie vielleicht die ganze Nacht durchgearbeitet?

Sobald sie jedoch Torge in Begleitung der gesuchten Heidi Olsen entdeckten, kam wieder Leben in die erschöpften Ermittler.

„Trulsen! Das hätten wir uns eigentlich denken können, dass es Ihnen gelingt, die Vermisste aufzustöbern", begrüßte Charlotte Wiesinger ihn mit einem breiten Grinsen.

„Tatsächlich hat sie mich aufgestöbert", gab er ehrlich zu.

„Waren Sie ebenfalls abgetaucht?", scherzte sie.

„Sie wissen genau, wie ich es meine", antwortete Torge ernst. „Heidi Olsen kam zu uns, weil sie Hilfe benötigt. Jetzt möchte sie eine Aussage machen." Es fiel ihm schwer, sich so kurz und knapp zu halten. Er wollte jedoch nicht die Aufmerksamkeit auf seine eigene Person lenken. Die Kommissarin wurde bestimmt sofort sauer, wenn sie erfuhr, dass Heidi bereits eine Nacht in seinem Haus verbracht hatte.

„Setzen Sie sich", forderte Charlotte Wiesinger die unerwartete Besucherin auf. „Vielen Dank, dass Sie sie zu uns gebracht haben, Trulsen. Wir kommen dann klar."

Heidi Olsen hatte bisher kein Wort herausgebracht. Jetzt zuckte sie zusammen. „Nein! Torge hat versprochen, mich nicht alleine zu lassen. Ich werde nur aussagen, wenn er dabeibleiben darf."

„War das Ihre Bedingung?", wandte sich die Kommissarin an Torge.

Bevor dieser antworten konnte, ergriff Heidi Olsen wieder das Wort. „Ich meine es ernst. Es war meine Idee und ich bleibe dabei. Wenn Torge geht, dann gehe ich auch. Sollten Sie mich verhaften, werde ich schweigen. Ich bin freiwillig hier und möchte eine Aussage machen – aber nur, wenn Torge mich unterstützen darf", wiederholte sie energisch.

Die Kommissarin zuckte mit den Schultern. „Wie seht Ihr das?", fragte sie die Kollegen.

„Warten wir erstmal ab, in welche Richtung es geht", antwortete Knud gleichmütig.

„Also gut! Dann legen Sie mal los", forderte Charlotte Wiesinger sie auf. „Erzählen Sie uns vorher, warum Sie von der Bildfläche verschwunden sind und wo Sie die letzten Tage waren."

Die Gefragte wiederholte das, was sie Torge und Annegret bereits am Abend zuvor berichtet hatte. Torge beobachtete dabei die Kommissarin, um an ihrem Gesichtsausdruck abzulesen, ob sie ihr glaubte.

„Okay, Sie waren also in Hamburg und sind heute Morgen zu Torge gefahren, weil Sie sich Hilfe von ihm erwartet haben? In welcher Form?", fragte sie schließlich.

„Nein, ich bin bereits gestern Abend angekommen."

Torge spürte den prüfenden Blick der Kommissarin und wagte ihn nicht zu erwidern. Gleich würde bestimmt ein Donnerwetter über ihn hereinbrechen – aber er irrte sich. Statt ihn selbst zu ermahnen, konzentrierte sie sich auf die Befragung.

„Wie auch immer", wiegelte sie ab. „Wie sollte diese Hilfe aussehen?"

„Ich weiß es nicht", antwortete Heidi. „Ich habe in den Regionalnachrichten von dem angeblichen Haar gehört. Das ist nicht möglich! Ich war die ganzen Tage in Hamburg und habe Klaas bestimmt schon zwei oder drei Wochen nicht mehr gesehen. Wie kann dann eins meiner Haare bei seinem Leichnam gefunden werden? Ich wusste nicht, an wen ich mich sonst wenden sollte." Nervös zupfte sie an dem Reißverschluss ihrer Handtasche, die vor ihr auf dem Tisch lag. Den Kaffee, den Knud ihr fürsorglich gebracht hatte, rührte sie nicht an.

„Sie hätten direkt zu uns kommen können."

„Ich hatte Angst, dass Sie mich sofort verhaften."

Die Kommissarin nickte. „Es spricht vieles gegen Sie. Warum sind Sie nun doch zu uns gekommen?"

„Torge hat mich überredet", erwiderte sie schlicht.

Er überlegte, ob er die vorenthaltene Information ansprechen sollte, hielt sich aber zurück.

„Sie haben uns also noch nicht alles erzählt?", fragte Charlotte Wiesinger.

Sie war eben nicht umsonst eine erfolgreiche Ermittlerin! Obwohl Torge sie jetzt bereits mehrere Jahre kannte, konnte sie ihn immer noch beeindrucken.

„Das ist richtig", antwortete Heidi. „Allerdings weiß ich nicht, ob es mich entlasten kann oder überhaupt etwas mit den Morden an meinem Mann und seinem Freund zu tun hat." Sie stockte und schien zu überlegen, ob sie wirklich weiterreden sollte.

„Aber Herr Trulsen glaubt es?"

„Er weiß nichts Konkretes. Anfangs hatte ich einfach nur Angst. Seit dem Tag, an dem Sie zu mir kamen und mir von Tammos Tod berichteten, frage ich mich, was dahinterstecken könnte. Natürlich habe ich befürchtet, selbst unter Verdacht zu geraten. Der Ehepartner gerät in solchen Fällen immer unter Verdacht. Als Sie mir von seiner Arbeitslosigkeit erzählten, ist mir klar geworden, wie wenig ich mittlerweile von seinem Leben wusste, wie viel er mir verheimlicht hat. Ich brauchte Zeit, um über meine nächsten Schritte nachzudenken. Deshalb bin ich nach Hamburg gefahren. Mir kamen schon kurz nach meiner Ankunft dort meine Tagebücher in den Sinn, aber nachdem Klaas gestorben war, habe ich die Idee verworfen. Es ergibt einfach überhaupt keinen Sinn."

„Erzählen Sie uns trotzdem davon", ermutigte die Kommissarin Heidi Olsen, deren Stimme immer leiser geworden war. „Was ist mit Ihren Tagebüchern?"

„Wissen Sie, es ist so: Viele Menschen aus meinem Umfeld vertrauen mir ihre großen oder kleinen Geheimnisse an. Ich weiß selbst nicht genau, warum das so ist. Irgendwie ziehe ich das an. Natürlich kann ich mit niemandem darüber reden, auch wenn mich das teilweise sehr belastet hat. Um es irgendwie zu verarbeiten und wieder loszuwerden, habe ich all diese Dinge in meine Tagebücher geschrieben. Zusammen mit meinen Gefühlen und Empfindungen, die diese Bekenntnisse in mir ausgelöst haben. Es hat funktioniert wie bei einer Beichte."

„Was sind das für Dinge?"

„Sehr unterschiedlich, aber immer sehr persönliche Sachen, schlimm teilweise. Fehltritte oder Geheimnisse, die niemand wissen durfte, weil sie das Ansehen der jeweiligen Person in der Öffentlichkeit zerstört hätten oder sowas." Es war deutlich, wie schwer es Heidi fiel, darüber zu sprechen.

„Und Ihr Mann Tammo hatte ebenfalls so ein Geheimnis?", hakte die Kommissarin nach.

„Tammo? Wie kommen Sie denn da drauf?"

„Ich dachte, Tammos Geheimnis könnte ein Mordmotiv geliefert haben."

„Er hat mir nichts erzählt, aber das wissen Sie ja eigentlich schon. Nein, ich habe eine ganz andere Befürchtung ... vielleicht hat er die Tagebücher gelesen." Die Aussage war kaum mehr als ein Flüstern.

„Aber was soll ihm das nützen?", mischte sich Lilly Morgenroth ein.

„Sie befürchten, dass er diese Informationen genutzt hat, um die Menschen zu erpressen und damit das fehlende Gehalt zu kompensieren?", brachte Charlotte Wiesinger es auf den Punkt.

Torge musste sich insgeheim eingestehen, selbst nicht auf so eine Idee gekommen zu sein. Wieder stieg die Kommissarin in seinem Ansehen. Sie war wirklich clever.

Heidi nickte. „Das wäre doch immerhin eine Möglichkeit, auch wenn es einfach unfassbar klingt. Außerdem habe ich befürchtet, der Mörder könnte es auch auf mich abgesehen haben, wenn er denkt, dass ich die Informationen offenherzig an Tammo weitergegeben habe. Das war ein weiterer Grund, warum ich verschwunden bin. Ich wollte abwarten, ob Sie jemanden verhaften, damit ich wieder in Sicherheit bin. Dann wurde der Verdacht gegen mich immer stärker und ich habe mich nicht mehr zurückgetraut. Bekomme ich nun eine Mitschuld an diesen Erpressungen, falls es wirklich so gewesen ist? Immerhin habe ich ja alles aufgeschrieben und die Tagebücher nicht gut genug versteckt. Ich verstehe allerdings nicht, warum Klaas ebenfalls sterben musste – außer, wenn die beiden die Erpressungen gemeinsam durchgeführt haben. Können Sie sich so ein Szenario vorstellen?" Erschöpft von der langen Rede griff sie nach dem Becher und trank ihn in gierigen Schlucken leer, obwohl der Kaffee mittlerweile kalt geworden war.

Konnte das wirklich sein? Hatte Tammo Olsen seine Mitmenschen erpresst, weil er arbeitslos war und keinen neuen Job fand? Torge war erschrocken, welche Abgründe sich da gerade wieder auftaten. Wenn er solche Mutmaßungen hörte, verstand er die Welt nicht mehr. Diese Informationen waren erschreckend und spektakulär zugleich. Er war gespannt, welche Schlüsse die Kommissare daraus zogen.

Charlie in St. Peter-Ording

Donnerstag, den 16. November

Seit Torge Trulsen mit der Verdächtigen das Revier betreten hatte, war Charlie skeptisch und misstrauisch, gleich einen riesigen Bären aufgebunden zu bekommen. Die bisherige Beweislage war erdrückend, insofern vermutete die Kommissarin, dass Heidi Olsen keinen anderen Ausweg mehr sah, als den Verdacht auf eine andere Person zu lenken, um ihren eigenen Kopf aus der Schlinge zu ziehen. Notfalls sogar auf ihren eigenen Mann! Tot war er ja ohnehin und konnte sich dementsprechend nicht mehr verteidigen.

Allerdings ließ der Durchbruch in dem Fall nach wie vor auf sich warten. Obwohl die Observation des gestrigen Abend erst so vielversprechend erschien, nachdem Lilly mit dem Kollegen aus Husum den beiden Freunden in die Spelunke gefolgt war, hatte sich daraus nichts Verwertbares ergeben. Vom Ehrgeiz getrieben, den Fall ein gutes Stück voranzubringen, hatten die beiden Jungkommissare alles versucht, den Verdächtigen so nahe wie möglich zu kommen. Diese waren aber vorsichtig gewesen und führten ihr Gespräch in der vom Stimmengewirr erfüllten Kneipe leise genug, dass nichts zu verstehen war. Leicht frustriert über den Misserfolg waren die beiden nach Beendigung des Einsatz zusammen losgezogen. Lilly schwieg über den weiteren Verlauf des Abends, hatte heute aber diesen bestimmten Glanz in den Augen, der gewisse Rückschlüsse zuließ. Charlie verkniff sich nachzufragen, weil sie selbst derartige Fragen oft genug als lästig empfand. Wenn es etwas zu erzählen gab, würde Lilly das schon tun, wenn sie dazu bereit war.

Charlie schüttelte den Gedanken ab, um sich wieder auf die Vernehmung von Heidi Olsen zu konzentrieren und beobachtete sie genau, während diese begann, ihre Version der Geschichte zu erzählen. Ob sie die ganze Zeit in Hamburg gewesen war, konnte vermutlich nicht überprüft werden. Insofern hatten die Kommissare wohl keine andere Wahl, als ihr zuzuhören und im Anschluss alles zu analysieren, was die Frau zu Protokoll gab.

Konnte es wirklich sein, dass Tammo Olsen Menschen aus seinem Dunstkreis erpresst hatte, um die fehlenden Einnahmen auszugleichen? Das allein hielt Charlie für absolut möglich. Und ein weiterer Gedanke zog ihr plötzlich durch den Kopf. Vielleicht war nicht Klaas Böttcher der Komplize von Tammo, sondern seine eigene Frau! Auch diesen Fakt abzustreiten, war der Tote nun nicht mehr in der Lage. Den Reihenhaustraum konnte das Paar unmöglich mit ihrem Gehalt als Verkäuferin bei der Bäckerei unterhalten.

Nach dieser Theorie hielten sie sich mit ihren Ersparnissen über Wasser, bis diese aufgebraucht waren. Danach drohten der Verkauf des Eigenheims und das Abrutschen in ärmlichere Verhältnisse. Damit wäre der Verlust ihrer Freunde, des gesellschaftlichen Ansehens und des gesamten Umfeldes verbunden. Möglicherweise war es ihr wichtiger gewesen, diesen Lebensstandard zu halten als Tammo. Männer waren oftmals in diesen Dingen nüchterner als Frauen. Da er derjenige war, der seinen Job verloren hatte und seinen Teil des Haushaltseinkommens nicht mehr beitragen konnte, setzte Heidi ihn massiv unter Druck, bis er diesem perfiden Plan zustimmte.

Aber was war dann passiert? Wollte Tammo aussteigen? Hatte Heidi ihn umgebracht, weil er sich stellen wollte? Und wie passte schließlich der Mord an Klaas Böttcher ins Bild? War er dahintergekommen, wer ihn erpresste und hatte gedroht, mit seinem Wissen zur Polizei zu gehen? Hatte Heidi Olsen ihn deshalb umgebracht?

Es war unbedingt notwendig, mehr über diese angeblich so brisanten Geheimnisse zu erfahren! Angefangen mit dem, was Klaas Böttcher zu verbergen hatte.

„Also gut, Frau Olsen. Dann werden Sie mal konkreter. Wer hatte was zu verbergen? Beginnen wir mit Klaas Böttcher!"

„Klaas? Wieso ausgerechnet Klaas?", fragte Heidi Olsen verwirrt.

„Die Fragen stelle jetzt ich!", blaffte Charlie etwas heftiger als beabsichtigt. Sie war voreingenommen. Ja! Aber das sollte sie fürs Erste zu verbergen versuchen. „Sie haben bei Torge Trulsen und jetzt bei uns um Hilfe gebeten. Die können wir nur leisten, wenn Sie uns alles erzählen, was Sie wissen."

„Das habe ich vor", antwortete Heidi etwas eingeschüchtert. „Aber von Klaas gibt es nichts. Er trinkt ein bisschen viel. Mehr als ihm guttut und genug, um sich Probleme einzuhandeln – aber das ist kein Geheimnis. Das weiß jeder, der irgendwie mit ihm zu tun hatte."

„Aber durch den regelmäßigen und vielleicht etwas ausschweifenden Alkoholgenuss könnte er sich doch in Schwierigkeiten gebracht haben. Sein Arbeitgeber wird von diesem Umstand ebenfalls nicht begeistert gewesen sein." „Davon weiß ich nichts", antwortete Heidi Olsen.

Charlie machte sich eine Notiz. „Können Sie abschätzen, welchen Umfang diese Sache hat? Wie viele Personen Ihnen etwas anvertraut haben, das zu einer Erpressung geführt haben könnte?"

„Die gleiche Frage habe ich mir in Hamburg ebenfalls gestellt. Da ich die Tagebücher mitgenommen und ja ohnehin viel Zeit hatte, habe ich sie komplett durchgeblättert und dann eine Liste erstellt." Heidi Olsen griff in ihre Handtasche und holte ein Blatt Papier heraus, faltete es auseinander und reichte es der Kommissarin.

Diese nahm es entgegen und strich es glatt. Sofort war sie von den Kollegen umringt, die ebenfalls einen Blick darauf erhaschen wollten. Es war deutlich, wie unwohl sich Heidi Olsen dabei fühlte, diese Vertraulichkeiten nun in geballter Form zu verraten. Auf der Liste befanden sich etliche Namen, die Charlie bereits gehört hatte und die zum öffentlichen Leben von Eiderstedt gehörten, andere dagegen waren ihr unbekannt.

„Uwe Ackermann und Peter Wenzel! Sieh mal einer an!", bemerkte Knud hinter ihrem Rücken. „Warum wundert es mich nicht, die beiden auch auf dieser Liste zu finden?"

„Dominas und Kunstfehler!", meldete sich Lilly zu Wort. „Also, dass ein Kunstfehler nichts ist, was man gerne bekannt werden lässt, kann ich verstehen, aber Dominas? Wo ist das Problem? Kann nicht jeder nach seiner Vorliebe glücklich werden? Jedenfalls wenn es einvernehmlich geschieht?"

„Können Sie uns mehr darüber berichten?", fragte Charlie einfach nach. Sie hatte keine Lust mit einer sinnlosen Diskussion Zeit zu vergeuden.

„Uwe Ackermann hat nicht nur seine Anwaltskanzlei, sondern auch politische Ambitionen. Er will bei der nächsten Bürgermeisterwahl in St. Peter-Ording kandidieren."

„Ja, das ist uns bereits bekannt", unterbrach Lilly die Frau voller Ungeduld. „Wo ist das Problem?"

„Ich weiß nicht, wo Sie aufgewachsen sind, Frau Kommissarin, aber hier auf dem platten Land sind die Menschen nicht so weltoffen, wie zum Beispiel in Hamburg oder Berlin. Da wäre auch ein homosexueller Bürgermeister kein Problem."

„Ja, kommt aber auch darauf an, wie die Person damit umgeht. Ich erinnere mich an den Fall des Regierenden Bürgermeisters in Berlin. Ein politischer Gegner wollte ihn damit aus dem Rennen werfen und er hat sich als Reaktion darauf direkt an die Öffentlichkeit gewandt. Seine Worte waren: ‚Ich bin schwul, und das ist gut so'. Jeder ist vielleicht nicht so mutig", überlegte Charlie laut.

„Das hat mit Mut nicht unbedingt etwas zu tun", widersprach Heidi Olsen. „Ich kenne die Menschen hier. In dem Laden der Bäckerei bekommt man reichlich von den Meinungen anderer Leute mit. Auch von denen, die man lieber nicht hören will."

„Die meisten Namen auf der Liste gehören zu Männern. Haben Sie ein derart enges Verhältnis zu denen, dass sie Ihnen ihre Geheimnisse anvertrauen?", fragte Charlie skeptisch. Nach wie vor war sie von Heidi Olsens Ehrlichkeit nicht überzeugt ...

„Nein, nicht zu den Männern! Ihre Ehefrauen haben sich mir anvertraut. Vermutlich, um es einfach einmal loszuwerden und mit jemandem darüber zu sprechen. Die sexuelle Vorliebe von Uwe Ackermann betraf ja nun auch seine Frau."

„Hat Ilka Ackermann Ihnen erst kürzlich davon erzählt oder ist das schon länger her?", fragte die Kommissarin weiter.

„Es ist schon eine Weile her. Ilka hat seinerzeit überlegt, ob sie sich scheiden lassen soll, weil sie Uwes Wünsche nicht erfüllen konnte. Er findet lediglich in der Unterwürfigkeit, verbunden mit Schmerz, Erregung und Befriedigung." Wieder war sie leise geworden, trotzdem wunderte sich Charlie, wie offen sie plötzlich über die sexuellen Vorlieben anderer reden konnte.

„Letztendlich hat sie sich aber für die Ehe entschieden."

Heidi Olsen nickte. „Die beiden kennen sich ein halbes Leben und sind freundschaftlich verbunden. Er wollte sie auch weiterhin an seiner Seite haben. Sie führen jetzt eben eine offene Beziehung."

„Hatte Ilka Ackermann eine Beziehung mit Klaas Böttcher?" Es war ein Schuss ins Blaue.

„Nein! Wie kommen Sie nun wieder darauf?"

„Weil Ihre Geschichte einfach nicht schlüssig ist!" Charlies Nerven vibrierten. „Und schließlich waren die Männer doch ohnehin seit ihrer Jugend befreundet. Vermutlich wusste Ihr Mann es längst aus erster Hand von seinem Kumpel, dass dieser lieber zu einer Domina ging, als mit seiner eigenen Frau zu schlafen."

Es schien einfach so, als wollte Heidi Olsen mit ihrer Sensationsgeschichte von etwas anderem ablenken. Darüber hinaus ergaben die vorgetragenen Fakten kein nachvollziehbares Bild. Selbst wenn Tammo die Menschen von dieser Liste erpresst hatte, passte Klaas Böttchers Tod nur dann ins Bild, wenn er mit dem Freund gemeinsame Sache gemacht hatte. War sein Job durch den Alkoholkonsum in Gefahr gewesen? Wollte er sich mit den Erpressungen ein Polster verschaffen, falls auch er seinen Arbeitsplatz verlor? Aber warum hatte Heidi die beiden dann umgebracht? Ohne das am Tatort gefundene Haar wären andere Schlüsse möglich, aber dieser Fund konnte nicht ignoriert werden! Auch an dieser Stelle kam sie mal wieder nicht weiter.

Hilfesuchend wandte sich Charlie an die Kollegen. „Welche Fragen habt Ihr?“

„Das ist alles sehr vage“, übernahm Knud sofort. „Haben Sie mehr Detailinformationen?“

„Wie meinen Sie das?“

„Bleiben wir vorerst bei dieser Domina-Geschichte. Geht Uwe Ackermann immer zu der gleichen Frau oder sind es verschiedene? Wie oft vergnügt er sich auf diese Weise und wo?“

„Das weiß ich nicht, darüber hat Ilka nicht mit mir gesprochen.“

„Sie wissen also nicht einmal, ob es noch aktuell ist. Vielleicht hat er ja auch aus Angst um eine mögliche politische Karriere damit aufgehört.“

„Das halte ich für sehr unwahrscheinlich“, antwortete sie langsam. „Aber das müssen Sie selbst herausfinden. Ich habe keinem dieser Menschen hinterherspioniert, aber vielleicht hat Tammo es getan, weil er sich nicht anders zu helfen wusste.“

„Was wissen Sie über den Kunstfehler von Peter Wenzel?“, wechselte Knud das Thema. „Sind Sie auch darüber von seiner Frau in Kenntnis gesetzt worden?“

„Ja, das ist allerdings anders abgelaufen. Anke befasst sich mit Naturheilkunde. Sie ist begeistert von dieser alternativen Methode und überzeugt, dass sie der Schulmedizin ebenbürtig ist. Peter hat sie jedoch oft von oben herab behandelt und ihre Praxis belächelt, auch wenn sie gutes Geld eingebracht hat. Natürlich konnte sie nicht mit seinem Gehalt als Herzchirurg an der Uniklinik in Hamburg mithalten. Meistens hat ihr das wenig ausgemacht, aber manchmal war sie deswegen echt sauer. Einmal hat er ihr in einem heftigen Streit an den Kopf geworfen, dass er ihre Globuli für absoluten Mumpitz hält und sie sich vermutlich für diesen alternativen Quatsch entschieden hat, weil sie dem Druck einer schwierigen Operation nicht gewachsen ist. Wegen ein paar weißer Kügelchen würde eben niemand sterben, auch nicht, wenn sie komplett falsch verordnet sind."

„Wie hat sie darauf reagiert?"

„Wie gesagt, sie war echt sauer – und verletzt. Es ging ihr gar nicht darum, welche Arbeit höherwertiger ist. Peter Wenzel ist ein Adrenalinjunkie, der seinen Kick in gefährlichen Operationen gefunden hat, diese Art der Befriedigung geht Anke ab. Sie möchte helfen und heilen, wo die Schulmedizin versagt oder unterstützt werden sollte. Darüber findet sie ihre Zufriedenheit."

„Wodurch fühlte sie sich trotzdem provoziert?"

„Durch seine Aberkennung ihrer Kompetenz, als sei Naturheilkunde nur Firlefanz, der zu nichts führt."

„Und dann ist Peter Wenzel ein schlimmer Fehler unterlaufen", vermutete Knud. „Ist ein Patient durch seine Schuld gestorben?"

„Ja", bestätigte Heidi Olsen. „So habe ich es jedenfalls verstanden."

„Das klingt so, als wüssten Sie nichts Genaues." Schon wieder! Charlie musste sich beherrschen, nicht fünsch zu werden. Der Eindruck, dass Heidi Olsen lediglich ein paar Gerüchte aufgeschnappt hatte und daraus ein Ablenkungsmanöver zu ihrer eigenen Person strickte, verstärkte sich erneut.

„Sein Patient hat den Eingriff nicht überlebt, so viel weiß ich", verteidigte sich Heidi Olsen.

„Nur wenn der Tod durch einen Fehler von Peter Wenzel verursacht wurde, handelt es sich um einen Skandal, der ihn angreifbar macht."

„Ja, das weiß ich", wehrte sich die Verdächtige. „Aber nennen Sie mir einen anderen Grund, warum sich ein Mann, der sich selbst für einen begnadeten Kardiologen hält, sich in dieser Küstengemeinde hinter einem Verwaltungsjob verschanzen sollte?"

„Lass es gut sein", pfiff Knud Charlie zurück. „Der Patient muss nicht zwingend verstorben sein. Wenn er stark beeinträchtigt ist, handelt es sich ebenfalls um einen Kunstfehler, der seine Karriere beenden kann. Wir werden ja ohnehin alles überprüfen. Hören wir uns jetzt einfach an, was die Zeugin zu sagen hat und besprechen dann das weitere Vorgehen."

Charlie war kurz davor zu explodieren. Erst wurde sie von Heidi Olsen genervt und dann musste sie sich von Knud in diesem Tonfall belehren lassen! Wenn er ihr den spontanen Ausflug nach Hamburg übelnahm, sollte er sie direkt darauf ansprechen und nicht Privates mit Beruflichem vermischen. Auf eine derartige Maßregelung konnte sie verzichten – vor dem Team und überhaupt. Und er bezeichnete Heidi Olsen als Zeugin. Wenn sie nicht so wütend wäre, hätte sie darüber lachen können. Nach bisherigem Ermittlungsstand war die Frau ihre Hauptverdächtige und keine Zeugin! Sie konnte nicht verstehen, warum er immer noch an seiner abweichenden Theorie eines unbekannten Mörders festhielt, der die gesamte alte Clique im Visier hatte. Dafür gab es definitiv keinerlei Hinweise.

„Knud!", war alles, was Fiete sagte. Mit einer beruhigenden Geste versuchte er zu schlichten. Natürlich kannte er Charlies Temperament und sah ihr vermutlich an, dass sie kurz vorm Platzen war.

Der Angesprochene nickte dem Revierleiter zu, wich ihrem Blick allerdings aus. War er sich bewusst, gerade übers Ziel hinausgeschossen zu sein? Trotz des klärenden Gesprächs am Samstag blieb ihr Verhältnis angespannt. Am liebsten hätte sie das Revier verlassen und wieder auf eigene Faust ermittelt, wollte sich aber nicht als unbelehrbar erweisen. Trotzdem hielt sie sich für den Rest der Befragung zurück und überließ es den Kollegen, weitere Informationen aus Heidi Olsen herauszubekommen. Wie schon bei Uwe Ackermann und Peter Wenzel schienen sie meist etwas vage oder unvollständig. Charlie notierte sich die mageren Details. Im Anschluss wollte sie Lilly fragen, ob sie sie nach Hamburg begleiten würde, um die Aussage der Tatverdächtigen so weit wie möglich zu prüfen. Vielleicht hatte jemand gesehen, wie sie das Hotel verließ. Wenn dem so war, hatten sie vielleicht einen Anhaltspunkt, wann sie nach Eiderstedt aufgebrochen war und ob sie für den Mord an Klaas Böttcher in Frage kam. Die Kommissarin war davon überzeugt, es mit der Mörderin der beiden Männer zu tun zu haben und fest entschlossen, sie zu überführen.

„Haben Sie die Tagebücher mitgebracht?", fragte Charlie unvermittelt und sah, wie überrumpelt sich Heidi Olsen davon fühlte.

„Nein", antwortete sie knapp.

„Warum nicht?", setzte die Kommissarin nach.

„Es stehen viele persönliche Dinge darin, die mit den Morden überhaupt nichts zu tun haben", erwiderte sie mit Nachdruck. „Ich habe alles zu Protokoll gegeben, was ich weiß. Die Tagebücher sind Privatsache. Ich möchte jetzt gehen. Fährst du mich zurück nach Tating, Torge?"

Charlie unterdrückte ein Schnauben. Glaubte diese Frau allen Ernstes, dass sie hier einfach wieder herausspazieren konnte? Trulsens Anwesenheit dagegen hatte sie komplett vergessen. So still verhielt sich ihr ambitionierter Hobbyermittler nur selten.

„Das ist leider nicht möglich", erklärte Fiete ruhig. „Wir werden den Wahrheitsgehalt Ihrer Aussage überprüfen. Wenn sich Ihre Theorie als wahr erweist und es keine Tatbeteiligung gibt, haben Sie nichts zu befürchten. Derzeit sind Sie jedoch unsere Hauptverdächtige und bleiben bei uns in Gewahrsam. Sie können einen Anwalt anrufen. Sofort, oder wenn Sie dem Haftrichter vorgeführt werden."

„Nein!" Sie warf Trulsen einen hilfesuchenden Blick zu.

„Doch, Heidi. Die Kommissare müssen deine Aussage erst überprüfen", wiederholte er Fietes Worte. „Hab Vertrauen! Du bist hier in guten Händen. Wenn du die Wahrheit gesagt hast, wird sich alles auflösen und du kannst bald nach Hause." Wie es schien, war er nicht von ihrer Unschuld überzeugt.

Heidi Olsen sackte auf dem Stuhl zusammen. „Also gut", flüsterte sie. „Ich warte erst einmal ab, was Sie nun herausfinden, bevor ich mir einen rechtlichen Beistand nehme. Führen Sie mich in die Zelle. Ich muss mich ausruhen."

„Wo sind die Tagebücher?", kam Charlie auf das Thema zurück.

„Ich habe sie versteckt. Dieses Mal hoffentlich besser. Sie bekommen sie nur, wenn Sie mir eine richterliche Anordnung vorlegen. Ich habe darüber im Internet gelesen", ergänzte sie triumphierend, was sie in Charlies Augen noch unsympathischer werden ließ.

Sie war davon überzeugt, dass sich diese Fakten als wahr erweisen würden, aber Heidi Olsen trotzdem schuldig war. Die Frau war bauernschlau und meinte, einen Weg gefunden zu haben, wie sie die Schuld auf jemanden abwälzen konnte, um ihren eigenen Kopf zu retten. Das würde sie nicht zulassen. Sie hoffte dabei auf Lillys Unterstützung!

Am liebsten wäre sie sofort nach Hamburg aufgebrochen, nachdem Heidi Olsen in die Zelle gebracht und Trulsen das Revier verlassen hatte, aber Fiete ordnete eine Besprechung an, in der die weitere Strategie abgestimmt und festgelegt werden sollte.

„Also, wo stehen wir?", fragte er in die Runde und hielt sich mit seiner eigenen Meinung wie gewohnt vorerst zurück.

„Ich glaube ihr", meldete sich Knud sofort zu Wort. „Ihre Aussage passt genau zu meiner Theorie, dass es einen Mörder geben muss, der es auf die Mitglieder der alten Clique abgesehen hat."

„Bisher bist du von einem gemeinsamen dunklen Geheimnis oder sogar einer Schuld ausgegangen. So perfekt, wie du es gerade darstellst, passt es ja nun nicht", erwiderte Charlie zickiger als beabsichtigt. Noch immer brodelte es in ihr. Sie mitten in der Befragung einer Tatverdächtigen vor versammelter Mannschaft derart zu maßregeln, konnte sie ihm nicht so schnell verzeihen – zumal er sich keiner Schuld bewusst schien, was es deutlich verschlimmerte.

„Das ist richtig", antwortete er unbeirrt, ohne sich provozieren zu lassen. „Immerhin zeigen sich nun Tatbestände, die alle Mitglieder der alten Clique verheimlicht haben. Damit bin ich einen großen Schritt weiter. Vielleicht haben sie in ihrer Jugend jemanden gedemütigt und er mordet nun, weil er hinter diese Geheimnisse gekommen ist und damit endlich Gründe für seine Rache gefunden hat."

So einen Blödsinn hatte Charlie nur selten gehört! Ihr lag ein Kraftausdruck auf der Zunge, aber sie wollte sachlich bleiben. „Das ist dünn, sehr dünn sogar."

„Für mich klingt es auch vage", bekam sie die erhoffte Verstärkung von Lilly. „Wie erklärst du dann das Haar auf dem Leichnam von Klaas Böttcher?"

„Das hatten wir doch schon", verteidige er seinen Ansatz. „Die beiden waren befreundet. Das Haar war vielleicht schon länger auf seiner Jacke. Das ist lediglich ein mageres Indiz und wirklich kein schlagender Beweis. Das wisst Ihr so gut wie ich!"

„Aber Klaas Böttcher scheint auch gar kein dunkles Geheimnis zu haben. Seine Neigung, zu viel zu trinken, ist allseits bekannt."

„Alkohol ist die perfekte Quelle, um Mist zu bauen. Er muss es ja nicht ausgeplaudert haben."

„Und wie willst du dann an die Informationen kommen? Er ist tot!", bohrte Lilly weiter.

„Ich werde einfach graben. Wenn es etwas gibt, was er zu verbergen hatte, werde ich es schon herausfinden", ließ Knud sich nicht beirren.

„Also gut", griff Fiete wieder ein. „Wir verfolgen zwei Ansätze, das ist ja kein Problem. Wie willst du vorgehen, Knud?"

„Ich will die beiden mit den Vorwürfen konfrontieren und meine Vermutung wiederholen, nach der sie vermutlich in Gefahr schweben und sich unter Polizeischutz begeben sollten. Ich gehe davon aus, dass sie diesen bisher abgelehnt haben, um ihre Geheimnisse zu schützen."

„Das trifft vielleicht auf Uwe Ackermann zu, aber doch nicht auf Peter Wenzel", widersprach Lilly. „Sein Fall ist doch längst abgeschlossen."

„Das wissen wir nicht", antwortete Knud. „Vielleicht ist es noch ein schwebendes Verfahren. Wenn er vor Gericht gelandet ist, kann sich das ewig hinziehen. Bevor ich ihn aufsuche, werde ich natürlich versuchen, genauere Informationen herauszubekommen."

Fiete nickte. „Dabei kann ich dich unterstützen. Bestell die beiden her, dann können wir sie gemeinsam befragen. Selbst wenn sie nicht wissen, wer hinter diesen Morden steckt, kann es nicht schaden, den Druck zu erhöhen. Was sind eure nächsten Schritte?", wandte er sich schließlich an die Kolleginnen.

„Wir fahren nach Hamburg und versuchen etwas zu Heidi Olsens Aufenthalt dort herauszubekommen. Wenn sie tagelang dort war, hat sie bestimmt zu irgendjemanden Kontakt gehabt. Vielleicht ist sogar ihre Schwester zu ihr gekommen.

Ist aus Lübeck nicht weit. Wenn wir dort nicht weiterkommen, befragen wir weitere Menschen aus ihrem Umfeld. Ihre Chefin, vielleicht noch einmal Witta Böttcher. Klingt vielleicht ein wenig, wie das Stochern im Nebel, aber wir werden schon etwas herausbekommen.".

Knud in St. Peter-Ording

Donnerstag, den 17. November

Nachdem Charlotte und Lilly das Revier verlassen hatten, schob Fiete seine Notizen beiseite und bedachte Knud mit einem ernsten Blick.

„Ich mache mir langsam Sorgen um dich", eröffnete er ein Gespräch, dem Knud lieber ausgewichen wäre. „Diese ständigen Spannungen zwischen Charlotte und dir belasten das Arbeitsklima. Möglicherweise wird dadurch sogar unsere Produktivität und Erfolgsquote beeinträchtigt. Du scheinst sie für dein Gefühlschaos verantwortlich zu machen, weil sie dir einen Korb gegeben hat. Das kann ich auf eine gewisse Weise verstehen. Trotzdem empfehle ich dir, deinen Tonfall ihr gegenüber zu mäßigen. Das gilt sowohl für unsere Zusammenarbeit als auch für euer privates Verhältnis. Auf diese Weise wirst du ihr Herz nicht gewinnen."

Knud fühlte sich wie ein zwölfjähriger Schüler, der von seinem Lehrer zurechtgewiesen wurde. Allerdings wusste er, dass der wesentlich ältere Kollege ihm wohlgesonnen war und es nur gut meinte. Außerdem war jedes Wort von Fiete richtig. Er ärgerte sich selbst über seine mangelnde Selbstbeherrschung. Diese ganze Situation brachte ihn aus seinem Gleichgewicht und seiner gewohnten Ruhe.

„Du hast ja recht. Ich gelobe Besserung", antwortete er und versuchte mit seinem Grienen den Ernst aus dem Gespräch zu nehmen. „Wir hatten Samstag eine Unterhaltung, bei der wir uns angenähert haben. Die wurde jäh durch das Auftauchen von Fiona unterbrochen. Als ich sie ein paar Stunden später angerufen habe, war sie nach Hamburg entschwunden."

„Du erwartest zu viel von ihr. Charlotte ist unabhängig und ein Freigeist. Darüber hinaus hast du sie mit deiner Affäre sehr verletzt. Sie gehört nicht zu den Frauen, die ewig zu Hause sitzen und auf dich warten. Außerdem ist sie durch ihre Entführung traumatisiert, auch wenn sie es nicht eingestehen will. Wenn du der Mann an ihrer Seite sein willst, musst du dich klar zu ihr bekennen und sie nicht in einer Teambesprechung derart runterputzen – noch dazu im Beisein einer Verdächtigen und von Torge. Es wird Zeit, dich wieder in den Griff zu kriegen, Knud! Ich schätze euch beide sehr und würde mich für dich freuen, wenn Ihr privat zusammenfindet. Davon abgesehen habe ich hier aber ein Team zu leiten. Respektvoller Umgang steht dabei ganz oben, damit wir die Freude an der Arbeit behalten, auch wenn wir ständig mit Kapitalverbrechen konfrontiert werden."

„Okay. Die Botschaft ist angekommen. Ich werde mich nachher bei Charlotte entschuldigen." Knud war ehrlich zerknirscht.

„Gut, dann lass uns wieder an die Arbeit gehen. Wird Zeit, endlich diesen verzwickten Fall aufzuklären."

„Sehr gern." Knud atmete erleichtert aus. Erst jetzt wurde ihm bewusst, dass er die Luft angehalten hatte. „Dazu möchte ich einen weiteren Gedanken mit dir beschnacken."

„Etwas, was du eben im Team nicht angesprochen hast?", durchschaute Fiete ihn sofort.

„Ja." Automatisch zog er den Kopf ein wenig ein, weil er mit erneuter Kritik rechnete.

„Warum nicht?", hakte der Revierleiter nach.

„Es ist eine Theorie, die jedoch nicht ganz schlüssig ist", antwortete Knud verhalten.

„Dann lass mal hören", forderte Fiete ihn auf.

„Was ist, wenn Heidi Olsens Annahme bezüglich der Erpressung der Freunde durch ihren Mann wahr ist und die ihn umgebracht haben, um ihn zu stoppen?"

„Da tun sich schreckliche menschliche Abgründe auf, aber das ist denkbar. Warum ist das nicht schlüssig?"

„Der zweite Mord an Klaas Böttcher passt nicht ins Gesamtbild. Scheinbar ist er nicht einmal Teil dieser Erpressungen, gegen ihn hatte Tammo nichts in der Hand", überlegte Knud.

„Zumindest scheint seiner Witwe nichts bekannt zu sein. Es muss ja nicht zwingend so sein, dass Tammo Olsen all seine Informationen aus den Tagebüchern seiner Frau bezogen hat", widersprach Fiete.

„Oder sie unterschlägt uns etwas. Immerhin hat sie uns verweigert, diese Aufzeichnungen selbst zu lesen. Aber trotzdem, selbst wenn er ebenfalls erpresst wurde ... warum ist er dann ermordet worden? Das wäre schließlich eher der Fall, wenn er mit Tammo gemeinsame Sache gemacht hätte."

„Was ebenfalls möglich ist. Wir sollten beide Alternativen in Betracht ziehen. Dieser Ansatz scheint mir insgesamt wesentlich wahrscheinlicher als deine erste Theorie. Es gibt mir außerdem zu denken, dass Klaas Böttcher erst verschwunden war. Witta Böttcher hat ihren Mann bereits am Freitag vermisst gemeldet, er wurde aber erst am Montagmorgen tot aufgefunden. Laut Gerichtsmedizin ist er Sonntag gegen Mitternacht gestorben. Er muss also irgendwo festgehalten worden sein. Daraus ergeben sich drei Fragen: Wo? Warum? Und von wem?"

„Könnte seine Frau beteiligt sein?", fragte Knud.

„Das halte ich für unwahrscheinlich, allerdings können wir es nicht ausschließen. Aber warum sollte sie ihren eigenen Mann umbringen? Dafür gibt es bisher kein Motiv. Ich schlage vor, wir konzentrieren uns fürs Erste auf die Männer. Fangen wir mit einer umfangreichen Recherche an, damit wir bestens vorbereitet sind, wenn wir sie erneut befragen."

„Du meinst die Tatbestände, mit denen sie in diesem Szenario erpresst wurden?", hakte Knud nach.

„Ja, damit fangen wir an. Je mehr Details wir darüber in Erfahrung bringen, umso besser. Dann müssen wir erneut mit allen Ehefrauen sprechen. Alle drei haben ihren Männern für die Nacht, in der Tammo Olsen getötet wurde, ein Alibi gegeben. Alle drei Paare waren angeblich zu Hause. Das ist ohnehin ein merkwürdiger Zufall."

„Na ja, am späten Sonntagabend beziehungsweise in der Nacht sind bestimmt viele Menschen zu Hause und gehen früh ins Bett, um für die neue Woche fit zu sein", gab Knud zu bedenken. „Das allein finde ich nicht verdächtig."

„Wir sollten da trotzdem nochmal nachhaken", erklärte Fiete bestimmt.

„Okay. Wo könnte man einen Mann drei Tage lang festhalten, ohne Aufmerksamkeit zu erregen?"

„Die Frage stellt sich nicht. Klaas Böttcher war mit Beruhigungsmitteln vollgepumpt, das konnte Fiona nachweisen."

„Wann hast du den Obduktionsbericht bekommen?", fragte Knud irritiert.

„Er kam heute Morgen per eMail. Das ist doch jetzt egal. Er war eindeutig ruhiggestellt. Wenn es sich um den gleichen Täter – oder die Täter – handelt ... warum töten sie Tammo Olsen sofort und Klaas Böttcher erst nach drei Tagen Gefangenschaft?"

„Vielleicht wollten sie etwas herausbekommen – von beiden. Das erste Opfer hat dabei keinen Widerstand geleistet und wurde sofort umgebracht. Das Zweite hat sich geweigert, also haben sie ihn gefangen gehalten."

„Er wurde aber nicht gefoltert", entgegnete Fiete.

„Jedenfalls nicht physisch."

„Guter Einwand. Das können wir allerdings nicht mehr nachvollziehen. Sediert kann er jedenfalls fast überall festgehalten worden sein."

„Aber sicher nicht bei einem der Männer zu Hause. Wenn unsere Theorie stimmt, halte ich es trotzdem für unwahrscheinlich, dass die Ehefrauen eingeweiht waren. Vielleicht in einer Ferienwohnung. Jetzt im November stehen davon massenhaft leer", schlug Knud vor.

„Aber eine Wohnung oder ein Haus zu mieten, wäre ein Risiko. So plump werden die beiden nicht vorgegangen sein. Außerdem kann ich mir vorstellen, dass es spontan war und sie improvisiert haben."

„Ein Ferienhaus kann man auch auf die Schnelle anmieten, aber ich gebe dir recht. Die Dokumentation würde sie schnell verraten. Besitzt vielleicht einer von ihnen ein Haus hier in der Nähe?"

„Natürlich! Knud, das ist genial. Scheinbar zu naheliegend, um sofort darauf zu kommen", grinste Fiete. „Wenn es so ist, finde ich das heraus", frohlockte er.

„Guck auch unter den Namen der Frauen", ergänzte Knud.

„Ja, mache ich."

„Ich stürze mich währenddessen in die Recherche nach den dunklen Geheimnissen von Uwe Ackermann und Peter Wenzel. Insbesondere über den Kunstfehler müsste ja im Netz etwas zu finden sein."

„Kommt drauf an, ob es einen Prozess gab oder geben wird. Vielleicht ist die Sache auch komplett vertuscht worden, dann müssen wir auf andere Quellen zurückgreifen", gab Fiete zurück.

Eine Stunde arbeiteten sie schweigend – jeder in seinen Teil der Informationsbeschaffung vertieft. Fiete konnte als Erster einen Erfolg vermelden.

„Na, wer sagt's denn! Tatsächlich besitzt Uwe Ackermann ein Ferienhaus hier auf Eiderstedt", rief er so begeistert aus, als wäre der Fall damit gelöst.

„Nach deiner guten Laune zu urteilen, ist das nicht alles, was du herausbekommen hast", mutmaßte Knud.

„So ist es. Das Haus befindet sich in Schramshörn und er vermietet es nicht."

„Tut mir leid, ich kann nicht folgen", gab Knud zu. „Was ist daran so spektakulär?"

„Nichts!", strahlte Fiete ihn an. „Das ist es ja gerade. Wenn du in Friedrichstadt wohnst, brauchst du keinen Zweitwohnsitz in der Einöde von Schramshörn."

„Es sei denn, du nutzt es als Liebeshöhle mit deiner Domina", fiel bei Knud der Groschen.

„Genau! Und wenn du aus einem vermeintlichen Freund eine Information herauspressen willst, die er dir verweigert, kannst du ihn dort für ein paar Tage gefangen halten, ohne damit Aufmerksamkeit zu erregen", triumphierte Fiete. Es musste viel Druck wegen dieser Mordermittlung auf ihm liegen, wenn der sonst so nüchterne Fiete dermaßen aus sich herauskam.

„Das klingt schlüssig. Willst du einen Durchsuchungsbeschluss beantragen?“

„Auf jeden Fall. Wie kommst du voran?“, fragte Fiete.

„Leider überhaupt nicht. In Bezug auf Uwe Ackermann und seine Domina ist das nicht verwunderlich. Wenn er sich diskret verhalten hat, gibt es darüber natürlich nichts im Internet. Allerdings finde ich genauso wenig über einen möglichen Kunstfehler von Peter Wenzel. Hoffentlich ist das nicht alles erstunken und erlogen!“, echauffierte sich Knud.

„Das glaube ich nicht. Es bedeutet eher, dass Heidi Olsen recht hat. Wenn du schon alles im Netz nachlesen könntest, wäre es ja kein Geheimnis mehr“, versuchte Fiete ihn mit Logik zu beruhigen, was sofort funktionierte.

„Auch wieder wahr! Wie bekommen wir also dazu etwas heraus? Es wird kaum funktionieren, wenn wir uns an die Uniklinik wenden. Da treffen wir bestimmt auf eine Mauer des Schweigens.“

„Garantiert“, bestätigte Fiete. „Ich glaube, wir sollten die Reihenfolge der Befragungen ändern und erst mit den Ehefrauen sprechen. Wenn Heidi Olsen die Wahrheit gesagt hat, sind die Vertraulichkeiten ohnehin von denen ausgeplaudert worden. Sie sind also eingeweiht und können uns die Fakten über ihre Männer bestätigen beziehungsweise uns mit mehr Einzelheiten versorgen. Im gleichen Zuge können wir sie nochmal zu den Alibis befragen. Für den ersten Sonntag, an dem Tammo Olsen ermordet wurde, und genauso für die Woche darauf, als Klaas Böttcher erst getötet und dann im Tönninger Schlosspark abgelegt wurde.“

„Gute Idee! Vermutlich müssen wir aber eine Menge Druck aufbauen, damit sie mit uns reden. Obwohl die Ehen nicht optimal verlaufen, scheinen sie ihren Männern loyal verbunden zu sein.“

„Den Eindruck habe ich auch. Trotzdem glaube ich kaum, dass sie wegen eines Meineids ins Gefängnis gehen wollen", relativierte Fiete seine Aussage. „Es geht außerdem nicht nur um die eigenen Männer. Da könnten sie die Aussage schließlich verweigern. Es scheint aber die ganze Clique beteiligt zu sein."

Knud nickte. „Einen Versuch ist es allemal wert. Wir wollten sie ja ohnehin noch einmal befragen. Je mehr wir über die Heimlichkeiten und Fehltritte der Männer wissen, umso stärker ist unsere Position."

„Gut. Lass uns aber erst das Haus in Schramshörn untersuchen. Der Richter zieht bestimmt mit und erteilt uns den Beschluss." Fiete griff bereits zum Telefon. „Du kannst ruhig die Spusi anfordern."

Schneller als erwartet lag die Genehmigung vor und Knud machte sich auf den Weg, um die Spurensicherung in Schramshörn zu treffen und den Zweitwohnsitz auf Spuren von Klaas Böttcher zu untersuchen. Immerhin war Peter Wenzel Arzt und kannte sich bestimmt mit der richtigen Dosierung von Beruhigungsmitteln aus. Was hatten die beiden Freunde bloß von ihrem Kumpel in Erfahrung bringen wollen? Nach dem ersten Eindruck schienen sie einander zu vertrauen und sich gegenseitig die weniger populären Fakten ihrer Leben anzuvertrauen, aber das schien auf den zweiten Blick eine Täuschung zu sein.

Das Haus in dem abgelegenen Ort war von der wenig befahrenen Straße kaum zu sehen. Hätte sein Navi ihm nicht gemeldet, sein Ziel erreicht zu haben, wäre Knud glatt vorbeigefahren. Dichter alter Busch- und Baumbestand umgab das niedrige Gebäude, das hinter einem großzügigen Vorgarten in entsprechender Entfernung zur Einfahrt auf dem Grundstück stand. Darüber hinaus wies kein Licht auf seine Existenz hin.

Knud streifte sich gewohnheitsmäßig Handschuhe über. Das Öffnen der Tür bereitete ihm keine Mühe.

Wärme schlug ihm entgegen; ein erstes Indiz dafür, dass das Haus genutzt wurde. Wie erwartet ließ sich ebenfalls das Licht einschalten. Knud verschaffte sich in einem Rundgang einen Überblick. Ähnlich wie bei den Bungalows der *Weißen Düne* trat man durch die Haustür direkt in einen großzügigen Wohn-Essbereich mit einer offenen Küche, die eindeutig benutzt aussah. Auf dem Tresen standen etliche Flaschen Mineralwasser – teils voll, teils leer. Neben dem Kühlschrank, der geräuschvoll brummte, stapelten sich Pizzaschachteln. Die Hinweise auf die Gefangenschaft von Klaas Böttcher in diesem Haus verdichteten sich. Uwe Ackermann kam hier bestimmt nicht her, um mit seiner Domina Pizza zu essen.

Auf dem breiten Sofa lagen mehrere Kissen und Wolldecken, die genauere Untersuchung überließ er der Spurensicherung, die kurz darauf eintraf.

„Moin Knud! Heute mal allein unterwegs?", wurde er von einem Techniker begrüßt, der erst seit Kurzem im Team war und dessen Name ihm nicht einfiel. „Wo sind denn deine hübschen Kolleginnen?"

„Ist mal wieder ein komplexer Fall, also verfolgen wir unterschiedliche Ansätze", wich er aus. „Ich habe ja von euch Verstärkung. Untersucht erstmal diese Sofalandschaft und die Küche nach möglichen Fingerabdrücken. Ich verschaffe mir einen Überblick im Rest des Hauses."

„Geht klar, Chef", verbreitete der Angesprochene gute Stimmung und machte sich mit einem Kollegen sofort ans Werk.

Knud betrat einen kleinen Flur, von dem drei weitere Türen abgingen: Ein kleines Duschbad, ein recht geräumiges Schlafzimmer und ein Abstellraum komplettierten den Zweitwohnsitz. Nichts in dem Schlafraum wies auf die angebliche sexuelle

Neigung des Hauseigentümers hin. Das wäre wohl auch zu einfach gewesen. Im Gegensatz zu dem Wohnbereich war dieses Zimmer komplett aufgeräumt und ebenso sauber. Gleiches galt für das Bad, dessen spärliche Ausstattung die sporadische Benutzung bestätigte. Die Abstellkammer beherbergte im Wesentlichen einen Staubsauger, weitere Putzutensilien sowie eine Auswahl an Wein, Sekt und Pralinen. Interessante Mischung!

Trotzdem hatte er genug gesehen, den Rest konnte die Spusi erledigen. Er informierte Fiete über die bisherigen Erkenntnisse, verabschiedete sich mit der Bitte um schnelle Auswertung und fuhr zurück zum Revier. Der Revierleiter hatte die Ehefrauen bereits zum Gespräch gebeten. Witta Böttcher war nicht erreichbar, aber Anke Wenzel und Ilka Ackermann hatten zugesagt, am gleichen Tag zu erscheinen.

Als Knud in Sankt Peter-Ording eintraf, wartete Ilka Ackermann bereits. Da auch Fiete bereit war, begannen sie sofort mit der Vernehmung.

„Moin Frau Ackermann! Vielen Dank, dass Sie es umgehend einrichten konnten. Wir haben neue Erkenntnisse gewonnen, die wiederum neue Fragen aufwerfen."

Sie nickte lediglich und wartete ab, was als Nächstes kommen würde. Insgesamt wirkte sie entspannt.

Knud zögerte und suchte nach den richtigen Worten. Wie befragte man eine Frau nach den etwas außergewöhnlichen sexuellen Vorlieben ihres Ehemannes, die dieser außerhalb der Ehe auslebte? Außerdem brauchte er Informationen von ihr. Es nützte nichts, wenn sie gleich zu Beginn dicht machte, weil er es falsch anging.

„Frau Ackermann! Wir müssen über ein Thema reden, bei dem es sich normalerweise um eine absolute Privatsache handelt. In diesem Fall könnte es jedoch einen Zusammenhang mit dem Mord an Tammo Olsen geben. Deshalb möchte ich Sie bitten, meine Fragen zu beantworten, auch wenn es Ihnen widerstrebt", formulierte er vorsichtig und legte anschließend eine Pause ein, um ihre Reaktion abzuwarten.

Nach wie vor wartete sie ab, obwohl sie sich bestimmt denken konnte, worauf er hinauswollte.

„Uns ist zu Ohren gekommen, dass Ihr Mann zu Dominas geht", beschleunigte Fiete die Befragung, während Knud weiter zauderte.

Ilka Ackermann zuckte leicht zusammen, verzog aber keine Miene. „Ich verstehe nicht so ganz, welchen Zusammenhang Sie dort sehen."

„Das erklären wir Ihnen gerne", antwortete Fiete freundlich. „Vorher möchten wir Sie allerdings bitten, unsere Fragen wahrheitsgemäß zu beantworten."

Ihre Besucherin beugte sich vor. Es wirkte, als ob sie am liebsten von dem Stuhl aufgesprungen wäre und den Raum fluchtartig verlassen hätte. Bestimmt bereute sie bereits, hergekommen zu sein.

„Wir können uns vorstellen, wie unangenehm dieses Thema für Sie sein muss." Bevor Fiete etwas hinzufügen konnte, brach es aus Ilka Ackermann heraus:

„Dieses ganze leidige Thema ist ein absoluter Albtraum. Es ist demütigend genug, für den eigenen Ehemann nicht begehrenswert zu sein. Hier vor Ihnen zu sitzen und Ihnen zu bestätigen, dass ein normales Sexualleben für Uwe nicht befriedigend ist und ich umgekehrt seinen Wünschen nicht gerecht werden kann; ist etwas, worauf ich gerne verzichten würde."

„Das können wir uns gut vorstellen", versicherte Knud, obwohl das kaum der Wahrheit entsprach. „Ihr Mann geht also zu Dominas?"

Für den Moment sah es so aus, als würde sie endgültig die Fassung verlieren. Ihre Augen wurden glasig, gleichzeitig lief ihr Gesicht rot an. Während er sich fragte, ob sie in Tränen ausbrechen oder einen Wutanfall bekommen würde, sprach sie mühsam beherrscht weiter: „Am Anfang habe ich gedacht, es würde an mir liegen. Typisch weibliches Verhalten. Es hat mehrere Jahre gedauert, bis er sich mir anvertrauen konnte. Spontan habe ich damals mit dem Gedanken an Scheidung reagiert. Allerdings waren wir über die Jahre zusammengewachsen. Zwischen uns besteht eine tiefe Freundschaft verbunden mit absoluter Loyalität und Vertrauen. Ich habe es meinem Mann hoch angerechnet, dass er mit den außerehelichen Aktivitäten erst begann, nachdem er mit mir gesprochen hatte. Ich weiß, wie viel Überwindung es ihn damals kostete, sich so verletzlich zu zeigen. Gleichzeitig hatte er sich jahrelang in Verzicht geübt. Schließlich beschlossen wir, zusammen zu bleiben und eine offene Beziehung zu führen."

„Wissen Sie, zu welchen Frauen er geht?"

„Uwe ist sehr diskret und versucht alles zu vermeiden, was mich verletzen könnte. Wir reden nicht darüber, weil ich es nicht ertragen könnte, mit Einzelheiten konfrontiert zu werden. Wie ich ihn jedoch kenne, nehme ich an, dass es sich lediglich um eine Frau handelt", antwortete sie leise.

„Sie wissen aber keinen Namen?", hakte Knud noch einmal nach.

„Was würde mir das bringen?", entgegnete sie. „Das ist ein Teil seines Lebens, von dem ich ausgeschlossen bin."

„Es gibt also keinen festen Abend in der Woche, der dafür reserviert ist?"

„Wofür sind diese Details wichtig?", ärgerte sich Ilka Ackermann.

„Wir ermitteln in zwei Mordfällen", wich Knud der direkten Beantwortung der Frage aus.

„Und Sie glauben, dass Uwe ebenfalls in Gefahr schwebt?"

„Das ist ein Ansatz, den wir verfolgen."

„Nein, so handhabt er das nicht", gab sie sich mit der Antwort zufrieden. „Wie gesagt, er geht äußerst diskret vor. Ich vermute, manche Treffen finden tagsüber statt und ab und zu sieht er sie am Abend, sagt mir dann aber, er würde Freunde treffen."

„Diese Lüge verletzt Sie nicht?"

Die Frage schien sie zu piesacken, aber sie verkniff sich eine Bemerkung dazu. „Nein!", antwortete sie, ohne eine Begründung hinzuzufügen.

„Und Sie sind die Einzige, die in dieses Geheimnis eingeweiht ist? Oder hat er es seinen Freunden der alten Clique anvertraut?"

„Das kann ich mir kaum vorstellen. Uwe wollte unbedingt vermeiden, seine sexuelle Vorliebe publik zu machen. Wissen Sie, wenn man ein öffentliches Amt anstrebt, schauen die Leute kritischer auf den privaten Hintergrund. Uwe hat Angst, dafür verurteilt zu werden, seine sexuelle Befriedigung aus Schmerzen und Unterwerfung zu ziehen. Er will dies nicht mit Schwäche gleichgesetzt sehen oder als abnormal gelten. Genauso wenig möchte er sich rechtfertigen müssen. Woher wissen Sie davon?"

„Das können wir Ihnen im Moment nicht sagen", antwortete Fiete bestimmt.

„Okay, das kann ich akzeptieren. Ich möchte Sie trotzdem bitten, diese Informationen vertraulich zu behandeln und sie keinesfalls an die Presse weiterzugeben. Das würde Uwes politische Karriere beenden, bevor sie überhaupt angefangen hat."

Fiete nickte, schwieg jedoch. Knud wusste, was in seinem Kopf vorging. Sollte Uwe Ackermann wirklich hinter dem Mord an Tammo Olsen stecken, war dies seine geringste Sorge. Aber bisher hatten sie ihn nicht überführt. Noch wussten sie nicht einmal, ob er wirklich der Mörder war.

„Wir müssen erneut auf die Sonntagabende zurückkommen, an denen die beiden Männer ermordet wurden. Sie haben die Anwesenheit Ihres Mannes zu Hause bestätigt. Wollen Sie diese Aussage aufrechterhalten?"

„Sonntags lassen wir es immer ruhig angehen. Meistens haben wir keine Verabredungen, sondern essen abends gemeinsam und gehen relativ früh ins Bett, um für die neue Woche ausgeruht zu sein. So war das auch in den letzten beiden Wochen."

Knud glaubte ihr, gleichzeitig kam ihm ein anderer Gedanke. Was, wenn Uwe Ackermann seiner Frau ein Schlafmittel verabreicht hatte? Damit wäre es ihm möglich gewesen, das Haus zu verlassen und trotzdem ein Alibi bestätigt zu bekommen.

„Ist in den beiden letzten Wochen etwas anders gewesen als sonst? Haben Sie sich vielleicht anders gefühlt?"

„Was meinen Sie damit?", fragte sie.

„Unwohl oder schläfrig?"

Sie kniff die Augen zusammen, schien zu überlegen, worauf er hinauswollte. „Aufgrund meiner Krankheit muss ich einige Medikamente einnehmen, die ich mal besser und mal schlechter vertrage. Manchmal machen sie mich müde oder abgeschlagen. Am nächsten Tag fühle ich mich dann meistens wieder besser."

„Und ist das an den letzten beiden Sonntagabenden passiert?" Knud war elektrisiert.

„Das kann ich Ihnen so spontan nicht beantworten, möglich. Hat das denn etwas mit dem Fall zu tun, Herr Petersen?"

„Wir kommen darauf später zurück", antwortete er ausweichend. Es nützte nichts. Um den Fall aufzuklären, musste er herausfinden, ob Ilka Ackermann diese Vertraulichkeiten wirklich an Heidi Olsen weitergegeben hatte.

„Haben Sie irgendwann einmal mit Heidi Olsen über dieses Thema gesprochen?", fragte er unvermittelt, um sie zu überrumpeln.

„Heidi hat Ihnen davon erzählt? Versucht sie etwa, meinem Mann den Mord an Tammo in die Schuhe zu schieben? Das kann ich gar nicht glauben!"

„Frau Ackermann, Sie müssen mir die folgende Frage unbedingt ehrlich beantworten", betonte Knud, obwohl es sich ohnehin um eine Selbstverständlichkeit handelte. „Ist Ihr Mann wegen dieser Angelegenheit erpresst worden?"

Ihre Augen weiteten sich. Knud sah, wie die Gedanken hinter ihrer Stirn rasten.

„Was geht hier eigentlich vor? Sie sehen meinen Mann gar nicht in Gefahr, sondern halten ihn für den Täter, der sich mithilfe eines Mordes von dem Erpresser befreit hat. Glauben Sie das wirklich?", rief sie erregt. „Das können Sie vergessen! Mein Mann bespricht alles mit mir, was wichtig ist und uns privat betrifft. Sie haben vielleicht Probleme, unsere Beziehung nachzuvollziehen, aber wenn Uwe erpresst werden würde, hätte er mir davon erzählt. Da bin ich mir hundertprozentig sicher!" Sie legte eine Pause ein und atmete einmal tief durch. „Und wie passt der Mord an Klaas Böttcher in Ihre Theorie?"

Charlie in St. Peter-Ording

Freitag, den 18. November

Charlie trommelte ungeduldig auf dem Lenkrad herum. „Diesen ganzen Ausflug nach Hamburg hätten wir uns sparen können!“, tat sie ihren Unmut kund. „Und jetzt stecken wir zu allem Überfluss in diesem elendigen Stau fest. Wir wissen nicht einmal sicher, ob Heidi Olsen überhaupt hier gewesen ist. Da hat sie sich wirklich die perfekte Kaschemme ausgesucht. Desinteressierter als die Tussi an der Rezeption kann man ja nicht sein. So eine verdammte Zeitverschwendung! Heute haben wir tatsächlich nichts erreicht!“ Aus den Augenwinkeln sah sie, wie Lilly feixte. Wahrscheinlich kämpfte sie gegen ein lautstarkes Lachen an. „Ärgert es dich nicht, den weiten Weg völlig umsonst gemacht zu haben?“

„Entschuldige bitte, aber das halte ich für Energieverschwendung. So sieht Polizeiarbeit eben aus. Manchmal erreicht man nichts und ein anderes Mal schafft man den Durchbruch an einer Stelle, an der man es nicht vermutet hätte. Oder eben mit wenig Kraftaufwand. Du weißt, wie vage die Erfolgsaussichten dieser Aktion waren. Da können wir nur hoffen, dass die Kollegen einen besseren Tag hatten und mehr erreicht haben." Lilly zuckte mit den Schultern.

„Ich hatte dir mehr Ehrgeiz zugetraut. Willst du Knud und Fiete einfach den Ermittlungserfolg überlassen?", fragte Charlie erbost.

„Nö!", widersprach sie prompt. „So war das nicht gemeint, aber wir haben uns für diesen Weg entschieden und eben nichts herausbekommen. Das passiert. So komplex wie der Fall wirkt, glaube ich kaum, dass die beiden uns morgen früh die Lösung präsentieren. Wahrscheinlich können wir froh sein, wenn sie immerhin ein Stückchen weitergekommen sind. Das Wichtigste ist doch, den Mörder möglichst bald zu schnappen und weiteres Leid zu verhindern. Außerdem können wir alle eine Pause gebrauchen."

Charlie grinste. Mit Lilly an ihrer Seite verflog ihre schlechte Laune immer schnell. „Wollen wir die nächste Ausfahrt nehmen und zurückfahren?", fragte sie mit einem Augenzwinkern. „Morgen ist immerhin schon Freitag. Wir machen einen Tag blau und gönnen uns ein langes Wochenende in der schönen Hansestadt an der Elbe."

„So wenig Ehrgeiz habe ich nun auch wieder nicht. Einen Misserfolg anzuerkennen macht mir nichts aus. Trotzdem will ich den Männern nicht das Feld überlassen."

„Das hört sich schon besser an", murmelte Charlie.

„Ah, du wolltest mich nur testen. Das werde ich mir merken." Lilly versuchte ernst zu bleiben, konnte ihr schelmisches

Grinsen aber nur mit Mühe unterdrücken. Ihre Mundwinkel zuckten immer wieder nach oben. „Ruf doch Knud einfach mal an. Dann hören wir ja, ob sich das Zurückfahren lohnt."

„Ruf du ihn an, ich muss mich auf dieses Chaos konzentrieren", erwiderte Charlie. Sie war nicht in der Stimmung, Knuds möglichen Erfolgen zu lauschen.

Am nächsten Morgen sah die Welt wieder besser aus. Charlie hatte tief und traumlos geschlafen. Nun brannte sie darauf, die Ergebnisse der Kollegen zu hören. Seit dem Mord an Tammo Olsen waren fast zwei Wochen vergangen. Es wurde Zeit, endlich seinen Mörder zu fassen. Im Grunde war es ja völlig gleichgültig, wer die Ermittlung in einzelnen Schritten voranbrachte. Es zählte der Erfolg des gesamten Teams. Getrieben durch diesen Sinneswandel war sie ungeduldig zu erfahren, ob eine von Knuds Theorien sich als richtig erwies.

Kaum waren alle eingetroffen, forderte Fiete sie an den Besprechungstisch. Auch er schien ungewohnt nervös. „Moin!", begrüßte er sie knapp. „Wer möchte zuerst berichten?"

„Bei uns gibt es nicht viel", erwiderte Charlie. „Vielleicht war sie in Hamburg, vielleicht auch nicht."

„Aber Ihr wart doch bei dem Hotel, in dem sie angeblich eingecheckt hat?", fragte Knud sofort nach.

„Ist ein ganz übler Schuppen. Wenn du einen Schein über den Tresen schiebst, bekommst du einen Schlüssel. Fragen werden nicht gestellt. Kein Personalausweis, kein Anmeldeverzeichnis. Die Frau hinter der Rezeption ist wie die drei Affen."

„Interessant, dass Heidi Olsen überhaupt so eine Unterkunft ausfindig gemacht hat. Sie wirkt ja eher gut bürgerlich. Wie ist sie bloß darauf gekommen?"

„Das musst du sie selbst fragen – wenn sie überhaupt dort gewesen ist. Wir haben anschließend mit ihrer Schwester gesprochen, aber auch das war eine komplette Fehlanzeige. Selbst das persönliche Gespräch hat uns keinen Schritt weitergebracht. Sie behauptet, Heidi Olsen seit Monaten nicht gesehen zu haben. Ein echter Schuss in den Ofen. Ich hoffe, Ihr habt mehr herausgefunden." Dieses Mal meinte sie es ehrlich.

„Wie man es nimmt", antwortete Knud lapidar, was Charlie einen Anflug von Enttäuschung bescherte.

„Erzähl!"

Knud nickte und fasste die Befragung von Ilka Ackermann zusammen, die zwar das dunkle Geheimnis ihres Mannes bestätigt, aber jegliche Erpressung vehement bestritten hatte.

„Und glaubst du ihr das?", wollte Charlie wissen.

„Schwer zu sagen. Sie schien authentisch und ehrlich. Allerdings kann er ja erpresst worden sein und es seiner Frau verschwiegen haben. Entweder aus Scham oder weil er bereits einen Plan hatte, diesem Martyrium ohne Unterstützung der Polizei ein Ende zu bereiten."

„Möglich", überlegte Charlie. „Was ist mit den beiden anderen? Wie hat Anke Wenzel sich über den Vorwurf eines möglichen Kunstfehlers geäußert? Gab es Einzelheiten? Und was ist mit den Böttchers? Habt Ihr auch mit Witta gesprochen und hat Klaas ebenfalls etwas verborgen?"

Knud prustete los. Charlie konnte sich denken, was in ihm vorging. Erst verschwand sie für einen ganzen Tag und dann konnte sie es nicht abwarten, alles auf einmal zu erfahren.

„Typisch Charlotte", äußerte er im gleichen Moment. „Lass uns eins nach dem anderen erzählen. Also: Anke Wenzel war hier. Ich muss sagen, die Frau ist wirklich schwer einzuschätzen. Sie war in einer äußerst merkwürdigen Stimmung und wirkte irgendwie hin- und hergerissen zwischen Schadenfreude für ihren Mann, der sich wohl stets als Superheld verstand und jetzt endlich mit Konsequenzen für seinen schweren Fehler rechnen muss. Auf der anderen Seite schien es so, als würde sie ihn schützen wollen. Ich hatte den Eindruck, sie war kurz davor, das Gespräch abzubrechen und alles, was sie bereits berichtet hatte, zu dementieren."

„Du spannst uns ja ganz schön auf die Folter", meldete sich Lilly zu Wort. „Nun erzähl! Sie hat also den Kunstfehler zugegeben, oder verstehe ich dich falsch? Klingt so, als wäre die ganze Angelegenheit vertuscht worden. Hat er sich freigekauft?"

„Du bist ja schlimmer als Charlotte!", antwortete Knud lachend. „Wir mussten uns in diesem Gespräch auch ganz schön gedulden. Zeitweise habe ich ihr jedes Wort einzeln aus der Nase gezogen. Warum soll es euch besser gehen?", griente er auf seine typische Art.

Charlie und Lilly wechselten einen Blick. Ohne Worte waren sie sich einig: Je mehr sie den Kollegen jetzt bedrängten, desto stärker würde er sie zappeln lassen. Also setzten sie gelangweilte Mienen auf und rührten demonstrativ in ihren Kaffeepötten.

„Alles klar! Ich hab's verstanden. Also hört zu Kolleginnen: Nachhaltige Fakten würden wir wahrscheinlich nur von der Uniklinik bekommen, aber wir haben es so verstanden: Peter Wenzel ist bei einer Herzoperation ein vermeidbarer Fehler unterlaufen. Medizinisch konnte oder wollte sie uns das nicht erklären, aber er hat sich auf jeden Fall große Vorwürfe gemacht und gleichzeitig Angst gehabt, dass diese Fehlleistung seine Karriere beeinträchtigen würde. Er befürchtete vor Gericht zu kommen, was seine Reputation schädigen könnte oder ihn im schlimmsten Fall seine Approbation kosten würde."

„Verstehe ich nicht", gab Lilly zu. „Er ist hierhergekommen und schlägt sich mit Verwaltungsaufgaben herum. Wo ist da der Unterschied?"

„Es hat sich wohl gezeigt, wie sehr dieser Vorfall seine Selbstsicherheit beeinträchtigt. Die Tätigkeit an der Reha-Klinik sieht er als Pause. Damit ist es eine freiwillige Entscheidung, die er jederzeit wieder rückgängig machen kann. Wenn ihm die Zulassung entzogen wird, darf er nie wieder operieren."

„Ist der Patient gestorben?"

„Nein. Es handelte sich um eine Frau. Gestorben ist sie nicht, aber sie benötigte eine lange Rehabilitation und es drohen lebenslange Beeinträchtigungen", antwortete Knud.

„Die Sache ist aber nicht in die Presse gelangt, oder? Darüber habe ich nichts gefunden."

„Wenzel hatte große Angst, verklagt zu werden. Deshalb haben seine Anwälte mit der Familie einen Vergleich ausgehandelt. Es gab eine relativ hohe Entschädigungszahlung, die das Krankenhaus zum Teil übernommen hat. Allerdings unter der Bedingung seiner Kündigung. Zusätzlich gibt es eine Rente, die er bis auf Weiteres zahlen muss. Die Höhe soll jährlich überprüft werden, je nachdem wie sich der Gesundheitszustand der Patientin entwickelt."

„Wirklich? Das klingt irgendwie unglaubwürdig. Wer überprüft das?"

„Das kann ich dir alles nicht beantworten. Ich gebe es nur so wieder, wie sie es uns berichtet hat. Es gab aber definitiv einen Kunstfehler und Heidi Olsen hat die Wahrheit gesagt."

„Hat Anke Wenzel die Erpressung bestätigt?" Lilly schien hochkonzentriert und feuerte nacheinander ihre Fragen ab.

„Nein, auch sie will nichts davon gewusst haben."

„Glaubst du ihr das? Wirkte sie ebenfalls authentisch?"

„Wie gesagt: Bei ihr bin ich mir überhaupt nicht sicher, weil sie ihrem Mann gegenüber nicht dieselbe Loyalität wie Ilka Ackermann zeigt. Sie wollte auf keinen Fall diejenige sein, die den Kunstfehler an die Öffentlichkeit bringt, den Eindruck hatte ich schon. Allerdings schien es mir so, als würde es sie auf der anderen Seite wurmen, dass er ohne Bestrafung einfach so davonkommt."

„Krass, immerhin ist er ihr Mann. Das muss ja wahre Liebe sein. Außerdem: Ohne Bestrafung kann man es nicht gerade nennen. Vorher klang es so, als würde es für ihn kaum etwas Wichtigeres als seine Karriere geben. Nun musste er den heißgeliebten Job zumindest vorerst an den Nagel hängen. Zusätzlich kommen erhebliche finanzielle Einbußen. Zum einen durch die Zahlungen, zum anderen verdient er hier als Klinikleiter bestimmt weniger, als wenn er seinen Beruf als Herzchirurg ausübt. Hat sie sich darüber geäußert?"

„Nein, über die Höhe der verschiedenen Zahlungen hat sie nichts gesagt."

„Und wie sieht das mit der Bestätigung der Alibis aus?" Ohne sich Notizen gemacht zu haben, vergaß Lilly keinen Aspekt.

„Ähnlich wie bei Ilka und Uwe Ackermann."

„Hhm, Frauen haben meistens einen leichten Schlaf. Glaubt ihr wirklich, die Männer haben denen ein Schlafmittel in die Getränke gemischt?"

„Gut möglich. Peter Wenzel ist Arzt und kennt sich mit der Dosierung wahrscheinlich bestens aus. Er kann bestimmt genau berechnen, wie viel den Frauen gegeben werden muss, damit sie eine bestimmte Anzahl an Stunden ausgeknockt sind."

„Ist aber eine vage Theorie", zeigte sich Lilly wenig überzeugt.

„Da gebe ich dir recht", schaltete sich Fiete in die Diskussion ein. „Wir haben allerdings noch ein Ass im Ärmel."

„Wirklich? Und das hebt Ihr euch bis zum Schluss auf?"

„Wir wollten euch nicht die Spannung verderben", parierte er. „Nein ernsthaft: Ich habe gestern herausgefunden, dass Uwe Ackermann in Schramshörn einen Zweitwohnsitz hat."

„Ein Ferienhaus in Schramshörn? Das ist ja am Arsch der Welt. Wer soll das denn mieten?"

„Das ist gerade der Clou der Sache. Er vermietet es überhaupt nicht, sondern nutzt es als Liebeshöhle mit seiner Domina."

„Die Domina ist ebenfalls in den Fall verwickelt?", fragte Lilly begriffsstutzig.

Fiete lachte. „Das halte ich für unwahrscheinlich. Aber eben ist gerade der Bericht der Spusi eingetroffen. In dem Haus wurden Spuren von Klaas Böttcher und Peter Wenzel entdeckt."

„Das ist nicht spektakulär, Chef", maulte Lilly. „Böttcher und Wenzel sind die besten Kumpels von Uwe Ackermann. Ist doch nichts Besonderes, von den beiden dort Spuren zu entdecken. Dann sind sie eben zusammen mal dort gewesen. Was beweist das?"

„Wir sind davon überzeugt, dass er das Haus lediglich als Liebesnest benutzt hat und nicht mit seinen Kumpels. Wenn die drei aber wirklich von Tammo Olsen erpresst wurden, hat er vielleicht eine Ausnahme gemacht."

„Das ist so dünn!", echauffierte sich Lilly. „Was bringt euch zu dieser Überzeugung? Und was liegt gegen Klaas Böttcher vor? Auch da gibt es überhaupt keine Fakten. Und warum sollte er in dem Ferienhaus gewesen sein? Ich verstehe die ganzen Zusammenhänge nicht."

„Dann gib uns etwas Zeit und lass es dir erklären", übernahm Knud wieder. „Angenommen die drei Freunde wurden von Tammo Olsen erpresst. Was gegen Klaas Böttcher vorlag, werden wir ebenfalls herausfinden. Unsere Theorie lautet wie folgt: Ackermann, Wenzel und Böttcher sind Tammo Olsen nicht losgeworden. Vermutlich lief es zu gut und er hat seine Erpressung immer weiter fortgesetzt. Um dies endgültig zu beenden, bringen die drei ihren vermeintlichen Freund um. Vielleicht war Klaas Böttcher von Anfang an dagegen. Das sei vorerst dahingestellt. Er bekommt nach der Tat Schuldgefühle und will sich stellen, um sein Gewissen zu erleichtern. Er jammert den anderen die Ohren voll und kündigt an, zur Polizei zu gehen. Die entführen ihn, um ihn zur Vernunft zu bringen. Er wird für ein paar Tage sediert in dem Häuschen festgehalten. Als er seine Meinung trotzdem nicht ändert, bringen sie auch ihn um und deponieren ihn zusammen mit einem Haar von Heidi Olsen im Tönninger Schlosspark, um die Schuld auf sie zu lenken."

„Das ist nicht euer Ernst!", widersprach Lilly aus tiefster Seele. „Für all das gibt es überhaupt keine Beweise. Jeder Anwalt wird euch in der Luft zerreißen. Damit kommt ihr wahrscheinlich nicht einmal bei dem Haftrichter durch. Ist das wirklich alles, was Ihr habt?"

Knud guckte betreten drein. „Als wir es vorhin durchgegangen sind, kam es uns logisch und schlüssig vor", erwiderte er.

„Klar, so könnte es gewesen sein", relativierte Lilly ihre Aussage. „Das nützt uns nur überhaupt nichts, wenn wir es nicht beweisen können. Was genau hat die Spusi denn gefunden? Wenn es nur ein paar Hautpartikel und Haare auf dem Sofa sind, wird das einfach nicht ausreichen."

„Ich bin trotzdem überzeugt, dass es so gewesen ist. Wir müssen es irgendwie beweisen, ich habe aber keine Ahnung wie. Habt Ihr dazu Ideen?", wandte sich Knud hilfesuchend an seine Kolleginnen.

„Was ist mit Witta Böttcher?", meldete sich Charlie zu Wort.

„Sie ist seit gestern Morgen nicht erreichbar. Ich habe ihr eine Nachricht hinterlassen, dass wir sie noch einmal sprechen möchten, bisher hat sie sich aber nicht zurückgemeldet."

„Wenn sie ein Geheimnis ihres Mannes verraten hat, weswegen er ebenfalls von Tammo Olsen erpresst wurde ..."

„Was wir von den anderen noch nicht sicher wissen", warf Lilly ein.

„Auch wenn ich bisher dagegen war, scheint mir diese Theorie nun doch wahrscheinlicher als alles andere“, erklärte Charlie. „Es hat uns bislang keiner bestätigt, es wirklich mit Erpressung zu tun zu haben. Wenn wir Glück haben, spielt Witta Böttcher in diesem Fall eine Schlüsselrolle. Wenn sie bis Mittag nicht zurückruft, sollten wir zu ihr fahren.“

„Ich bin dabei“, sagte Lilly sofort zu.

Schneller als erwartet löste sich das Problem. Während die Kommissare ihre Besprechung beendeten, betrat Witta Böttcher das Revier.

„Moin!“, begrüßte sie die Anwesenden. „Ich habe erst auf dem Weg hierher Ihre Nachricht abgehört. Können wir jetzt miteinander sprechen?“

„Sehr gerne“, erwiderte Charlie. „Nehmen Sie Platz, möchten Sie eine Tasse Kaffee?“

Witta Böttcher nickte und setzte sich. „Es tut mir leid, dass ich auf Ihren Anruf nicht früher reagiert habe. Ich brauchte ein bisschen Zeit zum Nachdenken. Die Schule hat mich vorerst freigestellt, damit ich den Tod meines Mannes verarbeiten kann.“ Sie bedankte sich für den Kaffee und nahm die Tasse in beide Hände, als würde sie sich daran wärmen wollen. „Es gibt einiges, was ich Ihnen erzählen muss“, erklärte sie stockend und fixierte dabei einen Punkt an der gegenüberliegenden Wand. Schließlich nahm sie einen großen Schluck, straffte sich und guckte Charlie direkt in die Augen. „Ich habe Ihnen nicht die ganze Wahrheit gesagt, das möchte ich jetzt nachholen.“

Die Kommissarin spürte das Kribbeln, das sich grundsätzlich einstellte, wenn es in einem Fall voranging. Würde die Aussage der Witwe ihnen jetzt den Durchbruch bescheren? Charlie drückte sich selbst die Daumen.

„Ich weiß gar nicht, wo ich anfangen soll", erklärte Witta Böttcher in ihre Gedanken hinein, sprach aber sofort weiter. „Es gibt etwas, das vermutlich meine berufliche Karriere beenden und möglicherweise mein ganzes Leben zerstören würde, wenn es bekannt wird. Ich habe tagelang darüber nachgedacht, ob ich damit zu Ihnen kommen soll, aber wie es aussieht, habe ich keine andere Wahl. Ich glaube, es handelt sich um den Schlüssel für die Aufklärung des Mordes an Tammo Olsen und letztendlich auch an meinem Mann. Insofern kann ich nicht länger schweigen."

Charlie sah, wie schwer es ihr fiel, ihre Geschichte zu erzählen. Im gleichen Moment wusste sie, dass dies das fehlende Puzzleteil für den Fall war. Nicht Klaas Böttcher hatte ein dunkles Geheimnis besessen, sondern seine Frau.

„Vor einigen Jahren hatte ich eine Affäre mit einem Schüler, der noch nicht ganz achtzehn war. Das habe ich allerdings erst hinterher erfahren. Der Junge war so verliebt in mich und ich habe ihm einfach geglaubt, weil ich ihm glauben wollte." Ihr Gesicht verschattete sich in der Erinnerung an ihr Fehlverhalten. Schließlich erzählte sie weiter. „Klaas und ich machten eine schwierige Zeit durch und standen kurz vor der Trennung. Dabei ist es einfach passiert. Das klingt in Ihren Ohren vermutlich verwerflich und damit haben Sie leider recht. Ich möchte mich nicht rechtfertigen, denn dafür ist hier nicht der richtige Ort. Seit Jahren mache ich mir Vorwürfe und verurteile mich selbst, die Volljährigkeit des Jungen nicht explizit überprüft zu haben – auch wenn es die Sache nur unwesentlich verbessert hätte. Ein Schutzbefohlener war er natürlich so oder so. Es ist mir trotzdem wichtig, zu betonen, davon ausgegangen zu sein. Aber dies ist nur die Hintergrundgeschichte, die ich erzählen muss, damit Sie den Rest verstehen. Meine größte Sorge war natürlich, dass diese Geschichte bekannt wird und ich aus dem

Schuldienst entlassen werde. Dies ist nicht passiert, weil die Affäre kurz war und der Schüler kein Interesse hatte, sie öffentlich zu machen. Als Klaas und ich uns wieder zusammenrauften, habe ich ihm davon erzählt. Für mich war das für einen Neustart notwendig. Entgegen meiner Erwartung brachte er mir Verständnis entgegen und hat sich sogar entschuldigt, mich derart vernachlässigt zu haben. Wir beschlossen, nie wieder darüber zu sprechen und es auch keinem anderen anzuvertrauen."

„Aber Ihr Mann hat dieses Versprechen gebrochen und Tammo Olsen davon erzählt?", fragte Lilly. Es war ihr anzusehen, wie sehr sie die Geschichte faszinierte.

„Nein", antwortete Witta Böttcher. „Das hätte er niemals getan. Obwohl ich mir dieses außerordentliche Fehlverhalten geleistet habe, war Klaas nach wie vor loyal. Tatsächlich hat er einen Teil der Schuld bei sich gesucht. Er hatte bestimmt seine Fehler, aber einen Mann wie ihn findet man nur selten."

„Trotzdem ist die Information bei Tammo Olsen gelandet", mutmaßte Lilly weiter.

„So ist es", bestätigte die Witwe. „Dafür habe ich allerdings selbst gesorgt. Nachdem es passiert war und ich erfuhr, dass der Schüler zu allem Übel minderjährig war, wusste ich weder ein noch aus. Ich musste einfach mit jemanden reden, sonst wäre ich geplatzt. Klaas stand in dieser Zeit nicht zur Verfügung, also habe ich mich Heidi anvertraut. Wie es aussieht, war dies eine fatale Fehlentscheidung, aber damals bin ich von ihrer Verschwiegenheit ausgegangen." Traurigkeit trat in ihre Augen. „Es tut weh, wenn man derart getäuscht wird. Aber was maße ich mir an, andere zu verurteilen?"

„Mit wem hat Heidi über Ihr Geheimnis geplaudert?", fragte Charlie.

„Wie die Information zu Tammo gekommen ist, weiß ich nicht. Wahrscheinlich haben sie einfach darüber gesprochen.

Vielleicht hat sie ihm erst davon berichtet, nachdem er arbeitslos und es finanziell eng wurde. Das alles ist lediglich Mutmaßung."

„Sie wussten von Tammos Arbeitslosigkeit?"

„Nicht sofort. Nachdem der erste Erpresserbrief bei uns auftauchte, habe ich mit der Recherche begonnen. Ich wollte den Verantwortlichen zur Rechenschaft ziehen. Anfangs bin ich der ganzen Sache recht naiv begegnet. Natürlich hätte es genauso jemand aus der Schule sein können, vielleicht sogar der Schüler selbst. Er hat mir allerdings in einem Gespräch glaubhaft versichert, diese Angelegenheit selbst hinter sich lassen zu wollen. Genau genommen bot er mir seine Hilfe an, das habe ich allerdings abgelehnt. Da ich es selbst nur Heidi erzählt hatte und Klaas beteuerte, mit niemandem darüber gesprochen zu haben, suchte ich bei Heidi und Tammo nach einem Grund für diese abscheuliche Bedrohung. Es war ziemlich einfach, herauszufinden, dass Tammo gekündigt wurde."

„Was ihn nicht automatisch zum Erpresser macht", erklärte Charlie.

„Das stimmt", gab Witta Böttcher zu. „Nach dem ersten Schock haben wir überlegt, zur Polizei zu gehen, es jedoch aus Angst vor dem Skandal verworfen."

„Sie haben gezahlt?", fragte Charlie.

Witta Böttcher nickte. „Es war demütigend, aber wir haben keinen Ausweg gesehen. Natürlich hofften wir auf eine einmalige Angelegenheit, die die Sache aus der Welt schafft."

„So war es aber nicht. Nach einiger Zeit kam eine neue Forderung", vermutete Lilly.

„Ja! Als der zweite Brief eintraf, war uns klar, dass wir aktiv werden mussten, um nicht in einer Dauerschleife gefangen zu bleiben. Wir wollten herausfinden, wer dahintersteckte. Genau genommen wollte Klaas sich darum kümmern. Ich war schon bereit, doch zur Polizei zu gehen, aber er bestand darauf, mein Ansehen zu schützen und die Sache selbst in die Hand zu nehmen. Schließlich hat er sich Uwe und Peter anvertraut, ohne Einzelheiten zu nennen. Überraschenderweise gestanden sie ihm in diesem Zuge, selbst seit geraumer Zeit erpresst zu werden. Allerdings hatten sie keinen blassen Schimmer, wer ihnen das antat. Natürlich wollten sie unserem Verdacht erst nicht folgen, haben schließlich aber beschlossen, der Sache auf den Grund zu gehen und sie zu beenden. Keiner von ihnen wollte die Polizei einschalten, weil alle um ihre Reputation fürchteten. Das muss Tammo gewusst haben, deshalb hat er sich so überlegen gefühlt."

„Wussten Sie von dem Mordplan, den die Freunde schmiedeten?", fragte Charlie.

„Nein! Wo denken Sie hin? Tatsächlich frage ich mich immer noch, ob sie überhaupt die Absicht hatten, Tammo zu töten. Ich bin davon ausgegangen, sie wollten ihn zwar unter Druck setzen, die Sache aber insgesamt gewaltlos beenden."

„Das klingt eher widersprüchlich. So lange Tammo am Leben war, hätte er Ihre Geheimnisse jederzeit verraten können."

„Davon bin ich nicht ausgegangen. Tammo hatte bereits große Geldsummen eingestrichen. Alle haben wohl gehofft, er würde es endlich darauf bewenden lassen. Die ganze Geschichte ist ein absoluter Albtraum. Trotzdem bin ich nie von einem Mordplan ausgegangen."

„Und Ihr Mann? Haben Sie explizit darüber gesprochen?", fragte Lilly.

„Nein, eben nicht. Er bat mich, ihm zu vertrauen und nicht zur Polizei zu gehen. Er hätte einen Weg gefunden, die Angelegenheit selbst aus der Welt zu schaffen."

„Zusammen mit seinen Freunden."

Witta Böttcher nickte.

„Und zwar am vorletzten Sonntag?“

Wieder nickte sie. „Ich habe Ihnen dazu nicht die Wahrheit gesagt. Klaas und ich schlafen seit Jahren getrennt, weil er schnarchte wie ein alter Holzfäller.“ Ein schwaches Lächeln zog über ihr Gesicht und verschwand schnell wieder. „Trotzdem habe ich gehört, wie er sehr spät das Haus verließ. Ich habe normalerweise einen tiefen Schlaf, aber an diesem Abend war er nervös. Das hat sich auf mich übertragen, deshalb konnte ich nicht einschlafen.“

„Haben Sie sich nicht gewundert, als er mitten in der Nacht aufbrach?“, wollte Charlie wissen.

„Natürlich, trotzdem habe ich ihm vertraut. Ich dachte, es hätte vielleicht wieder eine Zahlung gegeben und die Freunde wollten ihn bei der Geldabholung überraschen und zur Rede stellen.“

„So könnte es tatsächlich gewesen sein“, bestätigte Charlie. „Aber dann haben Sie von Tammos Tod erfahren.“

„Ja, das war ein großer Schock. Natürlich bin ich von einem Unfall ausgegangen. Ein Streit vielleicht, der eskalierte. Doch immer wieder drängte sich die Frage auf, ob die drei Männer von Anfang an geplant hatten, Tammo zu töten, um ihn endgültig zum Schweigen zu bringen. Es ist ein erschreckender und gleichzeitig beängstigender Gedanke, der meinen eigenen Mann zum Mörder macht. Ein Mann, der mich liebte und zeit seines Lebens ein gesetzestreuer Bürger war! Ich mache mir große Vorwürfe, nicht sofort zur Polizei gegangen zu sein, um diese schrecklichen Geschehnisse zu verhindern. Aber dafür ist es nun zu spät!“ Eine Träne rollte ihre Wange herunter, aber sie schien es nicht zu bemerken.

Charlie ließ ihr ein wenig Zeit. Ganz offensichtlich war das nicht alles, was sie zu berichten hatte. Bereits mit diesen Fakten waren sie der Aufklärung einen großen Schritt nähergekommen.

Witta Böttcher hatte die Erpressung bestätigt. Und ganz offensichtlich steckten die drei Freunde hinter der Tötung von Tammo Olsen. Offen war nun, ob es sich um Vorsatz oder Affekt handelte und warum Klaas Böttcher ebenfalls sterben musste. Die Kommissarin war gespannt, ob die verzweifelte Witwe ihnen die fehlenden Fakten ebenfalls liefern konnte. Sie schenkte ihr ein Glas Wasser ein und schob es kommentarlos über den Tisch.

Dankbar nahm diese es entgegen und trank einen großen Schluck davon.

„Haben Sie nach der Tat mit Ihrem Mann darüber gesprochen?", fragte Charlie schließlich.

„Er ist damit zu mir gekommen. Wenn ich es richtig in Erinnerung habe, sind Sie gleich am Montag bei ihm gewesen. Vermutlich ist Ihnen seine Nervosität aufgefallen."

Charlie nickte.

„Die hat sich von Tag zu Tag gesteigert. Ich glaube, er wollte mich eigentlich nicht damit belasten, hat es aber schließlich nicht mehr ausgehalten. Er musste einfach mit jemandem darüber reden, was in dieser fürchterlichen Nacht passiert ist." Wieder legte sie eine Pause ein und atmete einmal tief durch. „Es fällt mir schwer, meinen Mann derartig zu belasten, insbesondere weil er sich nicht mehr wehren kann. Trotzdem gehe ich davon aus, dass er es so gewollt hätte. Ja, er hat zusammen mit Uwe Ackermann und Peter Wenzel den Tod von Tammo Olsen herbeigeführt. Er selbst ist nicht mit einer Tötungsabsicht in dieses einsame Gebiet nördlich von Westerhever gefahren. Auch er war davon ausgegangen, seinen Kumpel zur Räson zu bringen und ihm eine Lektion zu erteilen, damit die bösartigen Erpressungen endlich aufhörten. Er hatte jedoch vor Ort gleich zu Beginn den Eindruck, als ob Uwe und Peter einen anderen Plan verfolgten. Sie wollten Tammo keine Chance mehr geben."

„Das bedeutet was genau?", hakte Lilly nach.

„Tammo wollte tatsächlich die nächste Beute abholen, die sie dort in einem wasserdichten Beutel deponiert hatten. Er hatte ihnen lediglich die Koordinaten geschickt."

„Ein Beutel, der einfach in einen Graben gelegt wird? Schwimmt der nicht weg?", fragte Lilly skeptisch.

„Sie sollten ihn mit einem Haken knapp unter der Wasseroberfläche befestigen. Also in der Wand des Grabens mit einer Art Zelthaken", erklärte Witta Böttcher den Kommissaren. „Als Tammo in den Graben stieg, haben sie ihn überwältigt und ertränkt. Es gab kein klärendes Gespräch. Klaas war im ersten Moment schockiert, aber schließlich haben die Freunde ihn davon überzeugt, dass es nur so endlich Ruhe gibt. Vermutlich hätte Tammo mit diesen Erpressungen niemals aufgehört. Es war einfach zu leicht beschaffbares Geld."

„Und was ist im Anschluss mit Ihrem Mann passiert?"

„Das weiß ich nicht. Ich möchte Sie bitten, genau das herauszufinden. Bis zu seinem Verschwinden wurde Klaas immer nervöser. Die Vorstellung, für einen Mord verantwortlich zu sein, hat ihn gequält. Am liebsten hätte er sich gestellt, da bin ich mir sicher. Lediglich die Tatsache, dadurch mein Fehlverhalten publik zu machen, hat ihn davon abgehalten, sofort zu Ihnen zu kommen. Jetzt frage ich mich natürlich, ob Uwe und Peter etwas mit seinem Tod zu tun hatten."

„Wie Sie sicherlich wissen, haben wir ein Haar von Heidi Olsen auf dem Leichnam Ihres Mannes gefunden", sagte Charlie.

„Ja, ich habe davon gehört. Keine Ahnung, wie das dorthin gekommen ist, aber Heidi hat ihn nicht umgebracht. Nicht direkt jedenfalls. Wenn sie ihr loses Mundwerk gehalten hätte, wäre er vermutlich noch am Leben, das ist aber auch alles."

„Was macht Sie da so sicher?"

„Heidi kann nicht einmal ein Insekt zerquetschen. Und nachdem die Männer für Tammos Tod verantwortlich sind, macht das überhaupt keinen Sinn mehr."

„Warum sind Sie nicht sofort zu uns gekommen, um Ihre Freundin zu entlasten?", fragte Lilly.

„Als Freundin würde ich sie nicht mehr bezeichnen. Sie hat mein Geheimnis schlecht geschützt. Aber ja, um Ihre Frage zu beantworten: Ich dachte, es könnte nicht schaden, wenn sie ein bisschen schmoren muss. Wenn sie für ihre mangelnde Verschwiegenheit eine Strafe erhält. Außerdem war ich nicht bereit, zu Ihnen zu kommen. Gleichzeitig habe ich darauf vertraut, Sie würden diese Masche, Heidi zum Sündenbock zu machen, durchschauen. Bitte versuchen Sie, den Mord an meinem Mann ebenfalls aufzuklären. Das würde mir ein wenig von meinem inneren Gleichgewicht zurückgeben." Erschöpft lehnte sie sich zurück.

„Wir können gerne eine Pause machen, aber danach möchte ich auf die Erpresserbriefe zurückkommen", erklärte Fiete, der die gesamte Zeit lediglich schweigend beobachtet hatte.

Knud in St. Peter-Ording

Freitag, den 18. November

Knud war der Befragung anfangs sehr skeptisch gefolgt. Noch immer fühlte er sich hin- und hergerissen, ob Witta Böttcher die Wahrheit sagte. Sie wirkte allerdings authentisch und ihre Aussage war in sich schlüssig. Trotzdem fiel es ihm schwer, sich von seiner eigenen Theorie zu verabschieden. Konnte sie wirklich Erpresserbriefe vorlegen? Wenn nicht, würde das ihre Behauptung eindeutig schwächen.

„Ich habe mir gedacht, dass Sie die Briefe sehen wollen", antwortete sie im gleichen Augenblick. „Leider haben wir den ersten Brief nach der Zahlung vernichtet. Naiverweise sind wir zu dem Zeitpunkt davon ausgegangen, die Angelegenheit wäre damit erledigt. Als nach einiger Zeit weitere Briefe auftauchten, haben wir die aufgehoben. Mehr noch, wir haben sie mit Handschuhen und Pinzette aus den Umschlägen geholt und nach dem Lesen in eine Folie gesteckt, sie also überhaupt nicht angefasst." Sie öffnete ihre Handtasche und holte drei Klarsichtfolien heraus. „Hier, das sind sie."

Fiete streifte ebenfalls Handschuhe über, zog einen Bogen aus der Hülle und faltete ihn auseinander.

20.000 Euro für mein Schweigen.
Sonntag um Mitternacht, gleiche Stelle.
Ansonsten informiere ich Schulbehörde und Polizei.

„Wieviel hat er beim ersten Mal gefordert?", fragte Fiete.

„10.000 Euro", antwortete Witta Böttcher wie aus der Pistole geschossen. „Vielleicht wollte er erstmal testen, ob wir darauf eingehen."

Der Revierleiter nickte. „Und er hat Ihnen nur die Koordinaten geschickt? Gab es zusätzlich eine Skizze?"

„Nein, nur die Daten. Genaue Koordinaten des Ortes. Klaas wusste daraufhin, wie er die Stelle finden konnte, wo er das Geld ablegen sollte."

„Schade, dass Sie ausgerechnet den ersten Brief vernichtet haben. Was hatte er beim dritten und vierten Mal gefordert?" Fiete wollte das Herausnehmen der beiden anderen Briefe der Spurensicherung überlassen.

„Noch zweimal 20.000 Euro. Die letzte Zahlung war am Sonntag vor zwei Wochen fällig. Die hätten wir nur noch mit Mühe leisten können. Auch das war ein Grund, warum Klaas dem ein Ende setzen wollte."

„Wir schicken die Briefe ins Labor und lassen sie dort untersuchen. Außerdem wird es einen Abgleich mit Tammos Drucker geben, obwohl er die Briefe natürlich auch woanders ausgedruckt haben könnte. Vielen Dank für die umfassenden

Informationen, Frau Böttcher. Sicherlich ist es Ihnen schwergefallen, damit zu uns zu kommen. Wie es aussieht, können wir damit die beiden Morde aufklären. Allerdings müssen wir auch Ihren Fall weiterverfolgen."

„Das ist mir klar", antwortete sie und straffte sich. „Bitte werten Sie meine Angaben als Selbstanzeige. Ich werde im Anschluss die Rektorin meiner Schule informieren und alle Konsequenzen tragen. Es wird Zeit, mit dem Lügen aufzuhören."

Bereits am Nachmittag warteten Peter Wenzel und Uwe Ackermann in den Verwahrzellen auf das Eintreffen ihrer Anwälte, nachdem der Richter umgehend die Haftbefehle erteilt hatte.

Peter Wenzels Rechtsbeistand traf schließlich als Erster ein. Er wirkte genauso überheblich wie sein Mandant, insofern schienen sich da die Richtigen gefunden zu haben. Ungeduldig mit einem goldenen Kugelschreiber auf seiner exklusiven Lederaktenmappe herumklopfend hörte er sich die Vorwürfe an, die gegen seinen Schützling vorgetragen wurden.

„Und haben Sie auch Beweise oder geht es hier lediglich um Hörensagen?", fragte er mit in die Luft gereckter Nase.

„Die Beweislage verdichtet sich", antwortete Knud gelassen. Aus den Augenwinkeln konnte er sehen, wie Charlotte mit der Beherrschung rang. Das war einmal wieder typisch. Reichtum und Arroganz reizten sie grundsätzlich, da konnte sie einfach nicht aus ihrer Haut. In Knuds Augen sprach es für sie. „Am besten besprechen Sie sich kurz mit Ihrem Mandanten. Ein Geständnis würde sich strafmindernd auswirken."

„Wollen Sie mir erzählen, wie ich meinen Job zu erledigen habe?", fragte der Rechtsverdreher in leicht schrill werdendem Tonfall. Ein wenig mehr Gelassenheit wäre sicherlich angemessen und zielführend, aber Knud verkniff sich eine ironische Bemerkung.

„Nein, ich wollte es nur erwähnt haben“, antwortete er stattdessen. „Ich bringe Sie jetzt zu ihm.“

Eine halbe Stunde später signalisierte der Anwalt, dass ihre Besprechung abgeschlossen sei.

„Gut, dann folgen Sie uns bitte in den Verhörraum.“

„Das können wir uns sparen. Mein Mandant möchte sich zu den vorgebrachten Vorwürfe nicht äußern“, erwiderte dieser mit einem Triumph in den Augen, den der Kommissar nicht nachvollziehen konnte.

„Wir werden in Kürze Uwe Ackermann vernehmen. Wenn dieser sich zu den Vorwürfen äußert, kann sich die Lage Ihres Mandanten weiter verschlechtern“, versuchte Knud ihn umzustimmen.

„Wir sind uns Ihrer verzweifelten Winkelzüge bewusst, Herr Petersen. Mein Mandant ist unschuldig, hat also nichts zu befürchten und wird hier auf dieser provinziellen Polizeistation keine Stellungnahme abgeben. Habe ich mich dazu jetzt klar ausgedrückt? Wir warten auf die Überstellung nach Husum und die Festsetzung der Kaution. Hier ist meine Karte, halten Sie mich auf dem Laufenden. Guten Tag!“ Damit rauschte er aus dem Revier.

„Es heißt *Moin*!“, murmelte Knud.

„Was für ein überheblicher Fatzke!“, regte sich Lilly auf, während Charlotte nickte.

„Der wird schon reden“, schlichtete Fiete. „Diese arroganten Typen muss man erstmal weichkochen. Mal schauen, ob sich Uwe Ackermann zu den Vorwürfen äußert.“

„Der war von Anfang an zugänglicher – und hatte sich ja vor dieser Sache scheinbar nichts zu Schulden kommen lassen“, bemerkte Lilly.

Kurz darauf betrat eine selbstbewusst wirkende Frau die Räumlichkeiten: „Moin, ich bin Nele Jacobsen, die Anwältin von Uwe Ackermann. Können Sie mich eben ins Bild setzen, worum es geht, bevor ich mich kurz mit meinem Mandanten bespreche?" Ihr Lächeln war freundlich.

„Sehr gerne", antwortete Knud, bevor er den Tatbestand zusammenfasste, der gegen den Anwalt aus Friedrichstadt vorlag. Er erwähnte die Indizien und Beweise, verzichtete dieses Mal allerdings auf den Hinweis, dass sich ein Geständnis positiv auswirken könnte.

„Okay." Nele Jacobsen verzog keine Miene. „Bitte bringen Sie mich jetzt zu Herrn Ackermann."

Bereits nach einer Viertelstunde tauchte sie wieder auf.

„Wir sind bereit für die Vernehmung", verkündete sie. „Mein Mandant wird alle Ihre Fragen beantworten und gegebenenfalls eine eigene Aussage hinzufügen."

„Gut, nehmen Sie Platz, legen wir los. Sind Sie von Tammo Olsen erpresst worden?", eröffnete Knud die Befragung.

„Oh wow, kein Warm-up. Sie kommen ja direkt zur Sache", antwortete Uwe Ackermann. Seine Stimme zitterte leicht. „Ist es richtig, dass sich eine umfassende Aussage strafmindernd auswirkt?"

„In der Regel ist das so", antwortete Knud und verkniff sich ein Lächeln. „Also, hat Tammo Olsen Sie erpresst?"

„Ja."

„Warum?"

„Das wissen Sie doch bereits, oder? Müssen wir das hier wirklich noch einmal durchkauen?"

„Sie wollten doch umfassend aussagen. Also bitte. Es geht nicht darum, was wir bereits ermittelt haben."

Uwe Ackermann warf seiner Anwältin einen fragenden Blick zu. Nele Jacobsen nickte ihm aufmunternd zu.

„Na gut. Ich gehe zu einer Domina", sagte er leise. „Tammo muss das irgendwie herausgefunden haben."

„Seit wann hat er Sie erpresst?"

„Seit ungefähr einem halben Jahr. Er schickte mir Briefe per Post."

„Solche wie diese hier?", fragte Knud und hielt die eben erhaltene Klarsichthülle in die Höhe.

„Ja, wo haben Sie den her?", echauffierte sich der Befragte sofort. „Haben Sie etwa meine Kanzlei durchsucht?"

„Nein, bisher noch nicht. Dieser wurde an Ihre Freunde Witta und Klaas Böttcher verschickt."

„Witta ist hier gewesen und hat uns angezeigt?" Uwe Ackermanns Augen weiteten sich.

„Ja, das haben wir Ihrer Anwältin eben bereits mitgeteilt."

„Ah, okay. Ich fühle mich mit der Situation etwas überfordert. Vielleicht habe ich nicht richtig zugehört. Was wollen Sie jetzt von mir wissen?"

„Warum haben Sie der Erpressung nachgegeben?", fragte Knud weiter.

„Das liegt ja auf der Hand. Wie Sie bereits wissen, strebe ich eine politische Karriere an. St. Peter-Ording ist nur der Anfang. Das wollte ich mir nicht von irgendwelchen Spießern kaputtmachen lassen."

„Die Spießer, die gleichzeitig Ihre Wähler gewesen wären?", fragte Charlotte spitz.

Uwe Ackermann warf ihr einen bösen Blick zu, schwieg jedoch dazu.

„Sie haben also nicht auf die Toleranz der Einwohner von SPO gebaut und gezahlt. Wie oft?"

„Dreimal. Insgesamt 80.000 Euro."

„Ihre Kanzlei muss gut laufen", bemerkte Knud. „Was ist am Sonntag vor knapp zwei Wochen passiert?"

„Klaas kam zu Peter und mir und bat uns um Hilfe. Dadurch bemerkten wir, dass wir alle dem gleichen Erpresser aufgesessen waren. Erst wollte ich seinem Verdacht nicht folgen, schließlich waren wir seit Jahrzehnten mit Tammo befreundet. Warum sollte er ausgerechnet unser Geld auf diese miese Weise ergaunern? Aber dann leuchtete es mir ein. Er war ohne große Probleme an unsere Geheimnisse gelangt, kannte uns in- und auswendig und war vielleicht auch neidisch auf uns, weil es bei uns soweit gut lief und er abstürzte. Vermutlich schätzte er das Risiko bei uns viel geringer als bei Fremden ein, für den Fall, dass etwas schiefging und wir ihn entlarvten." Uwe Ackermann schien vergessen zu haben, wo er sich befand. Allem Anschein nach war er froh, sich endlich alles von der Seele reden zu können.

„Sie beschlossen also gemeinsam, die Sache zu beenden. Hatten Sie von Anfang an vor, Ihren Freund umzubringen?"

„Nein! Wo denken Sie hin? Wir wollten ihm eine Lektion erteilen. Ihm klar machen, dass wir zur Polizei gehen, wenn er nicht damit aufhört."

„Aber er hat sich nicht einsichtig gezeigt, also haben Sie ihn in dem Graben ertränkt", schlussfolgerte Knud. „Haben Sie das Geld zurückgefordert?"

Uwe Ackermann schüttelte den Kopf. „Wir sind davon ausgegangen, dass er den größten Teil bereits ausgegeben hatte. Im Grunde wollten wir alle endlich unsere Ruhe haben und nicht mit weiteren Forderungen behelligt werden." „Haben Sie ihm das so gesagt?"

„Ja."

„Und wie genau hat er darauf reagiert?"

„Spontan hat er gelacht."

„Er hat Sie ausgelacht? Darüber waren Sie bestimmt nicht begeistert", vermutete Knud.

„Allerdings. Es hat uns alle geärgert", bestätigte Uwe Ackermann.

„Genug, um ihn umzubringen?“, hakte der Kommissar sofort nach.

„Wir wollten ihn nicht töten, Herr Petersen. Ich bin Anwalt und vertrete Recht und Gesetz.“

„Standen Ihre politischen Ambitionen vielleicht darüber? Oder sind Sie einfach in Blutrausch geraten, als Sie ihn in den Graben gestoßen und untergetaucht haben? War es ein befriedigendes Gefühl, den wehrlosen Tammo Olsen zu erleben? Konnten Sie nicht mehr rechtzeitig aufhören?“

Wieder warf Uwe Ackermann seiner Anwältin einen hilfesuchenden Blick zu.

„Antworte am besten wahrheitsgemäß, Uwe“, erwiderte Nele Jacobsen.

„Ich denke, so ist es gewesen“, erklärte er leise. „Aber ich wollte ihn nicht umbringen. Ich wollte einfach meine Ruhe haben und mein Leben leben.“

„Sie waren alle drei daran beteiligt? Haben Sie ihn zusammen unter Wasser gedrückt?“, fragte Charlotte.

„Ja.“

„Und was passierte dann?“

„Wir haben das Geld und sein Handy mitgenommen und sind nach Hause gefahren.“

„Zu ihren Frauen, denen Sie ein Schlafmittel in den Wein geschüttet hatten, damit sie Ihre Abwesenheit gar nicht erst mitbekamen?“, fragte sie.

„Ja. Woher wissen Sie das?“

„Wir sind ganz gut in dem, was wir hier tun“, antwortete Charlotte. „Sie haben also Ihre Aussagen abgestimmt und sich gewappnet, von uns besucht zu werden. Was ist schiefgelaufen?“

„Klaas konnte nicht damit umgehen, für Tammos Ableben verantwortlich zu sein. Er drohte, zur Polizei zu gehen und sich zu stellen. Selbst die Gefahr, dann Wittas Geheimnis preisgeben zu müssen, konnte ihn kaum noch davon abhalten."

„Sie wissen von Frau Böttchers Fehlverhalten?", fragte Charlotte erstaunt.

„Nichts Genaues. Klaas wollte es uns nicht verraten, nur dass es bei den Erpressungen um sie ging."

„Klaas Böttcher war also kurz davor, zu uns zu kommen und sich zu stellen. Davon haben Sie ihn abgehalten, indem Sie ihn in Ihr Ferienhaus in Schramshörn brachten", übernahm Knud wieder.

„Das wissen Sie auch schon, alle Achtung!", rief Uwe Ackermann aus. „Ja, so war es", bestätigte er dann.

„Wollten Sie ihm ebenfalls eine Lektion erteilen?"

„Nein, wir wollten ihn zur Vernunft bringen. Niemand schien uns zu verdächtigen, also waren wir in Sicherheit. Klaas schien das aber nicht zu kapieren."

„Vielleicht kapierte er es, konnte damit aber erst recht nicht leben. Außerdem ist Heidi Olsen unter Verdacht geraten. Hat es Ihnen nichts ausgemacht, dass dadurch eine Unschuldige ins Gefängnis kommen könnte."

„So ganz unschuldig schien sie ja nicht zu sein. Manchmal ist sich eben jeder der Nächste", murmelte Uwe Ackermann.

„Auch wenn er eigentlich Recht und Gesetz vertritt", konterte Charlotte.

Beschämt senkte er den Blick.

„Warum musste Klaas Böttcher ebenfalls sterben?", fragte sie weiter.

„Er ließ sich nicht davon abbringen, zur Polizei zu gehen. Da hat Peter ihm eine Überdosis gespritzt."

„Sie beschuldigen also Peter Wenzel des Mordes an Klaas Böttcher?" Charlotte wurde lauter.

„Ja."

„Waren Sie mit dieser Handlung einverstanden oder haben Sie versucht, ihn davon abzubringen?“

Uwe Ackermann blickte ihr direkt in die Augen. „Ich war damit nicht einverstanden, habe aber nicht genug unternommen, um ihn davon abzuhalten. Genau genommen hatte ich Angst, er würde mir die nächste Spritze verpassen.“ Leichte Röte zog über sein Gesicht. „Jetzt halten Sie mich wohl für einen Feigling“, flüsterte er.

„Das sollte Ihre geringste Sorge sein“, antwortete Charlotte prompt. „Wer kam auf die Idee, ein Haar von Heidi Olsen auf dem Leichnam von Klaas Böttcher zu platzieren?“

„Genau genommen hat Ihr Kollege uns auf die Idee gebracht. Heidi war unter Verdacht geraten und Herr Petersen meinte, uns beschützen zu müssen. Das passte wunderbar zusammen. Meine Frau kümmerte sich um die Blumen, wenn Heidi und Tammo im Urlaub waren. Wir haben also einen Schlüssel zu ihrem Haus. Es war ganz einfach, an eins ihrer Haare zu kommen.“

„Darauf sollten Sie nicht stolz sein“, tadelte Charlotte den Befragten, was Knud ausnahmsweise als angemessen hielt.

Wie konnte ein Anwalt den Pfad der Tugend so weit verlassen? Insgeheim wurmte es ihn, für dieses Ablenkungsmanöver mit verantwortlich zu sein.

„Da haben Sie recht, Frau Kommissarin. Ich bin auch nicht stolz darauf. Auf nichts, was in den letzten zwei Wochen passiert ist. Glauben Sie mir! Ich würde alles geben, wenn ich die beiden Todesfälle ungeschehen machen könnte. Auch wenn wir uns scheinbar auseinandergelebt hatten – und das mehr als uns bewusst war – handelt es sich immer noch um meine Freunde aus Jugendtagen. Wie konnte es bloß so weit kommen?“ Er schüttelte den Kopf, schien es ehrlich zu meinen. Natürlich kam diese Reue jetzt zu spät!

Epilog

Weiß jemand, ob Trulsen auch kommt?", fragte Lilly in die Runde. „Der kann es doch sonst gar nicht abwarten, bei unserer Abschlussbesprechung aufzutauchen. Ist er beleidigt, weil er dieses Mal nicht den spielentscheidenden Treffer erzielt hat?"

Knud brachte gerade die ersten Becher mit dem obligatorischen Pharisäer und stellte sie mit einem breiten Grienen auf dem Tisch ab. „Keine Sorge, er wird gleich kommen. Und ich kann dir versichern, dass er keinesfalls glaubt, nichts Zielführendes zu der Aufklärung des Falles beigetragen zu haben." „Echt? Was denn?"

„Da kommst du auch selbst drauf, Lilly. Ich kümmere mich mal um die restlichen Kaffeespezialitäten. Torge ist bestimmt gleich da und wie ich ihn kenne, bringt er eine Torte mit, die Annegret für uns gezaubert hat."

„Würde mich nicht wundern, wenn er seine bessere Hälfte dieses Mal auch mitbringt. Immerhin haben die beiden Heidi Olsen dazu überredet, sich mit uns zu unterhalten. Durch die Informationen von unserer Hauptverdächtigen sind wir in dem Fall immerhin ein gutes Stück vorangekommen", bemerkte Charlie gut gelaunt. Sie hatte sich mittlerweile an Trulsens Anwesenheit gewöhnt und bei einer abschließenden Besprechung gehörte er einfach dazu.

„Das war ganz schön riskant, eine vermeintliche Mörderin in seinem Haus übernachten zu lassen. Hätte auch ins Auge gehen können", zeigte sich Lilly wesentlich weniger begeistert von Trulsens Aktion. Vielleicht war der Altersunterschied der beiden einfach zu groß. Lilly wurde mit dem Hobbyermittler nach wie vor nicht richtig warm.

Charlie war das egal. Sie mochte den schrulligen Hausmeister. Seit er ihr wohl das Leben gerettet hatte, war sie fast ein Fan. Allerdings hatte sie nicht vor, das ihm gegenüber zu äußern. Sein Selbstbewusstsein war auch so ausgeprägt genug.

„Ah, da kommt er ja", rief Knud im gleichen Moment aus, als er zum zweiten Mal aus der Küche kam. „Ich bin schon auf die Torte gespannt."

„Moin!", grüßte Trulsen in die Runde. „Ich hoffe, es ist in Ordnung, dass ich meine seute Deern mitgebracht habe. Sie ist so erleichtert über die Wendung in dem Fall und möchte unbedingt mit uns auf die Unschuld von ihrer Freundin Heidi anstoßen."

„Ganz so unschuldig fühle ich mich gar nicht", meldete sich eine Stimme im Hintergrund. Niemand hatte bemerkt, als auch Heidi Olsen und Witta Böttcher das Revier hinter den Trulsens das Revier betraten. „Ich hätte die Vertraulichkeiten nicht aufschreiben dürfen, vielleicht wäre all das dann nicht passiert. Oh, stören wir Sie gerade bei einer Feier? Wir wollten uns nur kurz für die schnelle Aufklärung der Morde an unseren Männern bedanken. Wenn es ein ungünstiger Zeitpunkt ist, können wir in ein paar Tagen wiederkommen."

„Sie brauchen sich nicht bei uns zu bedanken. Wir haben einfach unsere Arbeit getan", antwortete Charlie. „Vielleicht können Sie sich auf Ihre Freundschaft zurückbesinnen und sich in Zukunft gegenseitig Kraft geben."

Die beiden Frauen nickten sich freundlich zu.

„Ja, das werden wir. Es wird keine Anklage gegen Witta geben, weil sie keine Zwangslage ausgenutzt hat. Der junge Mann war fast achtzehn und der Beischlaf geschah einvernehmlich", erklärte Heidi Olsen, ohne danach gefragt worden zu sein.

„Ja, ich habe mich nie rechtlich beraten lassen – aus Angst und Scham", ergänzte Witta Böttcher. „Auf so etwas werde ich mich trotzdem nie wieder einlassen. Ich bin froh, dass ich im Schuldienst bleiben kann und werde trotzdem freiwillig Sozialstunden leisten. Das werden wir gemeinsam machen. Wir fühlen uns beide mitschuldig an diesen Mordfällen. Komm, lass uns gehen, Heidi. Auch wenn die Kommissare zu höflich sind, uns wegzuschicken, habe ich dennoch das Gefühl, hier gerade zu stören."

Heidi Olsen nickte. „Nochmals vielen Dank. Das gilt genauso für Annegret und dich, Torge. Danke für eure Gastfreundschaft. In dieser Nacht habt Ihr mich damit gerettet. Ich hoffe, wir sehen uns irgendwann wieder." Damit verließen die Frauen das Revier.

„Es ist gut gegangen, aber meine Begeisterung für Ihre Aktion ist bei Weitem nicht so groß, Herr Trulsen. Sie hätten sich gleich am Abend des Eintreffens von Frau Olsen in Ihrem Haus bei uns melden müssen", übernahm es Lilly, den Hilfssheriff noch einmal auf den Pott zu setzen. „Kaum retten Sie Kommissarin Wiesinger aus ihrer Notlage, nachdem sie einen Alleingang durchgezogen hat und dann leisten Sie sich ebenfalls so ein Ding."

Trulsen stand automatisch stramm. Ganz offensichtlich hatte er nicht damit gerechnet, gemaßregelt zu werden; schon gar nicht von der Nachwuchskommissarin, aber es freute Charlie, dass er sie akzeptierte und die Standpauke ernst nahm.

„Ich gelobe Besserung, Kommissarin Morgenroth. Heidi hatte uns so lieb gebeten und meiner Annegret kann ich ohnehin nichts abschlagen. Ehrlich gesagt habe ich in dieser Nacht kein Auge zubekommen. Dieser Sturm, der um unser Haus pustete, hat die Lage nicht verbessert. Zu später Stunde habe ich echt Schiss bekommen, wollte Knud dann aber nicht aus dem Schlaf reißen. Ich bin so froh, meine Annegret nicht in Gefahr gebracht zu haben. Das hätte ich mir nie verzeihen können!"

„Und sich selbst! Was hätten wir in Zukunft ohne Sie machen sollen, wenn Sie jetzt tot in Ihrer Reetkate liegen würden", piesackte Lilly ihn weiter.

„Können wir das Thema wechseln? Ich kann es kaum erwarten, zu hören, wie die ganze Geschichte nun zu Ende ging."

„Ja, außerdem wird der Pharisäer kalt und die Torte warm", fügte Knud hinzu. „Nehmt endlich Platz, damit wir Torges Neugier befriedigen können, wenn er schon beim Finale nicht dabei gewesen ist."

„Das sehe ich anders", protestierte dieser prompt.

„Dann hätten Sie jetzt keine Wissenslücken", kommentierte Lilly trocken. Ihr schien es zu gefallen, dem Hobbyermittler einen kleinen Dämpfer zu verpassen.

„Na gut. Bringen Sie mich auf den Stand der Dinge? Die Torte wird Ihnen großartig schmecken."

Unwillkürlich musste Lilly lachen. „Torte gegen Informationen. Wenn das hier einreißt! Also gut, geben Sie schon her."

Trulsen staunte, wie sich die Morde aufgeklärt hatten. Die Stimmung blieb ausgelassen. Alle waren froh, den Fall zu den Akten legen zu können.

„Jetzt haben wir aber wirklich eine Pause von Mord und Totschlag verdient“, seufzte Knud.

„Meinst du nicht, dass es dir mit Bagatelldelikten mittlerweile zu langweilig wird?“, fragte Charlie neckend.

„Also, ich weiß ja nicht, wie euch das geht, aber mir würde mit meiner Zeit auch etwas anderes einfallen“, antwortete der mit einem schelmischen Grienen.

„Ja?“ Charlie spürte eine leichte Gänsehaut über ihre Arme kribbeln.

„Ja! Für den Anfang könnten wir einen unserer Strandspaziergänge unternehmen. Da haben wir wirklich Nachholbedarf. Im Anschluss lade ich dich gerne zu einem romantischen Abendessen ein.“

„Während der Arbeitszeit?“

„Wenn ich anders nicht zum Ziel komme, auch während der Arbeitszeit“, bestätigte Knud und warf ihr einen verschwörerischen Blick zu. „Bist du dabei?“

Charlie nickte. Sofort machte sich ein Gefühl der Vorfreude bemerkbar. Vielleicht waren sie endlich auf dem richtigen Weg.

Die Handlung und alle handelnden Personen sind frei erfunden. Jegliche Ähnlichkeit mit lebenden oder realen Personen wäre rein zufällig und nicht beabsichtigt.

Kleines Lexikon norddeutscher Begriffe

Moin/Moin Moin	Begrüßung für den ganzen Tag
zu Potte kommen	weitermachen, fertig werden
Gosch	Fischrestaurant aus Sylt
sabbelig	redselig
piesacken	zusetzen, triezen
Gezuckel	langsames Fahren
„mach hinne“	mach weiter, werde fertig!
Klönschnack	gemütliche Plauderei
schnacken	sich unterhalten
dumm Tüch	dummes Zeug
lütt	klein
Buddel Köm	Flasche Korn
scheun	schön
grienen	Grinsen, lächeln
Priel	Rinne im Wattenmeer, in der sich auch bei Ebbe Wasser befindet
min seute Deern	mein süßes Mädchen
vertellen	erzählen
Schiet	Scheiße
Kopp in Nacken	Kopf in den Nacken
verklickern	erklären
Friesengeist	nordischer Schnaps
Pharisäer	Kaffeespezialität mit Rum und Schlagsahne
Pott Kaffee	Becher Kaffee
aufgebretzelt	chic angezogen/zurecht gemacht
schnieke	Chic

Rundstück	einfaches helles rundes Brötchen
Alsterwasser	Bier und weiße Limonade
Gedöns	als überflüssig erachtete Gegenstände
Scheibenkleister	s. Schiet
Butter bei die Fische	Klartext reden, nichts zurückhalten
Auf dem Kieker	Besondere Aufmerksamkeit, wörtlich Fernglas
Franzbrötchen	Plunderteig mit Zimt und Butter, ursprünglich aus Hamburg
Jo	Ja
fünsch	wütend, ärgerlich
vertüdeln	vergeuden
Wo geiht di dat?	Wie geht es Dir?
Klönschnacktür	Zweigeteilte Außentür, bei der man einen Klönschnack halten kann, indem man nur den oberen Teil öffnet
Mors	Hinterteil
Friesenschnitten	Blätterteig, Pflaumenmus, Sahne
Kluntjes	Kandiszucker
Graue Stadt am Meer	Husum, der Begriff wurde von dem Dichter Theodor Storm geprägt
Rungholt	1362 versunkene Siedlung im nordfriesischen Wattenmeer
Edomsharde	Verwaltungsbezirk im Mittelalter
Grote Mandränke	Verheerende Sturmflut 16. Januar 1362
mittenmang	mittendrin
Döntjes	Anekdote aus dem Alltag

Danksagung

Als Allererstes möchte ich mich bei meinen Lesern bedanken, die Torge und mir jetzt bereits über elf Fälle die Treue halten. Vielen Dank für eure Begeisterung für meine Sankt-Peter-Ording-Krimis – das macht mich stolz und glücklich!

Bevor ein neues Buch das Licht der Welt erblickt, gibt es erst einmal viele Stunden des Planens, Recherchierens und des Schreibens. Dafür nutze ich am liebsten die frühen Stunden des Tages. Morgens und am Vormittag bin ich frisch und kreativ.

Im Anschluss wird der Text mehrfach überarbeitet! Ich freue mich sehr, dass ich dafür so großartige Unterstützung habe. Ich danke meinem Lektor Sándor Sima, der den Text mit seinen Anregungen bereichert und mit großer Sorgfalt Unstimmigkeiten und losen Enden auf der Spur ist. Ich danke meiner Korrektorin Margarete Götz, die dazu beiträgt, dass der Text möglichst fehlerfrei ist. Weitere Testleser haben uns darin ebenfalls unterstützt.

Vielen Dank an die Designerin Franziska Buhl vom Kampenwand Verlag und die Fotografin Wenke Stahlbock, durch deren Arbeit aus dem stimmungsvollen Foto wieder so ein großartiges Cover entstanden ist.

Eine große Bereicherung in meinem Autorinnenalltag stellen meine Kolleginnen Aurelia Blum, Maiken Brathe und Sabine Hirschfeld dar, mit denen ich im täglichen Austausch zu allen Fragen rund um den Schreibprozess verbunden bin. Wir unterstützen uns in konkreter Textarbeit, sowie bei der Zielerreichung und Motivation. Ich bin dankbar, Teil dieses großartigen Teams zu sein!

Schließlich gilt mein Dank meinem Team von treuen Testlesern und Torge-Fans, die mich im Schreibprozess unterstützt haben.

Danke!
Stefanie Schreiber

Hat Ihnen die Geschichte gefallen?

Dann freue ich mich sehr über eine positive Rezension bei Amazon oder auf einem anderen Portal, denn Bewertungen werden für uns Autoren immer wichtiger.
Das muss kein langer Text sein, schreiben Sie einfach, was Sie anderen Lesern gerne zu dem Buch mitteilen wollen.
(Aber natürlich nicht verraten, wer der Mörder ist.)
Ich danke Ihnen im Voraus!

Herzlich
Ihre Stefanie Schreiber

KAMPENWAND
VERLAG

Über die Autorin

Stefanie Schreiber ist Dipl.-Kauffrau und Fachjournalistin. Aus ihrer Leidenschaft fürs Krimischreiben hat sie nun einen Beruf gemacht.

Meine Leidenschaft für das Schreiben entstand bereits vor über fünfundzwanzig Jahren, doch ich hatte mich nach meinem betriebswirtschaftlichen Studium gerade selbständig gemacht und wollte erst einmal "bodenständig arbeiten", um meine Existenz zu sichern.

Meine Liebe zur Nordsee begann nach dem Abitur bei einem zehntägigen Aufenthalt nahe Heide, weil mein Geld für die geplante Nordkap-Tour nicht reichte. Der Urlaub legte außerdem den Grundstein zu meiner Altersvorsorge mit Ferienimmobilien; ich träumte seitdem von einem eigenen Haus unter Reet.

Als ich 2011 beschloss, mich endlich dem Schreiben zu widmen, entschied ich mich für ein berufsbegleitendes Journalismus-Studium, um meine Schreibkompetenz auf professionelle Beine zu stellen. Die daraus resultierende Idee, mein betriebswirtschaftliches Know-how und meine langjährige Vermietungserfahrung in Wirtschaftsratgebern zu vereinen, brachte mich über die nächsten Jahre von meinem Plan ab, Geschichten zu erzählen.

2017 plante ich meinen ersten Krimi. In einem Workshop entstand die Idee, auch diesem den Ferienhaus-Background zu verleihen – und wo ist es schöner als in Sankt Peter-Ording? Ich baute die Weiße Düne und schuf meinen schrulligen Hausmeister Torge Trulsen, der als Miss-Marple-artiger Hobbyermittler, den Kommissaren gerne dazwischenfunkt.

Nach Vollendung meines achten Sankt-Peter-Ording-Krimis küsste mich die Muse. Die Charaktere Emilia und Piet Anderson erblickten das Licht der Welt und ermitteln nun parallel in meiner neuen Reihe.

Seit 2019 erscheint ihre erfolgreiche Sankt-Peter-Ording-Krimireihe mit dem schrulligen Hobbyermittler Torge Trulsen und der toughen Kommissarin Charlotte Wiesinger.

Im Oktober 2022 startete ihre neue Nordfriesen-Krimireihe. Emilia und Piet sind Emily Anderson – Ein Schriftstellerpaar veröffentlicht unter gemeinsamem Pseudonym und mischt sich in die Ermittlungen der Husumer Kommissare ein.

Humorvolle, unblutige Kuschelkrimis mit viel nordfriesischem Lokalkolorit.

Die Kuschelkrimis von Stefanie Schreiber

Mord im Watt vor St. Peter-Ording
Der erste Fall für Torge Trulsen und Charlotte Wiesinger

Todesfalle Hochzeit in St. Peter-Ording
Der zweite Fall für Torge Trulsen und Charlotte Wiesinger

Das 13. Kind aus St. Peter-Ording
Der dritte Fall für Torge Trulsen und Charlotte Wiesinger

Doppelmord hintern Deich bei St. Peter-Ording
Der vierte Fall für Torge Trulsen und Charlotte Wiesinger

Tatort Weiße Düne in St. Peter-Ording
Der fünfte Fall für Torge Trulsen und Charlotte Wiesinger

Nachts im Pfahlbau in St. Peter-Ording
Der sechste Fall für Torge Trulsen und Charlotte Wiesinger

Im Schatten der Rache bei St. Peter-Ording
Der siebte Fall für Torge Trulsen und Charlotte Wiesinger

Trügerische Stille in St. Peter-Ording
Der achte Fall für Torge Trulsen und Charlotte Wiesinger

Göttliche Gier in St. Peter-Ording
Der neunte Fall für Torge Trulsen und Charlotte Wiesinger

Fatale Begegnung in St. Peter-Ording
Der zehnte Fall für Torge Trulsen und Charlotte Wiesinger

Dunkle Geheimnisse in St. Peter-Ording
Der elfte Fall für Torge Trulsen und Charlotte Wiesinger

Fortsetzung folgt!